长 越 ◎ 著

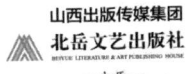

著作权合同登记号图字:04-2018-037

图书在版编目(CIP)数据

总有一个人很像你/长越著.—太原:北岳文艺出版社,2019.10
ISBN 978-7-5378-5982-0

Ⅰ.①总… Ⅱ.①长… Ⅲ.①长篇小说-中国-当代 Ⅳ.①I247.5

中国版本图书馆 CIP 数据核字(2019)第156187号

书　　名	总有一个人很像你
著　　者	长　越
责任编辑	庞咏平
书籍设计	米　乐
出版发行	山西出版传媒集团·北岳文艺出版社
地　　址	山西省太原市并州南路57号
邮　　编	030012
电　　话	0351-5628696(发行部)
	0351-5628688(总编室)
传　　真	0351-5628680
网　　址	http://www.bywy.com
E-mail	bywycbs@163.com
印刷装订	北京市兴怀印刷厂
开　　本	880mm×1230mm　1/32
字　　数	204千字
印　　张	9
版　　次	2019年10月第1版
印　　次	2019年10月北京第1次印刷
书　　号	ISBN 978-7-5378-5982-0
定　　价	68.00元

本书版权为本社独家所有,未经本社同意不得转载、摘编或复制

献给小北以及那些苦苦追寻理想的人
原谅我表达的混乱和想象的贫瘠
让我们扬起记忆和理想的白帆，驶向那阳光灿烂的日子！

目 录
CONTENTS

第一章　一波三折的高考　　　　　　》》001

第二章　别了，大山　　　　　　　　》》007

第三章　初到、初见与初识　　　　　》》012

第四章　暴动的军训　　　　　　　　》》018

第五章　色彩缤纷的大学生活　　　　》》026

第六章　爱情卡位战　　　　　　　　》》035

第七章　初恋，一无所有　　　　　　》》043

第八章　经济危机　　　　　　　　　》》052

第九章　和诗的对话　　　　　　　　》》060

第十章　李小莫的故事　　　　　　　》》070

第十一章　摩擦　　　　　　　　　　》》079

第十二章　激情燃烧的日子　　　　　》》088

第十三章　世纪跨年　　　　　　　　》》097

第十四章　我们都没错，只是不合适　》》106

第十五章　看不见的远方，很美　　　》》117

第十六章　欲望与自由	≫ 128
第十七章　星火社团	≫ 139
第十八章　可怜天下父母心	≫ 151
第十九章　死鱼事件	≫ 158
第二十章　放肆的爱于平淡中道别	≫ 163
第二十一章　爱情也有阴晴圆缺	≫ 171
第二十二章　罂粟花的美让人上瘾	≫ 185
第二十三章　钢铁厂改革计划	≫ 193
第二十四章　我爱的诗歌和我爱的你	≫ 202
第二十五章　赚钱的十八般武艺	≫ 209
第二十六章　桃花运	≫ 216
第二十七章　漂洋过海来看你	≫ 225
第二十八章　将就的爱，凑合地过	≫ 233
第二十九章　福无双至，祸不单行	≫ 242
第三十章　不能承受的生命之轻	≫ 249
第三十一章　成为更好的自己	≫ 256
第三十二章　我爱你，如同你爱我	≫ 262
第三十三章　青春如梦	≫ 270

第一章　一波三折的高考

1999年7月，厚德镇的天热得很早，大地仿佛蒸笼般吐着暑气，知了在枝头大声地嚷着，闷热的天气，没有一丝风，庄稼人早早地下了工，索性午睡起来。突然，一阵滚雷把人惊醒，众人开始慌慌张张地收拾院子里的东西。

张子帆此刻正光着上半身，懒洋洋地坐在他家院子后面的大槐树下，眼睛失去了平日里的光芒，呆滞地盯着不远处的大水牛。

这头大水牛可是父亲的宝贝，此时它正在一块积了些水的洼地躺着，不停地挪动着笨拙的身子，好使自己在如炭烤的大地上略微舒服些，可怎么也找不到理想的位置，也就只好将就着躺着了。

张子帆不住地叹着气，连他自己都没觉察到，汗水正从他的额头上渗出来，直往他的眼里流去。

显然，张子帆此时很是烦躁，表情中显出难以隐藏的痛苦和失望。

虽然是农民的儿子，可张子帆并不关心家里的一亩三分地。父亲很少让他下地干活，因为他在这个村子里，还有一个特殊的身份——高中生。

作为村子里面少有的知识分子，张子帆对外面世界的形势有更多的感知。他和村里人得意扬扬地分析南斯拉夫使馆事件背后的阴谋，讲述小企鹅开启的新传说以及曼联的三冠王伟业，这是他在村子里显得与众不同的地方。

但此时的张子帆如同霜打后的茄子，没有了平时的意气风发。他靠在大树旁，想着刚刚结束的高考，他深深地感觉到这一年将成为他人生的重要转折点。

原本张子帆的学习成绩很好，在县城唯一的一所重点中学里名列前茅。所有人觉得他会成为名牌大学的一分子，但事情远没有看起来的那么容易，它总会有办法让你吃尽苦头，然后教你明白某些道理。

就在高考的前一天，突然发生了试卷泄题事件，有人趁夜潜入试卷保管室偷走了一份试卷。

省教育局连夜开会，决定采用 B 卷进行考试。没想到，B 卷考题设置得太难了，很多考生反映连题目都读不懂。

张子帆作为亲身经历过的人，当然也知道这一年的高考试题有多难。张子帆事后见人就抱怨，出题的老师们简直不通人性，很多题目是他们闻所未闻、见所未见的。

考试结束后，很多人当场就哭了，也有不少人围着自己的班主任老师寻求安慰，甚至还有人已经决定复读，来年再战。

张子帆故意装作很平静的样子，甚至还在抱怨的同学面前夸张地笑起来，虽然脸上的表情明显有点儿僵硬。他心里暗自说，有什么大不了的，我难大家也难，算是对自己的一点儿安慰。

这一年的毕业季出奇的安静，人们似乎都能听到隔壁考生家时常传来哽咽的哭声，不再有各种热热闹闹的聚会，父母们也刻意不去触碰孩子们敏感的神经，所有人都在等待着命运的宣判。

厚德镇是林夏县下辖的一个小镇，这里四面环山，一条小河从镇中穿过，谁家喊一嗓子，全镇的人都能听见。

张子帆的家，坐落在小河边。张子帆从小看得最远的地方，除了头顶的蓝天，就是远处连绵不尽的山。

厚德镇上的人世代都是农民，由于远离城市，目前还处在自给自足的小农经济阶段。人们靠着辛勤的下地劳作，换得秋收时节的丰收，来填饱一家人的肚子，若再有一些副业赚得几个钱，便是再好不过了。

不过，近几年，情况有了些变化，越来越多的年轻人开始从这个偏僻落后的山里走出去，到城市里打工，梦想着有一天能在外面的世界打拼出个样子来，过上体面的生活，让家里的老老少少不再为吃饭穿衣发愁。

厚德镇与外界唯一的联系，就是一条曲曲折折且只够容一辆车通过的盘山公路，这还是镇上的人自己筹钱、自己出力，一块石头、一把土地铺起来的。公路坑坑洼洼、凹凸不平，一下雨更是泥泞不堪。往来经过的车也不多，见得最多的不过是村里年轻人赶时髦骑的摩托车。

张子帆自从考试结束后就没出过家门，时常一个人发呆，盯着一个东西看上好久，直到有人叫他，他才会回过神来。

张子帆从家里到县城的学校，大约要坐四个小时的车，刨去麻烦不说，这个时候他也没心情去见他的同学。

父亲更不忍心在这个时候让张子帆帮忙打理农活，于是也便由得他整日发呆。

张子帆反复地估算着自己的高考分数，按照以往的一本录取分数线,他还差了至少二十分。理想中的名牌大学似乎已经成了一个玩笑,现在连上个重点大学也成了奢望。他觉得自己真是倒霉极了,也不知道怎么把这个消息告诉家里人。

张子帆害怕家里知道这个消息后,会觉得自己没本事,过往的成绩也会被看轻。相比考试本身的失利,他更无法接受的是,大家对他学习能力的质疑。

想着这三年忍受的痛苦和承受的压力,与此时的希望落空对比,张子帆顿时想找个没人的角落,痛痛快快地哭一场。但一想到家中的清贫,想到父亲每天受的累,就再也没有勇气流泪了。

张子帆的父亲张斌白天在外面忙农活不回家,晚上回到家做的第一件事,就是安慰儿子。他用农民最朴素的话开导着儿子:"人生没有什么事是顺利的,早点受挫折也许是好事。"

张斌也不止一次地对张子帆说,不管张子帆做什么决定,不管是复读还是继续上大学,他都会全力支持。

说起来,张斌也是村子里的知识分子,1977年恢复高考后,他是第一批参加过高考的学生。不过他没有考上大学,也就继承祖业,成了一个地地道道的农民。

所以,相比村里的其他人,张斌算是文化人了,不仅可以辅导张子帆的学习,让张子帆从小便知道知识的重要性,而且也影响了张子帆的价值观。

张子帆若是有一天成为名牌大学生,也算实现了张斌一生的夙愿。但现在他不得不安慰儿子,希望张子帆能尽快走出来。对于张斌来说,张子帆能上大学,走出这个穷地方,已经是他最大的骄傲了。

再说,张斌经历过丧妻之痛,当张子帆还是一个孩子的时候,他的妻子便去世了。之后的十几年,父子俩一直相依为命。

张子帆有时候一声不响地躺在床上，很长时间也不吱声。张斌在下地前都会故意走进他的卧室溜达溜达，翻翻这儿，翻翻那儿，弄出点儿声响来，其实他就是放心不下，想多跟张子帆说几句话而已。

"不管上啥大学，总比村里其他家的孩子要强，比上不足比下有余。"张斌总拿这样的话安慰张子帆。

其实，张子帆是一个争气的孩子，也是一个幸运的孩子，不管这次高考考得怎么样，总比村里其他孩子好很多。跟他一起长大的朋友，大多早就不念书了，开始下地帮家里做农活。即便有一两个念书的，学习成绩也都不怎么样，考上个中专或者技校就已经是烧香拜佛了。于是，村里的其他人都在羡慕老张家这是要飞出一只金凤凰了。

父亲的话还是起了一些作用，几天过去了，张子帆也慢慢地平静了。显然他已经开始接受这个现实，能走出小山沟，去到外面的世界，也没有什么好抱怨的。

张子帆开始主动地谈起自己的考试，又或者上山去帮父亲干农活。趁着天气好的时候，他也会走上几个小时的路去镇上找其他的同学聚一聚。

张子帆一路走一路哼着电视里正流行的小调儿，偶尔停下来望着路边绿油油的庄稼发呆，然后揪下旁边一株不常见的小草，含在嘴里继续赶路……

到了公布高考成绩的日子。这天，张子帆早早地吃好了饭，天还没亮就准备动身去镇上查成绩。

张子帆心里忐忑极了，但又有一丝期待。他害怕考得不好，他又期望命运能够垂青于他。由于过于紧张，他的腿似乎都有些飘了，而且感觉肚子也不舒服起来，一连上了好几趟厕所。日后这成为伴随他多年的一个毛病，一旦感到紧张，他的肚子便开始给他制造各种麻烦。

张子帆不知道自己是怎么来到镇上的,他不断地在心里盘算,所有的可能以及每一个可能出现后,他能做的最好的选择。

当张子帆恍惚地拨通了查分热线时,他似乎感觉不到自己的存在,周围的一切声音都消失了,唯一能听到的就是心脏"扑通扑通"的声音。

张子帆做好了一切准备。他听到了话筒里传出来的声音,至今他还清楚地记得那个情景。

"语文 127 分……"张子帆心里暖了一下。

"数学 89 分……"张子帆的身体又突然抖了一下,手心里的汗也瞬间冒了出来。他鼓起勇气继续往下摁动电话按键,他想该来的就让它来吧。

或许是之前太过于悲观和谨慎了,张子帆的分数比他预估的分数高了 15 分,当然也过了一本分数线,虽然只过了 8 分。

张子帆慢慢地放下了电话,脑袋中回想着刚才听到的结果,一时间,仿佛整个世界都安静了下来,他听不见任何声音。终于,他激动地叫出声来,不顾周围人异样的眼神,他哈哈大笑起来。

这个成绩对于张子帆来说,无疑是一个惊喜,本来以为重点大学已经无望了,但没想到,他还有一丝机会。

张子帆并没有把这个消息告诉自己的父亲,他在等录取通知书,他希望与父亲一起分享他的喜悦。

没过多久,张子帆便接到了大学的录取通知书。这张录取通知书是张子帆十多年来收到的最好的礼物了。因为上面写着的正是他第一志愿表格里的大学名字——华夏能源大学。

张子帆悬了很久的心,终于可以松一口气了。

第二章 别了,大山

张子帆等来了想要的结果,真有点儿起死回生的感觉,他甚至已经忘记了曾经的目标是名牌大学这一回事。

当张子帆把这个消息告诉父亲的时候,父亲也抑制不住地高兴,眼睛里开始泛出了泪花,然后长出了一口气。此刻,他想到了张子帆的母亲,便从家里拿出一块猪腿肉和一炷香,赶忙叫儿子去母亲的坟前祭拜。

张斌想要请邻里亲戚来家里吃饭,对十一个农村人来说,考上大学这样大的喜事,一生中也就只有结婚才能与之相提并论了。

张斌一边想着,一边忙活起来。他找来了张子帆的叔叔一起商量,最后决定要好好地摆上几桌。

很快,张家的小院子就热闹了起来,村里的人都赶来祝贺,村支书来了,家里的亲戚来了,周围的邻居更是凑了过来,大家都要来瞅瞅村里的大好事。

平日里,大人们的场合哪儿有张子帆说话的分,而这天他却俨然成了众人中的主角,唯一的主角。

张子帆端着酒杯逐一敬过长辈和邻里乡亲,脸上挂着笑容,嘴里有模有样地说着答谢的话。

一圈下来,张子帆的脸上已经泛起了红光,额头上也已经渗出汗珠,但他说话始终还是那么逻辑清楚,分寸得当。

在经历了高考后,张子帆俨然是一副大人的模样了。一个非常重要的品质在他身上显现出来,那就是坚毅!

这是在艰苦环境里造就出来的品质,只要他认定的,就很难改变。有人认为他做事执着,也有人觉得他为人固执。

酒席快结束的时候,有人在院子后面喊张子帆。张子帆走过去,发现是同村的赵东林。

"东林,你在这儿做啥?到家里吃饭去。"张子帆一边说着,一边伸手拉赵东林。

"我就不进去了。"赵东林一副为难的样子,说话吞吞吐吐的。

张子帆突然意识到了什么,说:"那你来找我……"

"听说你要走了,我的一点儿心意,你收下。"赵东林说着,把手上攥着的五十元钱塞到张子帆手里。

"你哪儿来的钱?!我不要。"张子帆扬了扬手,推辞着。

"你收下,别嫌少,我想这也是我爸的意思。"赵东林硬是把钱塞进了张子帆口袋里。

"你真不进来坐会儿了?"张子帆问道。

"不了,你啥时候走?"

"八月底吧。"

"你是我们这些人的骄傲。"

张子帆听见这话,突然产生了一种复杂的情绪。他把头一低,说道:"你呢,以后有什么打算?"

"我,我可能要出去打工了,村里好多人都出去了,"赵东林带着嘲弄的表情说道,"也算是跟你一起走出去了。"

张子帆不知道该说什么。他自己考上了大学,在世俗的眼光里,他是大学生,是天之骄子;而眼前的玩伴却只能选择另外一条截然不同的道路。

"那你好好干,在外面也闯出自己的一片天地。"张子帆衷心地祝福赵东林。

赵东林苦笑了一下:"你赶紧回去吧,家里客人多,我就走了。"说完,转身就走了。

张子帆看着赵东林的背影,心情很是复杂,有不舍,有不甘,还有一丝同情。

说起来,在村子里,张子帆除了自己的父亲,赵东林是他最熟悉的人了。他们小时候一起走三公里路,再爬半小时山上小学,一起摸泥鳅、扒红薯、烤知了,一起闯祸被人找上家门,后来又一起在镇里上初中,同一个床上睡过觉,同一个碗里吃过饭。尽管一个学习成绩好,一个压根不学习,但多年来,他俩却一直保持着深厚的友谊。

可赵东林的父亲和张斌的关系却不怎么和睦。其实,原本两人在村里也是称兄道弟的,可后来为了一块麦地闹翻了,那块地最终归了张家。赵爸爸从此怄不过,大事小事上都跟张斌杠,两人的关系也就一落千丈。人前见面不打招呼,人后也是尖酸挖苦。这不,张家办酒席,这可是大喜事,邻里乡亲都来了,唯独赵爸爸把家里人扣住了。

张子帆待在原地愣了好一会儿,才转身回到家里。

在家待了一个月,熬过了炎热的夏季,秋意尚在孕育的时候,张子帆要出发去他梦寐以求的大学了。

九月的头一天，天刚露出个白头，张子帆便拎着早已经检查过好几遍的沉沉的大箱子出发了。

张子帆是一个人上路的。原本父亲担心他从未出过远门，想要送他去大学，也好看看大学是什么样子的。

张子帆则不同意，他觉得大学对他来说是一个崭新的起点，他要以一个更加独立的姿态去面对。他已经做好了准备，要勇敢地去面对未知的世界，迎接更多的挑战。所以他说服了父亲，便独自上路了。

清晨的农村没有一丝声音，安静极了。对面山上的树木在微微的晨光下隐约着，辨不出轮廓，蜿蜒的山路上一辆车都没有。九月的早上，微风中有点凉意，院落里偶尔传出几声鸡鸣，预示着新的一天已经到来了。

张子帆感觉身体轻轻的，浑身充满了力气，手上沉甸甸的箱子仿佛轻若无物，连后背上装满食物的双肩包，也轻快许多。他沿着蜿蜒的公路很快便来到了半山腰。

张斌此刻站在山坡上，清晨的露水浸透了他的裤脚和鞋，他望着儿子越来越远的背影，心里充满了不舍，但更多的是欣慰。他觉得儿子长大了，有了更广阔的天地！

直到再也看不到张子帆的身影，张斌才站起身来，揉了揉早已红肿的眼睛，慢悠悠地回到家里。

张子帆爬上山顶后，放缓了脚步，他不敢望向家的方向，因为他怕看到父亲还在原地望着他。但他想再好好看看生他养他的地方，以后也许回来的机会就少了。

厚德镇的村民已经开始忙活起来，整个村子热闹起来，不断升起的袅袅炊烟，像是以最独特的方式向张子帆告别。

再见,大山的孩子!再见,田野的精灵!

张子帆停下来,放下手中的箱子,面朝着村子的方向,缓缓地闭上了自己的眼睛,舒展开自己的双臂,好像要把整个大山、村落都紧紧地裹在自己的怀里。然后他深深地吸了一口气,在自己的心里默默说:再见!再见!再见了!

一轮红日不知不觉地升起来,把整个山映得通红。

第三章 初到、初见与初识

前几天已经道过别的几个高中同学赶来火车站送行,这让张子帆心里酸酸的。

让张子帆意外的是,平时和他少有来往的一个女同学陈然也来了。他们并不熟悉,所以他跟几个男同学闲聊一阵后,才问起她来。

陈然的大眼睛中闪着光,说话的声音也格外清脆干净。她说是同学们打电话说要来火车站送人,所以自己也来跟张子帆道个别。

离别的时刻总是来得很快,火车的鸣笛声再次响起,提醒着张子帆该上车了。

张子帆和男同学们一一拥抱,而这时陈然从包里摸出一个系着花丝带的笔记本,送给张子帆。

"张同学,再见了!祝你前程似锦!"陈然微笑着说道。

张子帆的脸一下子红了,赶紧接过笔记本,慌慌张张地说了一句"谢谢",就转身上车了。

张子帆就这样告别了他的高中时代,踏上了开往大学的火车。

火车悠然地行驶着,田野、青山,各种风景在车窗外闪过。张子帆开始变得高兴起来,他觉得他以后的生活,就如同窗户外面的世界一样，多姿多彩，充满着希望。

张子帆盯着外面看了好久，才慢慢地打开了陈然送的笔记本。

只见扉页上干净地写着：

> 就此和你作别
> 你要像风一样飞舞
> 划过彩色的长空
> 在无限的世界里
> 化作鹰一样去翱翔
> 你将有一个光明的前程
> 和一首灿烂的诗歌
> 愿你回首过去
> 像纷飞的花瓣落入了你的生活

张子帆顿时思绪翻涌，他想起了父亲和家里的大水牛，想起了去年春天在院子里种的柳树，想起了高二那年帮一个女生撒谎后的难为情，但最让他不知所措的却是眼前的笔记本。

同学三年，张子帆几乎没有和陈然说过话。张子帆的座位离陈然很远，张子帆对于陈然的印象仅限于她出众的写作才华。

张子帆记得，语文老师经常把陈然的作文当成范文读给大家听，并说从她的文字里能读出诗的味道，略带着女性的清冷。或许正因为如此，张子帆总觉得陈然是一个高傲的女生，不太敢接近。

如今陈然的几句送别语，让张子帆受宠若惊，就像一个从未谋面的友人，突然偷偷地告诉你，其实她一直就在你身边。

这本笔记本就好比蜜糖一般，击中了张子帆，让他的心里又暖又喜。

一阵"哐当哐当"的火车声把张子帆从无尽的思绪中唤醒,张子帆这才感觉到火车上的拥挤。整节车厢里除了人外几乎再也看不到其他东西了,坐着的、站着的、躺着的已经完完全全把这整节车厢挤满了,有人要去上个厕所,简直比千军万马过独木桥还要艰难。

张子帆坐在座位上,连腿都伸不开,没过多久,肌肉就有些酸疼了。不过,看着周围拥挤的人群,他倒是有一种看热闹的感觉。

张子帆整了整衣衫,喝了口水,决定不再去想笔记本上的内容,转而开始打量起眼前的这一切来。

对于第一次出远门的张子帆来说,火车上的一切都是那么的新奇。他觉得自己就像一只土拨鼠,要乘着绿皮火车去远方寻找粮食。

张子帆看到了正在大山中开凿隧道的工人们,看到了田野里打理庄稼的农民,看到了城市里来来往往的上班族,看到了雷雨过后树林的翠绿,看到了很多大自然奇妙,张子帆由衷地感叹,祖国万里河山美啊!

这一路的景色,张子帆激动不已,完全沉浸在沿路祖国的美好河山中。

别人坐火车的痛苦,却被张子帆当成了幸福,甚至连绿皮火车的轰隆声都充满了诗意,他觉得火车是在拉着形形色色的故事奔向原野、山脉和充满光明的未来。不知不觉间,火车已经到站。

华夏能源大学位于铜城市,这个城市以发达的钢铁产业闻名全国。

铜城市的建筑大多依山而建,道路两旁各种树木密密麻麻,古老的建筑在树丛中时隐时现。有条小河贯穿整个铜城市,铜城人把它叫作小南河。

第三章 初到、初见与初识

山水养育着铜城的人民，闲暇之余，不少人来登山、游泳，山与水遥相辉映，成为一道亮丽的风景。

铜城市的北面是一家大型的钢铁企业。20世纪60年代，铜城市大力发展钢铁产业时初建，到现在公司的钢铁年产量已经达到上亿吨了。

钢铁行业的高速发展，很多与炼钢相关的小企业也应运而生，在铜城市形成了一个以钢铁生产为核心的产业聚集区，这些产业的年收益占了整个城市的四分之一，也因此成了整个城市的经济支柱。

铜城人大多在钢铁厂上班，很多工人把一辈子都奉献给了钢铁事业，用他们自己的话就是："为了祖国的钢铁事业，抛头颅洒热血。"

铜城市的南面，与钢铁厂相对的就是华夏能源大学了。这所大学也是铜城市的另一个招牌。铜城市长有一个形象的比喻，铜城市是哑铃型发展，一头是产业，一头是教育，中间连着政府。这话虽然有些托大，但也贴切，说出去也为铜城赢得了不少的掌声。

那是个阳光充足的午后，张子帆怀着激动的心情来到学校。

华夏能源大学坐落在半山腰，建筑被山上的树木遮蔽着，校门口的牌匾上写着学校的校训——艰苦奋斗、自强不息。看起略带沧桑的校训在阳光下熠熠生辉，空气里弥漫着青木潮湿发涩的味道，校门口的草地上有几只鸟在飞来飞去，再往里走，一栋栋古老的建筑映入眼帘。

"真美啊！"张子帆不禁感叹道。他感觉自己是一只被放飞的小鸟，在热闹的校园里肆意地奔跑着，感到自由，心里充满了希望。

张子帆是最早到宿舍的，他选择靠窗的一个床位安顿下来，然后又一个人美滋滋地把宿舍里里外外打扫了一遍。

不久，张子帆见到了第一个室友，是一个高高壮壮、皮肤黝黑的男生。他声音浑厚，张子帆从他的口音猜出他是东北人。

见到张子帆，室友主动寒暄，报上自己的姓名——王义，并把自己的情况从里到外地介绍了一遍。显然，王义是一个开朗健谈的东北小伙。

接下来的室友是一个本地人，叫宋书平。他戴着一副眼镜，厚厚的镜片把鼻梁都压出了一个小凹痕，给人一种眼镜随时要掉下来的感觉。他说起话来也彬彬有礼，穿着规矩而不失体面。

宋书平的父母都在本市的钢铁厂上班。据宋书平说，他考上大学后，父母特意请同事喝了整整一天的酒。他们希望宋书平毕业后也能来钢铁厂上班。到时候一家三口一处上班，倒也方便。

闲聊一通后，王义和宋书平开始收拾自己的行李，二人带的生活用品一应俱全，还有很多东西是张子帆从没有用过的。张子帆有些不好意思起来，觉得自己上上下下都土气得很。他拿出几块钱去买了一些日用品，又特意穿上一件长袖的涤纶白衬衣，以此来减轻内心的自卑。

不过，让张子帆稍感轻松的是，随后来的室友于森也是农村人。于森是宿舍最胖的一个，尤其肚子大，看起来就像一尊活菩萨，全然不像十七八岁的样子，普通话也说不好，一听就是大山里走出来的学生。

当于森扛着大箱子满面油光地走进宿舍的时候，张子帆立刻意识到两人是一路人。事实上，两人也确实聊得来，从怎么考上大学，到怎么来到大学通通地和对方讲了一遍。

正当两人聊得兴起，外面突然传来一阵喧哗声。张子帆探头一看，原来是一群人拥着一个人走了进来，被拥在中间的人就是张子帆的新室友吴越。

张子帆打量了一下吴越,见他上身穿一件白色的条纹衬衫,下面是一条黑色宽松裤子,头发根根挺立,似乎还喷了发胶,脸上的皮肤也是白白嫩嫩的,比女孩子的皮肤还要好。张子帆反观自己,顿觉自惭形秽。

后来张子帆才知道,吴越的父亲是柳梁市的领导,母亲又自己开着公司。就连上学,吴越母亲也是自己开着车,带着一干人等,浩浩荡荡地把他送到了学校,还在市里最大的超市帮他买好了一切需要的东西,苦口婆心地说了好一阵子才离去。

自然,这样的对比让张子帆格外别扭。让他更难堪的是,吴越对着几个室友一一打过招呼,却始终对张子帆视若无睹,就好像压根没注意到他的存在一样。

宿舍里还空着一张床,按照惯例,这是六人的宿舍。但这最后一人直到一个月后也没见踪影,听说是不满意这所学校,又复读去了。

大学的生活就这样开始了,张子帆的心里满是新鲜和激动。住校的第一个晚上,整个宿舍叽叽喳喳地聊到很晚。

张子帆很少说话,他一边静静地听着室友闲谈,一边思考自己的事情。他已经遇到了一个难题,一个农村的孩子来到陌生的城市,周围都是光鲜亮丽的城市学生,他不知道如何平和地应对心理落差。

就这样,来到大学的第一个夜晚,张子帆失眠了。周围即使没有一点儿声音,他还是闭不上眼睛。而且他的老毛病也跟着来了,整晚他都感觉想上厕所,起起出出好几次。

第四章　暴动的军训

大学的第一次班会是在学校的后山举行的,张子帆在班会上第一次见到了辅导员王志平。

学校的后山是一个好地方,浓密的树荫透着清凉,到处可见飞来飞去的小鸟,叽叽喳喳地叫唤着,像是在迎接远方的客人。

此时,远处钢铁厂的几个大烟囱正气势磅礴地吐着热气,在空中汇聚成一团团壮观的蘑菇云,让这些年轻的学生们既惊叹又敬畏。

大家围成圈坐着,班里一共三十个人。王志平先是慷慨激昂地介绍了学校的历史,然后详细地讲述了本班的专业情况,并语重心长地教导大家该如何度过宝贵的大学时光。

王志平讲道:"如今,国家建设将迈向一个新的阶段,而学校正处在新的历史时期,肩负着培养栋梁的使命与责任。在座的各位要认真学习、践行校训,每一位学子都要在时代的巨轮中找到自己的位置。大学是人生的重要分水岭,也将是你们的黄金岁月,希望你们有一个饱满、踏实的大学生活!"

大家刚刚从压抑繁重的高中生活中解放出来,正是撒欢的时候,哪里听得进去这些。王志平讲话的过程中,同学们都在三三两两地说着悄悄话。

王志平见状也没有责怪大家,宣布开始班委会选举,同学们顿时热闹了起来。几个候选者为争取大家的支持,轮流发言,纷纷表达以后要如何为班级服务,如何建设一个友爱、团结、向上的班集体。

张子帆跟着大伙儿鼓掌、举手投票,旁边的一个女同学从背后推他,叫他也去试试。张子帆尴尬地笑了笑,摇摇头拒绝了女同学的好意。

其实张子帆有自己的打算。他知道自己比不得其他同学,他最主要的任务是好好学习,闲暇时间他想找点儿零活,一来减轻一下父亲的压力,二来也可以提高下自己的生活水平。当然,最重要的是,他不敢在这些光鲜亮丽的同学面前发言,他甚至不知道自己该讲些什么。他害怕自己的一腔热血会被冷水浇灭,此时的他敏感脆弱,根本不敢想象竞选的结果。

倒是身旁的这位女同学主动地站了起来,说要去试一试。而且让张子帆印象深刻的是,她手中好像一直拿着一本书,这本书被她当成了演讲的道具,恰到好处。

吴越似乎对这些也不感兴趣,王义叫他上去露两手,他开玩笑地说道:"我只关心咱们班有几个美女。"

最终,王义凭借他的豪爽、幽默被大家推选为班长。宋书平也靠着他的真诚被推选为生活委员。最让大家意外的是,于森凭借他的身材优势竟然被选为体育委员。这真是让张子帆大吃一惊。

这天晚上,吴越招呼全班同学在校外大吃了一顿,用他的话,这叫"团结兄弟姐妹"。

在张子帆眼里,吴越越是兴奋地招呼同学,介绍这个菜那个菜，越让张子帆心里不舒服。不过，他还真从未这样阔气地吃过一回饭，看着满桌子的美味，他心里算了一下，这一顿的花销可够他吃几个月的了。

心里虽然有些不是滋味，但既然来了，张子帆干脆放开了肚子，大吃起来。

同学们似乎也都是见惯了这样的场面，虽然还有些距离感，说话聊事也以客套为主，但吃相却是轻松自在的，只有一个人，察觉到了张子帆的异样。

刚开完班会，学校就开始了军训。早晨四五点钟就要起床，很多人还在前一夜的畅聊中没有醒过神来，就又要面对教官和太阳的双重考验。太阳毒辣，教官严厉，每个人机械地站在烈日下，一动不能动。对于很多同学来说，军训简直就是噩梦。

一想到这才是刚刚开始，吴越尤其痛苦。他从小就没有受过这样的罪，皮肤都晒黑了好多。不过军训对于张子帆来说，除了太阳下有些晒，其他的倒也没有什么，在农村的劳作不比军训轻松。

张子帆从一开始就暗自下定决心，要在接下来的学习生涯里好好表现，因为他知道自己没有挥霍时间的资本，他没有办法跟吴越他们比，他甚至没有办法和于森比。他每天早上很早就来到军训地点，在清晨稀稀拉拉的队伍里找到自己班的位置。

张子帆是班里每天来得最早的几个人之一。令张子帆意外的是，班里有个叫刘雨的女孩，每天都比他到得更早一些，而且她雷打不动地站在最左边第一排的位置。

刘雨的个子在女生里算偏高的了，留着长长的马尾辫，脸型圆润，两个脸蛋胖嘟嘟的如同婴儿一般，整个人显得干净又乖巧，张子帆不由得多瞅几眼。

第四章 暴动的军训

几天过去，张子帆发现根本不用再费劲寻找自己班的位置了，刘雨成了他的活动坐标。

张子帆从宋书平口中得知，刘雨是本地人，父母都是做生意的，家境不错，学习成绩也很好。张子帆很好奇宋书平是如何打听来的，宋书平只管卖着关子说，班里每个人的情况他都知道。

张子帆看着宋书平讲这话时的得意，心想，这人简直就是一个"包打听"。

这一天，张子帆像往常一样早早地来到操场。刘雨看到他，上前主动跟他打招呼。趁着训练还未正式开始，他们闲聊了一阵，聊的内容并无太多要紧的，不过，这算是进入大学以来，张子帆第一次跟女孩子聊天。

其实张子帆和刘雨也并不是第一次接触。那天班会后，刘雨在下山的时候被石头绊了一跤。当时张子帆就在她后面，便伸手拉了她一把，还碰到了刘雨的手。刘雨回过头来跟张子帆说了声"谢谢"，脸红红的，显得特别腼腆。

"你那天晚上的吃相真可怕，像个饿死鬼。"刘雨打趣张子帆。

张子帆先是疑惑地看了刘雨一眼，然后意识到她在说什么，脸上一阵热辣辣的烫。没想到前几天的聚餐还有人注意到他，回想起自己当时的吃相，还是被一个女孩子看到了，他感到特别丢人。

张子帆有点儿语无伦次地说："饿得不行了。"

稍微镇定下来后，张子帆又有一种说不上来的兴奋，这是不是意味着刘雨在注意自己呢。一个可爱的女孩子在看着自己吃饭，怎么也是一个美事吧。不过，幸好她看不到自己当时的心理活动。

刘雨一句调侃的话，反而把两个人的关系一下子拉近了，他们明显比周围的同学更快地熟起来。但这种熟悉又跟张子帆和于森的不同，后者是两个小男子汉的同道对话，而前者多少开始蕴含着异性吸引的感觉。

只要有见面的机会，刘雨和张子帆总要聊聊天。渐渐地，他们俩吃饭也坐到了一起，路上遇到了也经常结伴而行。

在刘雨眼里，张子帆为人有礼貌，态度又谦和，有时候还很细心，最特别的是他时不时地说出一些话，让她感到惊讶又新奇。

而在张子帆眼里，刘雨是个稍显内向的腼腆姑娘，温和乖巧，虽然有时候话很少，但却愿意听他讲一些乱七八糟的事情，让张子帆内心的自卑减轻了许多。

又过了几天，军训的日子已经不再那么难熬，大家又开始有说有笑了。

以吴越为首的几个人，成天在军训的队伍中捣乱，变着法子逗大家开心，女孩子们倒还真是买账，只是想笑又不能笑的感受，反而让她们痛苦。

吴越几人的表现，终于惹怒了教官，吴越几个人被罚站军姿。可吴越也不是会知错就改的人，他似乎越战越勇，经常在队伍行进中，突然冒出几声怪笑，或者故意耍些小伎俩，时间长了，教官拿他也没有办法了，只好由他去了。

而夜里的讨论依然如火如荼，几乎每天晚上都有各种各样的话题。当然，对于十七八岁的男生而言，对于异性的好奇必不可少。他们议论哪个女生最好看，哪个女生气质好，哪个女生符合自己的理想标准，他们甚至评出了班级四大美女。吴越公然说，陈雨珊是班花。

陈雨珊确实长得好看，眉目清秀，鼻子挺拔，嘴唇红润，留着时髦的长发，有时候略施粉黛，更显出少有的成熟，富有魅力。

第四章 暴动的军训

张子帆觉得陈雨珊这样的女孩子可能跟他永远也扯不上关系，而且他们没有把刘雨纳入四大美女之列，张子帆觉得这样的榜单很是无趣，所以他从来不参加大家的讨论。

不过张子帆的内心却从来没有平静过。他也在幻想属于自己的爱情，他想不论贫穷还是富有，都有权利享受爱情的快乐和愉悦！

那谁才是适合自己的女孩子呢？刘雨有可能吗？她那么温柔可爱，又是城里人，一定有很多人喜欢。她会在意自己吗？也许在她心里自己连朋友也算不上吧。

每晚的夜聊继续着，军训中的斗智斗勇也继续着，大家逐渐习惯了大学的生活，一切都渐渐地步入正轨。

就在这时，不知道从哪里传来谣言，说军训的教官居然在追求陈雨珊，已经到了开始送花的阶段。而宋书平也说他亲眼看到教官把一盒巧克力送到了陈雨珊手上。

不管这事是真是假，都引起了大家的热议。很多人愤愤不平，尤其是在男同学心目中，教官的形象彻底跌到谷底。他们把教官几乎看成了披着羊皮的狼，抱怨他怎敢对班花下手。

"老流氓！"私下里大家痛痛快快地把教官骂了个底朝天。

吴越更是气得直捶墙，就差直接去找教官理论了，寝室里的人都知道，吴越很喜欢陈雨珊，甚至已经决定要去追求她了。

王义倒是很客观，说要再调查调查，指不定是讹传。但从吴越鄙视又气愤的眼神中，张子帆知道，他是信以为真了。

情绪终究是要释放的。这一天的军训，吴越终于不再调皮捣蛋了，其他人也显得特别听话，一切倒变得非常怪异了。

果然，在踢正步的环节，教官在队列间逐一地检查姿势。到吴越的时候，他故意把动作做得不标准。教官让他再踢一次，他依旧是踢到一半就放下了。大伙儿知道吴越又要挑事了，教官也看出他是故意的，便大声地吼着，要求他再踢一次。

话音还未落，吴越便铆着劲儿，将腿踢了出去，不过却是朝着教官的腿踢出去的。没想到吴越还挺有劲儿，教官被踢得趔趄了一下。

教官顿时就生气了，走到吴越面前，将他拉出队列。吴越趁机又踢了几脚，教官气急之下将吴越翻倒在地，吴越站起来后恶狠狠地扑上去跟教官扭打起来。

周围的人看见赶忙拉着二人，但吴越哪里肯服输，甩开了众人，又和教官扭打到一起。形势瞬间就失控了，训练场一下子就变成了格斗场。

张子帆在混乱的人群里把刘雨带了出来，并立刻找来了学校的领导。学校保卫科的同志全体出动，好不容易，才渐渐把混乱的场面控制住。

事后，学校做出处罚，教官受到停职处分，而吴越也被记了大过，留校察看。

打架事件总算是平息了下来，但流言却没有结束。围绕陈雨珊的各种传言顿时纷起，持续了很长时间才告终。被打得鼻青脸肿的吴越也成了流言的中心，有人说他是英雄，有人说他跟陈雨珊已经谈起了恋爱，也有人说他是"刺儿头"，爱出风头罢了。

陈雨珊宿舍的人也把这件事情进行了深刻的剖析，最后焦点也落在了吴越身上，她们把吴越的老底都揭了出来。

张子帆虽置身事外，可日子也不太好过，他和吴越的关系本就不好，因为这次"告状"，不仅吴越没给他好脸，就连王义也跟他疏远了。

其实，王义本来就不太喜欢张子帆，觉得他生活上过于斤斤计较，而这次事件更是让他们觉得张子帆是个胆小怕事的胆小鬼。好长时间王义都不与张子帆说话，逼不得已的时候也是话中有话，极尽讥讽挖苦。而宋书平这时候的老好人形象开始展现出来，装着没事似的两边不讨好也不得罪。

之后的一段时间内，张子帆在宿舍也就和于森说说话。

其实，吴越对受处分这事儿毫不在意。他们对张子帆的鄙夷源自他们与生俱来的自信，而恰好张子帆性格上的自卑给了他们可乘之机。

人就是这样的，你越是怯弱，越是没有自信，越会让周围的人反感。

第五章　色彩缤纷的大学生活

军训刚刚结束，天气有了一丝凉意，不再像八九月那样炎热，白天的时间明显变短了，偶尔也会下点儿雨，淅淅沥沥的几滴，落在地上，一会儿，便消失得没了踪影。

大家脱去了清一色的绿色军装，开始换上自己精心准备的衣服。女生们为打扮得漂亮些，在军训时被晒得黝黑的皮肤上定要花一些时间，男生也时刻注意自己，毕竟，十七八岁正是年轻人爱美的年纪。

而像吴越这样的公子哥，自然是不甘落伍，各种款式的衣服随便穿。张子帆没有那些好看的衣服，一件长袖的涤纶白衬衣也只有在有课的时候他才穿，课后回到宿舍就换洗干净，等到下一次上课的时候再穿起来。

同学们穿上适合自己的衣服，每个人的模样才明显地显现出来，同学之间再也不必等走到面对面才能叫出名字，只要远远地瞅着一身的装扮，一下子就能分辨出来谁是谁了。

张子帆对刘雨说，他闻到了栀子花的香味，即使刘雨告诉他栀子花是在五六月份开花，但他依然坚持说他确实闻到了。

很快国庆节到了，校园里难得安静下来，高年级和本地的学生大多回家去了，很多新生正好趁机熟悉熟悉周遭的环境。各种小范围的校园活动开始丰富起来，同学们急切地想在大学的舞台上找到自己的位置。

王义特意挑了个看得见月亮的晚上，组织留守的同学搞了一次班级活动，主题是分享，其实主要目的就是大家聚在一起，深入地了解一下即将一起共度四年时光的大学同学。

大家在校园里的草地上围坐着，十月微寒，草地上已经有些许潮气。张子帆找了一本书铺在地上，叫刘雨在他旁边坐下来。

大家自报家门，郑重其事地把自己的情况简单地介绍了一下，有的人只说了几句话，有的人则娓娓道来，像是在做演讲。

张子帆听着同学们的经历，心里很是感慨，转而想到自己是多么的平凡，以至于轮到他时，他竟一时不知从何说起，只是简单地介绍了自己的名字和来自哪儿，便草草了事。

或许是因为深深的自卑，张子帆刻意地省略了自己来自农村这件事，似乎是平日里与吴越对比久了，他总是不想让人知道他的家境，生怕会被人瞧不起。

月亮渐渐爬过了树梢，晚风轻轻地吹着，草地边几朵野花安静地盛开，桂花的余香还在鼻尖环绕，多么美好的浅夜。

大家做完自我介绍之后，有人提议唱歌来活跃一下气氛，提议很快得到全体同学的响应。

说话间，吴越已经窜了出来，说要给大家献唱一曲。

可吴越刚唱了几句就把大家逗得哈哈大笑，吴越的普通话原本很标准，但偏偏不知怎的，一唱歌普通话就转换成了方言，连他的好哥们王义都叫他不要再唱了。

大家都齐声叫着文艺委员李小莫的名字，要她来一首。李小莫的大名大家早已如雷贯耳了，连张子帆这种不关心班级闲话的人都听说了，班上的文艺委员李小莫唱歌很好听。

李小莫也不推辞，把手中的书放在了自己的包上，自信地站了起来："那就给同学们唱一首《白桦林》吧。"

静静的村庄飘着白的雪，阴霾的天空下鸽子飞翔……

李小莫刚一起头，低沉舒缓的调子就把大家镇住了。果然闻名不如见面，大家先是微张着嘴巴呆地看着她，随后就被她的歌声感染，不自觉地跟着拍子摇晃着身体。

事后张子帆想，李小莫当时选这首歌一定是早有准备，不然怎么会如此应景，在那样一个夜晚，在那样安静的氛围下，悠扬婉转的歌声顿时把人带入安详和宁静的想象中。

在李小莫的歌声中，张子帆仿佛看见了一片金黄的白桦林，他在其间穿梭着，一群白鸽飞过，扑打着希望的翅膀，天空一望无际，下面是安静的村落，他在一棵树前停下来，抚摸着白桦树，渴望着一个穿白色连衣裙的姑娘的到来……

张子帆的眼里竟慢慢有了泪水，他没想到一首歌能令他如此动容。他的心里时暖时寒，这感觉就好像离开林夏县时，在火车上望着高中同学渐渐远去的背影，心底泛起的暖流，但随后又好像是身处空无人烟的荒漠般的孤独，让他瑟瑟发冷。

张子帆不禁仔细地打量了一下李小莫，忽然想起在竞选班委的时候，有个女生在背后推他。当时他由于紧张没有注意是谁，现在发现李小莫居然就是那个女同学。张子帆不由得咬了咬牙，他觉得自己当真是一个土包子，身上没有任何闪光点。

不知道怎么回事，张子帆突然想起了陈然。离开林夏县后，他们就再也没有任何联系，也没有留过联系方式，从此也不会再有来往了吧。那首诗他现在几乎能倒背如流，青春年华里的美好感情，他能真切地体会到，但却有些迷茫。

此刻，张子帆觉得李小莫清秀的脸蛋，居然跟那首诗重合到了一起，他不由得开心地笑起来，他真心地感谢生命中能有陈然这样的人出现。

过了一会儿，张子帆发现大家都在跟着轻唱，便也跟着唱起来。然后有人开始跳起舞来，他们或两两相伴，或独自翩翩起舞，气氛变得更加活跃。

刘雨叫张子帆也一起参与进去，张子帆连连摇头拒绝。他连唱歌都混在人群中瞎哼哼，更别提跳舞了。宋书平倒是大大方方地过来拉起刘雨的手，加入跳舞的行列中去。

一首歌接着一首歌，一支舞连着一支舞。同学们挽着胳膊热情地跳着，脸上的笑容比花儿还要灿烂。

李小莫见张子帆只是安静地看着，便过来邀请他一起参与，一双炯炯有神的大眼睛盯着他。

张子帆微微地笑了笑，友好地摇了摇头，并没有说话。李小莫坚持要他参与，还打趣地说"文艺委员可不愿班上有落后分子"，但依然没有打动他，面对如此顽固的人，李小莫也只好作罢。

一条大河波浪宽
风吹稻花香两岸

>我家就在岸上住……

>让青春吹动了你的长发
>让它牵引你的梦
>不知不觉这城市的历史……

>原谅我这一生不羁放纵爱自由
>也会怕有一天会跌倒……

在这样的纯真年代，音乐成了大家内心自我对话的桥梁，也是大家彼此之间产生共鸣的最好方式，它拉近了男男女女的距离，让他们变成了更为亲密的战友。

那天晚上大家都意犹未尽，活动一直持续了好长时间才结束。一个人走在回宿舍的路上，这个时候张子帆倒是彻底放松了。夜给了他最好的武装，他顽皮地把路走成了一个八字形，偶尔一脚踢起路上的小石子叮叮作响，口中也开始随意地哼起来：

>我是一只小小小小鸟
>想要飞呀飞，却飞也飞不高
>我寻寻觅觅，寻寻觅觅一个温暖的怀抱
>这样的要求算不算太高……

军训之后便是紧张的学习生活，同学们很快便投入到学习的热情中，校园里开始弥漫着书的味道，到处都是朗朗的读书声。

每天早晨六点，学校广播准时开始播报新闻，勤快的同学陆陆续续地起了床，麻利地洗漱完毕，到学校操场跑两圈，然后去食堂吃点儿早餐，就奔着教学区去了。其实，他们也只是先去占一个座位，放下书包后，就又找一个静僻处晨读去了。

而那些平日里懒散惯了的同学，则一定要挨到第一堂课快要开始时，才匆匆忙忙地从被窝里爬起来，甚至来不及洗漱，就睡眼惺忪地冲出宿舍上课去了。路过教学区里的杂货铺或小吃店，将就着买个刚出锅的包子，边跑边吃，有人甚至还跑错了教室，留下一个滑稽的吃相和一串笑声。

下午的课程通常少一些，爱好体育的男同学一般会趁机去操场上打打篮球，不爱运动的人找间自习室继续读书，也有不少人去图书馆找一本自己喜欢的书读一下午。这是属于同学们相对自由的时间，上午的基础课把大家的脑筋折磨得够呛，刚从高等数学微积分的迷宫里走出来，又要试着在概率论的战场上斗一遭，偶尔一节逻辑学算是给大家舒缓神经了，所以大家就更加珍惜下午的闲暇时光了。

晚上的时间大家都要去上自习，三三两两的同学寻一间小教室，有时候还会为了一个座位跟别人起争执。晚上用来整理整理一天的笔记，或者完成一天的作业，讨论一道难度颇高的高数题，或者看一份自己喜欢的杂志。

同学之间已经较为熟悉了，关系好的男生和女生相约着一起出入教室。张子帆买了一张电话卡，基本都用在约刘雨出来上了。

每天晚上，张子帆都会打电话到刘雨宿舍，叫上她一起去上自习，当然刘雨有时候也主动约他。张子帆辅导刘雨高数，而刘雨则帮张子帆学英语。

刘雨一听张子帆说英语就想笑，打趣说张子帆是从印度来的。

有时候张子帆也会故意用自己蹩脚的英语来逗刘雨,见她脸蛋儿泛着微红,捂着小嘴儿偷偷地笑,张子帆的心情也随之高兴起来。

刘雨的零花钱比较宽裕,偶尔在饿了的时候就到校门口的集市上买些小吃,拿回来一起吃。

一到周末,本地的同学就回家去了。外地的同学多半会睡个懒觉,然后把一周积攒的脏衣服洗干净。爱出去玩的同学约个朋友,一起逛街,去市中心好好溜达一番,买一些日用品回来。爱运动的同学自然叫上一帮人打打篮球、踢踢足球,然后再去校门口找个小店好好美餐一顿。

张子帆有时候也会跟着去打打篮球,出去吃饭就算了,当然,有人买单除外。但他更喜欢坐在教室里面的感觉,课外的生活总会给他带来很多烦恼,只有在教室的时候他是踏实的、平和的、热情的。就连那些难倒无数人的高数题,他也觉得分外可爱,虽然蹩脚的英语一度让他感到窘迫,但只有学习才能让他静下心来,因为他知道,在知识的世界里他不会输给任何人。

张子帆常坐在阶梯教室后排的靠窗处,听着窗外的蝉鸣声,教室里有人在窃窃私语和睡觉,整个教室有一种慵懒的感觉。阳光透过外面的树枝照进教室,打在人的身上,光点斑驳。抬头望向窗外,一片落叶慢慢地从树上落下,整个校园安静得像一个温柔的妇人。他是真的爱着这种感觉,每片落叶、每一缕阳光、每个角落,他都爱着。

一个晚上自习后,刘雨带着张子帆吃了点儿土豆片,两人在学校的岚青路上散着步。晚上的林荫道有一番独特的韵味,在路灯照射下,树影斑驳,一阵风吹过,树叶发出"沙沙"的声音。

"这里真像一个虫洞,时空虫洞。"张子帆对着一个路灯,惊叹地说。

"嗯?"刘雨吃着手中的冰棍,一时没有反应过来张子帆说的话。

"学校和学校之外的世界差别那么大,很不真实。好像我们被时空隧道里的漩涡拉扯成了幻影,见到的并不是当下真实存在的,是一种幻象,也许我们的身子在另外一个地方,而我们的思想却停留在这里。"张子帆自顾自地说。

"说得我好冷,这里真的是很漂亮呢。"刘雨一边说着,一边把衣服的拉链拉上。到了夜里十点多,天气稍微有点儿凉意了。

张子帆有些好奇这条路为什么叫岚青路?

"这个你不知道了吧,我还以为你什么都知道呢。"在刘雨眼里,张子帆平日里总窝在教室里看书,浑身上下带着一种学者的感觉。"刘岚青,我们学校的老教授,他还是工程院院士呢。可惜的是,1987年一次实验中,瓦斯突然爆炸,他也因此去世了。"

"呃,既然是老教授,怎么实验还会出问题?"张子帆不解地问。

"是他的一个学生出了错,他在最后时刻把学生推开,学生受了轻伤,他却……为了纪念他,所以这条路起名为岚青路。"刘雨在这座城市长大,她小时候就听说过这件事,直到现在说起来,仍很感动。

张子帆默不作声地走着,平日里浪漫的林荫道,顿时变得肃穆庄重起来。

张子帆和刘雨之间隔了大概一米的距离,并排地往前走。张子帆突然停下来,问:"刘雨,你说你的理想是什么?"

刘雨还沉浸在上一个话题中,张子帆突如其来的问题让她没有一丝准备:"理想,没有仔细想过,嗯……应该是一种生活,开心幸福的生活……"

张子帆在听了刚刚的故事之后，一时之间有些头脑发热，浑身上下充满了莫名的力量。但他对刘雨的回答多少有点儿失望，失望什么他也不知道，他觉得一个人的理想应该是充满激情的，让人听了有奋发向上之感。

"我也没有想过。但要是我，我也想像刘岚青教授那样，去为有意义、有价值的东西奋斗，哪怕用一生的热情，甚至不惜牺牲自己的生命，我觉得这才是不枉活了一世。"张子帆的声音很坚定，像是说给刘雨听，又像是说给自己听。

"每个人的理想不同，但是你的理想听起来好伟大。"刘雨感叹道。她想，比起张子帆来，她自己的理想还叫理想吗？

"人没有理想，跟动物有什么区别。"张子帆补充道。

是的，拥有理想并为之奋斗是人与人之间最主要的一个内在区别，也是人类最光辉的意义和价值所在。

第六章　爱情卡位战

周六，刘雨像往常一样回到了家里。吃饭的时候，母亲突然旁敲侧击地跟她谈起恋爱的事，这让她觉得很新鲜。

母亲暗示刘雨抓紧挑个好男朋友，还说大学是最好的时机，甚至还把具体要求跟刘雨说了一遍。刘雨只是觉得母亲闲得没事，自然也没有听进去。

刘雨想起张子帆前两天打篮球的时候不小心崴了脚，就从家里拿了一瓶药水带到了学校，把它交给了张子帆。这让张子帆非常感动，他又想起了那个笔记本，如果说后者是一种精神上的鼓励，那前者就是一个女孩对自己切切实实的关心，这让张子帆心里升起一股暖流。

刘雨发现，学校里似乎很多人都谈起了恋爱，一时间，恋爱成了大家讨论的焦点，这让她好生纳闷。

刘雨宿舍是沈小雨先开头的。沈小雨是一个娇小可爱的姑娘，听说她在高中时的男朋友，现在正在名牌大学的历史系，每天晚上沈小雨都会和男朋友打电话。

沈小雨还经常向同寝室的室友灌输恋爱经验。在她的熏陶下，刘雨不禁对恋爱也好奇起来。

大学恋爱似乎就是一场爱情卡位战！

这是刘雨寝室经过多次夜晚卧谈总结出来的恋爱真理。她们先是把班级里的男生都评头论足了一番，然后又谈起了每个人心目中的爱情。

沈小雨双手在空中舞动着，说道："我想要的爱情就是追随我爱的人浪迹天涯。"

陈雨珊回道："你的爱情就是青春懵懂里一个错误的骚动，然后化为一场旷日持久的等待。"她觉得沈小雨的异地恋实在太辛苦，"不过我希望你俩幸福。"

然后陈雨珊又谈起了自己的理想爱情，道："我只要有个一直对我好的人就满足了。"

刘雨说："难道你们不觉得《泰坦尼克号》里杰克和罗丝的爱，太让人感动了吗？下一辈子希望我能遇到，这辈子就向雨珊看齐了。"

这时，王芳突然说："我觉得卡尔也很好啊，对罗丝不要太好！直到最后一刻也没有放弃她……"她的话还没说完，就引来大家的讨伐声。

李小莫一开始没有说话，后来禁不住大家的要求。她显得有点儿严肃，用书半遮住脸，娓娓地说道："虽然杰克和罗丝的爱抹去时光和现实，成了一种生命的情怀和理想，令人动容！"她又想了想，继续说，"要我呢，我更向往舒婷笔下的爱情……"

宿舍一下子变得安静了，大家都竖起了耳朵听着。

"仿佛永远分离，却又终身相依。"李小莫的话里饱含感情，"这才是伟大的爱情！"

大家好一阵感叹！没想到平时文艺气息浓厚的李小莫，连爱情观都那么诗意。

随即她们干脆又一起把舒婷的《致橡树》背诵了一遍,黑暗里藏不住的是所有人的感动。

> 仿佛永远分离
> 却又终身相依
> 这才是伟大的爱情
> 坚贞就在这里
> 爱
> 不仅爱你伟岸的身躯
> 也爱你坚持的位置
> 足下的土地

背完《致橡树》,她们还意犹未尽,沈小雨调皮地非要打电话到班长宿舍向男生们求证。

以吴越为首的几个人围在电话前一阵嬉闹。

吴越吼道:"我的爱情就是陈雨珊!"

此话一出,立马引起电话两头的尖叫。

王义也跟着说道:"爱情就是升华的友谊。"

宿舍的人立刻被王义的观点所折服,问这是谁说的。王义故作深沉地说,是他自己说的。

张子帆也想了一下,他的爱情是什么呢?他还没有明确的答案。他想了一下刘雨,这个他唯一熟悉的女孩子会是他的爱情吗?他不知道。

私下会面时,刘雨再次问他这个问题时,张子帆回答她:"老婆孩子热炕头吧。"

显然，张子帆的回答，让刘雨有些失望了。

学生时代很奇怪，很多事情好像能瞬间演变成集体性的事件。

在他们逐渐适应了大学的学习生活后，恋爱问题仿佛一下子汹涌而来。高中时被压抑的青春热情被释放出来，就像潮汐一样，壮观而又热烈。更何况爱情原本就是人生路上最有意义的课程，大学生对于恋爱早已经不需要再遮遮掩掩了。

先说吴越吧，军训事件过后，他更是放出豪言，说要在一个月内追到陈雨珊。于是，他便开始了爱情攻势，不断地给陈雨珊送各种各样的礼物，而且每一次都会弄得人尽皆知。

原本有很多男生对陈雨珊有好感，但看到吴越如此手段，深知在与吴越的竞争中肯定落下风，所以除了几个执着的人，其他人都自觉地选择了放弃。

陈雨珊是一个简单大方的北方姑娘，她本以为吴越只是一时玩笑，但军训事件让她觉得吴越对她应该是上了心的，但这心到底有几分真几分假，她就不确定了。再加上，吴越平时看起来吊儿郎当的样子，似乎不像是会对感情认真的人，倒像是一个不折不扣的风流子弟。

而且，陈雨珊也说不准自己对吴越的感觉。所以一开始陈雨珊并不接受吴越的礼物，可吴越铁了心地一直送。而且，吴越也是财大气粗，一物绝不两送，每次都是新东西还没送到，就又在思考下一个礼物了。

陈雨珊逐渐有点儿心软了，再加上寝室里的人都在劝她。她想，吴越长得有模有样，在人群中也是出众的，与他在一起，想必是很多女孩子的梦想吧。

于是，陈雨珊渐渐收下了吴越的礼物，还经常会和他在一起吃饭。

但吴越的礼物毕竟过于贵重，收下礼物的陈雨珊，心里有些不安。她转而去到学校的超市里，精挑细选了一副鞋垫，又买了一些针线，回来认认真真地做起刺绣来。她忙活了好几个晚上，终于在鞋垫上绣下了一颗五彩的心，然后把鞋垫塞到了吴越的包里。

这下把吴越高兴坏了，一边吻着鞋垫，一边向人吹嘘显摆，那得意劲儿简直让人想打他两拳。

可没想到宋书平却在这时给他泼了冷水，说："我们以往的失败教训就在于轻敌哟！"

宋书平说他亲眼看到还有两个人在追求陈雨珊。一个是数理学院的新生，天天围在陈雨珊身边，处处献殷勤。还有一个是文法学院的高年级师兄，经常给陈雨珊写情书，据说每一封都长达几十页呢！

大家一边对宋书平的情报啧啧称奇，一边帮吴越数落起两人来。

吴越一听说还有其他的追求者，立马打电话给陈雨珊，带她去校外的一个西餐厅吃饭，并买了一束大大的玫瑰花。当吴越把花送给陈雨珊，并看到她满脸笑容时，说道："那两个男的就不要再考虑了吧？"

陈雨珊先是错愕，然后满脸通红地说了句："你太坏了吧！"

没过多久，陈雨珊和吴越就算是正式谈上恋爱了。

而王义自从当了班长后，人际关系更是提升了，与学院里的同学来往密切不说，还能见到其他学院的学生。接触的人多了，自然就会碰到喜欢的人了。

王义喜欢的女生名叫梁茹。据王义说，第一次见到梁茹的时候,梁茹梳着一个马尾辫,笑意盈盈地朝他走来,顿时他的心就像梁茹的马尾辫一样,晃动起来。

新生运动会的筹划会上,王义卖力地展现着自己,说的话既有新意又幽默,把大伙儿逗得哈哈大笑。说也怪,梁茹最先受不了,一直捂着肚子弯腰哈背,笑得都快岔气了。

晚上吃饭时,王义更是把鸡翅连骨头一起嚼碎了吞了,惹得众人笑他是原始人,梁茹更是笑得直打滚。

王义趁机用眼睛直直地盯着梁茹看,看得眼泪都在眼圈里打转也不见他眨眼。而梁茹却丝毫没有羞涩和躲闪,迎着他的目光以一种更加直接、热情的目光回应着。

之后,王义故意躲到厕所里,找了一张纸,写了一封情书悄悄地传给梁茹。

梁茹看了后,直接拿起笔就给他回信了,把一向直爽的王义都惊住了。

这封情书就此确立了他们俩的关系。而他俩的情书简直令人发指,因为王义的信里仅有一个问号,而梁茹的回信也仅有一个句号。

不仅如此,那天晚上,王义拉着梁茹的手在校园里散步。王义的第一句话居然是:"对了,你叫什么?"

这事一过,不管是男生还是女生,顿时对王义佩服得五体投地。正如梁茹说的:"我本来就好玩,没想着遇到一个比我还好玩的人,岂能错过。"

寝室里,只有于森和宋书平还没有恋爱的苗头,似乎恋爱的事与他们无关。而自从吴越和王义交上女朋友后,他们白天便很少出现在寝室里了,只变着法子地逗女朋友开心去了。

于森会时不时地问问张子帆和刘雨的事情,然后再给张子帆一种同志般的鼓舞。在他看来，张子帆和刘雨确定关系那是迟早的事。

宋书平倒也非常关注此事，每天在宿舍里都要打听好几遍，无愧于他"包打听"的本色。但张子帆的回答却总是让他失望。

其实，张子帆是在有意淡化他和刘雨的关系，因为他自己都还迷糊着呢。

张子帆与刘雨的关系此时正处于一种说不清道不明的状态，就像深秋的浓雾，让人看不清方向。他们看起来和以前没什么两样，有时候相约着一起上自习，一起吃饭。

说得再亲近一点儿，就是刘雨在宿舍里夸过张子帆是一个有想法、体贴、温柔的人。

而张子帆在心中则把刘雨看作班级四大美女之一，跟她说过心里话，大概也说过自己内心的自卑以及家庭。

当周围的人都陷入爱情无法自拔时，张子帆和刘雨一边憧憬着爱情，一边又各自在心里捋清复杂的心绪。

张子帆心里想，刘雨是一个多么知书达理的好女孩，温顺乖巧，又体贴人，如果真能跟她在一起，对自己而言该是多幸运的事。可是她喜欢自己吗？她觉得自己怎么样呢？自己要不要告诉她自己的想法？但万一她拒绝了自己呢？她为什么没跟自己说说这些呢？

而刘雨呢，她觉得张子帆很好，要不是二人最早认识，或者张子帆已经跟别人在一起了，而且张子帆有很多新奇的想法，或许跟张子帆这样的男生在一起也是一件美事。

但光这些就够吗？这段时间以来刘雨发现张子帆十分敏感，自尊心强，甚至有点儿小气。前几天就因为自己没有给他占位而生气了。假如真在一起了，以后这些问题会不会层出不穷！不过恋爱要在乎这些吗？这也不是什么大问题吧！

张子帆透过窗子，望着正在电线杆子上左顾右盼的小鸟发呆。他心里纠结极了，爱情对每个人来说都是公平的吧？为什么他就不能主动点儿？他不比别人少什么，甚至在某些方面还比别人强。对！他要主动点儿，张子帆下定决心，得找个机会和刘雨好好聊聊。

转眼就到了周末，班里要组织大家去小南河边游玩。在分组的时候，原本张子帆想着正好跟刘雨一组，找个时机说说自己的心里话，谁想刘雨却主动要求跟别的组先出发了，生生把张子帆给丢下了。

张子帆有点儿窘迫，脸色阴沉，心里酸酸的，心里不禁产生了无数的疑问。刘雨没有选择和他一组？最伤人的是刘雨都没有给他留下选择的余地。这到底是怎么了？张子帆翻来覆去地回想自己是不是哪里得罪刘雨了，却始终找不到踪迹。

还好同行的同学们极力活跃着大家的气氛，让张子帆的心里稍微舒服一些。李小莫的歌声由始至终在小南河的上空回响。众人沿河边走边唱，偶尔开些无伤大雅的玩笑。

也不知刘雨此时和谁在一起？在想着什么呢？张子帆心里不禁又想到刘雨。

其实，此时刘雨的内心也十分复杂，原本她觉得与张子帆相处挺好的，说不定再过段时间，张子帆就会对她表白，二人就可以顺理成章地在一起了。

但就在这个周末前，刘雨回了趟家，改变了她的感情之路。

第七章　初恋，一无所有

刘雨家开了一个废钢料再加工的小工厂，刘雨的舅舅是工厂的大股东，但却几乎不管事，也没怎么在工厂出现过，就全权委托给刘雨的父母经营着。

其实，刘雨家的工厂与其说是工厂，倒不如说是一个小作坊，刘雨父母聘请了几个工人，买了几台简单的机器设备，小工厂就开始运作起来。

这天，工厂里正忙得热火朝天。几个工人在火星乱飞的设备旁边来回地拾掇着，室内的温度比外面要高上好几度，工人们额头上早已渗出了汗珠，他们穿着一身蓝色的工服，好些地方已经被油渍染得黑漆漆的。

刘雨母亲倒像个公主，穿得花花绿绿、干干净净的，在工厂里晃来晃去。她的身材有些发福，眼睛锐利地盯着工人们，一副大嗓门，指挥着工人们干活。

刘雨父亲则在一个角落里，默默地做着电焊的工作。

正好是月中旬，又快到发工资的时候了，两个好事的女工在一旁边磨砂边扯着闲话。

"我们这儿跟那头刘家工资差好几百呢,而且他们那儿做装配,活儿还轻松些。"

"这两口子可把钱赚着了,这玩意儿不光能卖个好价钱,关键这废钢是从垃圾堆里面捞出来,原料费都省了。"

"哪个垃圾堆里会有这些东西?"

"谁知道了……"

刘雨母亲听见有人说闲话,故意扯大了嗓子:"明儿要交工,大家都麻利点儿。"

两个女工自然明白意思,就打住不说了。

快到中午的时候,刘雨父亲停下了手中的活儿,将放在旁边桌上的苦茶拿起来大口地喝起来,然后跟刘雨母亲商量着去弄午饭,说刘雨今天要回来吃饭。

等刘雨母亲回到家的时候,刘雨已经在客厅看电视了。刘雨母亲赶紧走进厨房,开始忙活起来,并叫女儿过来帮忙,刘雨很不情愿地走了过来。

刘雨母亲趁机又提起恋爱的事,刘雨一边搪塞着母亲,一边想着她与张子帆的事情。

吃午饭的时候,刘雨打趣地问起母亲对未来女婿的要求。

"上次不是告诉过你吗?怎么把我的话当耳边风!这第一呢,要本地人;第二呢,家庭条件要不错,至少跟我们家差不多,不能比我们家差;第三嘛,对你也要好……"刘雨母亲逐一讲着对未来女婿的要求。

"爸爸,你啥意思?"刘雨转而又问父亲。

刘雨父亲抿了一小口酒,说道:"听你妈的!"

"外地的就不行吗?"刘雨试探性地问道。

"除非家里条件好,你以后嫁给他家才不吃亏,不然免谈。"刘雨母亲义正词严地说道。

刘雨是家里的独生女,小的时候她父母想再要一个男孩,可偏偏不遂人愿,无论想多少办法,就是怀不上。

刘雨父亲在夫妻关系中处于下风,家里大大小小的事情全在刘雨母亲手里。自打刘雨记事儿起,她的母亲就雷厉风行,而她的父亲只唯唯诺诺地听着。

但夫妻俩对刘雨倒是挺好,从小就惯着她,大小事情都由着她。刘雨也是个乖巧女儿,从小就特别听话,没给父母添一丝麻烦。每次父母吵架时,她都躲在自己的房间里,偷偷地哭。

刘雨吃完饭后,坐在回学校的公交车上,思绪纷飞。她反复想着母亲的话,与此同时,张子帆的身影也不断出现在她头脑中。

刘雨想,妈妈的话也许是对的,是为自己好,也是为家里好。她是家里的独生女,以后婚嫁最好不要离家太远,况且她也不想离开父母。找一个外地的男朋友显然不太合适。

刘雨母亲曾经给刘雨讲过很多门不当户不对的爱情悲剧,她原本不以为然,但联想到她和张子帆,她的心里充满着不安。不同的生长环境,两人的生活习惯能一样吗?她受得了每天都斤斤计较地过日子吗?真要等到那个时候,后悔还来得及吗?还有,张子帆会对自己好吗?从张子帆平日的谈话里,她知道张子帆是一个思维跳脱、很有主见的人,这样的人会一直甘心只喜欢自己一个人吗?

带着一肚子的疑问,刘雨对于她和张子帆的感情有些不知所措了。

所以周末当班里决定去小南河玩时,刘雨故意避开了张子帆,她不知道怎么面对张子帆。同时,她也想静一静,好好地考虑一下,如何处理她和张子帆的关系。

而这之后的几天，刘雨也都刻意躲着张子帆，上课尽量不跟张子帆坐在一块，吃饭也尽量黏着沈小雨。张子帆打电话到她宿舍也找不着人。即使偶尔在路上碰到了，她也是跟别的同学待在一块儿，两人简单地打个招呼便分开了。

刘雨的举动，让张子帆很是困惑，他思前想后也想不出是为什么，到底他和刘雨之间出了什么问题。他想找个机会和刘雨聊聊，可刘雨就是不给他机会。结果，他连上课都没有了心思，一见到刘雨就紧张，好像做了什么亏心事似的。

这晚，王义很晚才回到宿舍。看到张子帆，他突然怪怪地说："今天在刘大美女身边护花的怎么不是你呀？"

张子帆心里顿时凉了一下，然后装作轻描淡写地说："是吗？为啥要是我呀！"其实，他很想再仔细问问王义，但他终究没有问出口。

张子帆躺在床上久久难以入睡，期间又上了好几趟厕所。他在想，真的有个人跟刘雨在一起吗？难道刘雨故意躲着他是因为有人在追求她？追求刘雨的又是谁呢？他和刘雨到底为什么会变成这样……

张子帆被这些问题折磨得快疯了，不能再这样下去了，他决定孤注一掷，明天就找刘雨好好地谈一谈。

谁知第二天张子帆还没有来得及找刘雨，刘雨的电话就打到了宿舍，约他出去吃晚饭，这让他有点儿不知所措，一时没明白状况。

张子帆和刘雨坐在学校餐厅二楼靠窗的位置，窗外是绚丽的晚霞。

餐桌上摆着几样简单的菜，但他俩却没有心思吃饭，都在盘算着要怎么把心里话说出口。

刘雨夹了一块鸭血放在张子帆的餐盘里:"你多吃点儿菜。"

"我想问你,你最近为什么老躲着我?"张子帆已经等不及了,他想知道答案,越快越好。

"没有啊……你也没有主动联系我啊。"刘雨低着头,边吃边说。

张子帆听出了刘雨话中的敷衍,一时也不知道该怎么问了。

见张子帆没有说话,刘雨低下头看了一眼盘中的菜,叹了口气,然后抬起头来,像是打定了主意:"我……是有事要告诉你。"

张子帆心里有些不安,但却隐隐有种解脱之感,依然保持沉默。

"我们不能再像以前那样了,一起吃饭,一起自习……我谈恋爱了……"刘雨吞吞吐吐地说道。

其实,张子帆早有心理准备,他努力控制着自己的表情,使自己看起来与平时并无二致,只是语气不自觉低沉了下去,冷冷地问:"是谁?"

"这个人你也认识,"刘雨拨了拨垂到耳边的发丝,极力掩饰着自己的慌乱,装作平静的样子,"你们宿舍的……宋书平。"

张子帆听到"宋书平"三个字的时候,突然有些控制不住自己的情绪,脸一下子就红了,就连拿着筷子的手都不自觉抖了一下。如果不是刘雨还坐在对面,张子帆真想狠狠地捶打眼前的桌子,或者给自己一个耳光。

张子帆想到了各种可能,就是没想到宋书平会是半路杀出来的程咬金。他感到既羞愧又愤怒。幸好他不是把所有情绪都摆在脸上的人,他极力克制住了内心的愤怒,以免在刘雨面前失态。

显然，此刻的张子帆把眼前的刘雨当成了敌人，他不想让刘雨觉得自己在两人的关系中处于下风。

张子帆假装没事地夹起菜吃起来，虽然已经是食不知味，但他还是吃了很多很多。对他来说，此刻也只有眼前的食物才能给他慰藉了。

张子帆的沉默，让刘雨也感到十分尴尬。两人安静地吃完了晚饭。

告别的时候，张子帆咬着牙，面上依旧带着微笑说："谢谢！恭喜你们！"便逃命似的回了宿舍。

宿舍里还没有人，张子帆关了灯躺到床上去，一个人在黑暗里慢慢地将这件事情，回想着宋书平和刘雨是怎么走到一起的。

张子帆想起刚入学时宋书平向他透露刘雨的家庭状况，想起国庆节宋书平主动拉着刘雨跳舞的场景，想起宋书平在寝室多次向他打听刘雨的事……他顿时气得直磨牙！他甚至在想，说不定前几天去小南河玩的时候，刘雨和宋书平就已经在一起了！

张子帆一边想着，一边摇头，最后竟哈哈大笑起来。他觉得自己就是一个傻瓜，还以为和刘雨已经是板上钉钉的事，没想到刘雨根本不是这么想的，他还真是自作多情啊！

想到这里，张子帆又感到有些羞愧。平时在宿舍里，张子帆一向瞧不上宋书平，觉得他就是一个书呆子，懦弱、胆小、多事，而且说话啰里啰唆，嘴角还有一颗痣。可如今张子帆居然在感情上输给了他，这让张子帆有些难以接受。

可转念又想，宋书平的父母在钢铁厂上班，家庭属于中等，而他不过是一个从大山里走出来的农民子弟，论家境跟宋书平根本比不了！刘雨这样的姑娘凭什么会喜欢上他？即使他们在一起了，谁又能保证他们就一定能一直在一起呢？光鲜亮丽的城里女孩跟他这个农村来的穷小子，怎么看都不般配吧！

想着想着，张子帆居然睡着了，而且还一连做了好几个乱七八糟的梦。

张子帆梦到了高中同学何梦，何梦是他们班最漂亮的女生。一个阳光充足的午后，他和何梦一起走进教室，美术老师正在台上讲着素描要点。

何梦坐在他的旁边，低着头在纸上认真地描着一只蝴蝶。何梦悠长白净的手、轻灵的笔触、柔美的画姿以及窸窸窣窣的画笔摩擦声让他感到神奇。

张子帆被这一幕吸引了，一动不动地看着画中的蝴蝶。

突然，蝴蝶变成了一只大公鸡，鸡冠耸立，"哦哦"地叫着。

张子帆不由得哈哈大笑起来，美术老师被他的笑声激怒了，恶狠狠地冲到他面前，大吼道："你在干什么？！"

接着，张子帆又梦到了陈雨珊。梦中陈雨珊好像是上课迟到了，站在教室门口喊报告，然后不等老师答应，她就蹦蹦跳跳地坐到座位上了。她穿了一件浅黄色的T恤衫，就像一片树叶翩然落定，任老师一脸错愕，也不好再责备她了……

正当张子帆睡得正香，宿舍的灯亮了，是宋书平回到了宿舍。他看到张子帆躺在床上，没有说话，径直走向自己的床位收拾起来。

张子帆见是宋书平，心里先是升起一股火，不过很快就又平复下来。他回想起刚才的梦，忽然觉得有些好笑，怎么梦到的都是女生呢？关键是梦到的女生都是他不熟的，如果能梦到刘雨，他也许会把刘雨骂一顿，可一连几个梦偏偏跟刘雨毫无关系。

张子帆瞟了眼宋书平，心想既然宋书平已经和刘雨在一起了，那自己再怎么生气也是没用的,最重要的是,今后他该怎么去面对寝室的人?怎么去面对宋书平?又怎么去面对刘雨?

张子帆想了好久,也没有想到解决的办法,他干脆翻身坐起来,靠在旁边的架子上。

宋书平看见张子帆坐起来,也没有说话,依旧忙着手头的事,寝室的气氛有些尴尬。

好在于森这个时候回来了,他看见宿舍里的两人,顿时察觉出气氛有些不寻常。他走到张子帆的床边,轻声地说:"我们以往的失败教训就在于轻敌。"

张子帆看了一眼于森,心想原来所有人都知道了真相,只有他一个人被蒙在鼓里,一时之间也不知道该说些什么,只好又缩回被子里,不再理会其他人。

之后的几天,张子帆经常看到刘雨和宋书平一起走在路上,甚至有一次还看到宋书平蹲下来给刘雨系鞋带。那一刻张子帆倒是从心里觉得他们俩挺般配的,一定可以携手走进婚姻的殿堂。张子帆甚至在心底暗道,亏得自己没拆散他们。

但不管怎么样,张子帆还是有些不甘心的。他脑海里经常浮现出一个画面:有一天他穿着笔挺的西装,在宽敞明亮的高楼里,坐在舒服的沙发上,看着面前低着头的刘雨和宋书平。

其实,张子帆也知道,以目前的情况来看,刘雨选择宋书平是正确的。宋书平与刘雨门户相当,又都是本地人。而张子帆纵然未来有无限可能,可谁又愿意为了不可预知的未来去赌上自己一辈子的幸福呢?人更多的还是为眼前而活,谁也不敢轻易地把自己的一生交给未来。即使真有这样的人,张子帆也会觉得她有些傻。

不过,权衡利弊之后的谨慎选择还能被称为爱情吗?张子帆觉得那样的爱情过于庸俗。这样想着,他的心里似乎好受了很多,也算是对自己的一种心理安慰吧。

从那以后,张子帆再也不跟宋书平说话。宋书平倒是想主动开口对他说点儿什么,但是看到张子帆视他如空气的模样,也就只好作罢。

当然,张子帆也不再跟刘雨说话,前段时间是刘雨躲着他,现在变成他躲着刘雨了。要是不凑巧碰见了,刘雨也总是有些心虚,想要跟他说点儿啥。但他却不给刘雨说话的机会,转身便离开了。

张子帆本就不是一个爱和人打交道的人,现在又遇到这种事,更显形单影只了。

于森看出张子帆心情不好,于是主动找张子帆,带他到校门口吃烧烤。于森家里也不富裕,他难得请人吃一顿饭。

张子帆看到于森如此待自己,不禁心中感动,尤其是联想到最近发生的事,让他更加觉得于森是一个讲义气的人,于是便将心中的苦闷全都对于森讲了出来。

于森其实也知道这个事情,但对于这个结果,他也无能为力,只好安慰一下张子帆,劝张子帆放宽心,不要为了眼前的情爱而忘记了家中的嘱托。

于森的一席话让张子帆突然醒悟过来。想起家里辛苦劳作的父亲,张子帆觉得自己这段时间的行为实在是有些不像话。

二人就这样聊着天,丝毫不掩饰自己。此时,他们觉得彼此是朋友,是知己。

友情暂时替代了爱情,成了燃起张子帆心中热情的一团火。

第八章　经济危机

与刘雨短暂的快乐让张子帆疏于对现实的防备,他没有注意到自己口袋里的钱已经愈发紧张,尽管他在入学之前就已经知道可能撑不过这个学期,但他还是低估了城里的消费水平。

张子帆还没来得及从失恋的阴影中走出来,就又要面对一个新的难题,而且是更艰难的问题。

张子帆仔细地做了一份预算,每天早上一份稀饭加咸菜,或者两个馒头加咸菜,隔一天一个鸡蛋算是给自己补充补充营养;中午四两大米饭加两个半份素菜;晚饭还是两个馒头加一份素菜汤,有时候情况好可以来一大碗面条。之前刘雨经常打点儿肉菜,他还时不时能蹭上一两块肉吃,现在他是连一点儿荤腥都见不到了。

即使是这样,算下来,一天吃饭也要三元钱,一个月要将近一百元。这还不算同学们偶尔聚会,一旦聚会,就要花上个好几十。

其实,张子帆已经是尽量避免参加聚会,但有的时候实在躲不过去,况且聚会是同学之间正常的交往,他也不想和同学们搞得太过生分。

还有那件白衬衣,已经穿得不像话了,领子皱巴巴的,被汗水浸成肉色，有些地方已经磨破了，也不可能再打上补丁吧，可张子帆也没有其他衣服能穿了。

最要紧的是，天气马上就要冷了，十月过后，凉意越来越明显，铜城属于北方城市，冬天的天气据说比张子帆老家要冷上十几度。他箱子里准备的那些过冬的衣服还是高中时穿剩下的，到了铜城估计根本穿不出去，想着周围的人已经开始准备羽绒服，张子帆心想自己怎么也得买一件棉服。

不仅如此，张子帆还想着余下点儿钱，能给自己添点儿学习用品。他爱看书，这个习惯一直保持着，从图书馆借书看，他总是不满足，他想有几本喜欢的书是完全属于自己的。

张子帆把存折和压在箱子底下的现金翻出来，约莫着算了算，这些钱应该撑不了多少时日了。他越想心越慌，该怎么解决这个难题呢？想起家里的情况，他知道家里是指望不上了，况且他也不愿意让父亲整天愁眉苦脸地到处去求人。

其实，张斌也知道儿子带的钱可能不够用，可着实弄不来钱，家里的地也就只能让一家人吃饱穿暖，运气好点儿可以帮有钱人家干点儿活儿，可挣的钱也不够张子帆的生活费。

张子帆每次和张斌通电话，张斌都会问他是否缺钱。虽然每次张子帆说不缺钱，但他也知道张子帆是在骗他，是想让他安心。

因为钱紧张，张子帆一下子就忘记了失恋的痛苦，转而变成了另一种发愁的状态。

财务上的困难，不仅让张子帆的生活水平骤然下降，还让他不得不面对周围人的奚落与嘲弄，这让他的内心备受煎熬。

这一日上完马哲课，又到了吃午饭的时间，张子帆一般都会和于森相约着去吃饭，这一次不知怎的吴越却硬是要加入他们。

王义打了一份炒猪肝,外加两个素菜,自顾自地吃起来。吴越和陈雨珊两个人一起搭着伙吃,两人点了一份牛肉、一个青椒鸡蛋、一份茴香馅饺子,还有一碗胡辣汤,三人一边吃饭一边兴致勃勃地聊天。

张子帆要了一份素萝卜丝、一份腌菜,就着半斤米饭坐在三人旁边吃起来。听着三人热闹的谈话,他只期待着这顿饭赶快结束。

陈雨珊注意到了张子帆的菜色,她和刘雨一个宿舍,心里一直觉得刘雨之前的事情做得不太对,今天又看到张子帆坐在自己的斜对面,吃着难以下咽的饭菜,她不禁对张子帆充满了同情,便夹了两块牛肉放到张子帆的盘子里。

吴越见状,喝了陈雨珊一下:"干啥,好好吃饭!"其实,吴越自然不是在意这两块牛肉,但也不知他是哪根筋不对了,把陈雨珊吓了一跳。

吴越的这一吼,不仅吓到了陈雨珊,也让张子帆的脸瞬间红了。他感到受到了侮辱,瞬间觉得嘴里嚼的不是饭,而是愤怒。但他还是忍住了,他知道如果和吴越计较起来,最后难堪的还是自己。

张子帆低下头,快速地吃着自己的饭,一句话也没有说。

还有一次,寝室里的人叫张子帆给他们带饭。除了于森,其他人自然都是很丰盛的,有肉有汤。当张子帆拎着一大包饭菜回到宿舍时,却听到王义在嚷嚷:"张子帆一顿能吃八两大米饭!"几个人听见都在笑他。

可能这就是普通的调侃,但这笑声却让张子帆感到特别刺耳。他走进宿舍,压抑着说道:"是一斤,好吧!"大家又是一阵笑。他随即说道,"下次带饭要给路费的……"

张子帆这段时间的心情真的很不好。刘雨带给他的痛苦、无米下锅的心慌，还有他感受到的赤裸裸的嘲笑。仿佛只要有人在的地方，他就感觉不舒服，总是觉得一直被人注视着。

但张子帆知道不能被击倒，他在心里宽慰自己，他们当然有资本，不过这些都不需要太在意，学校里有很多像他一样的人，没必要因为黑夜，就忽视了星星的光芒。

不过，张子帆的财务危机一时半会确实没办法解决。他暗暗下决心，一定要靠自己的双手把日子过好，至少不要在吃饭穿衣上让自己为难。

虽然面临着困难，但张子帆想，痛苦也是一天，快乐也是一天，痛苦对于生活是没有任何益处的，即使再大的困难，也应该快快乐乐地去面对，这才是最明智的选择！

之前听说有大学生半工半读，张子帆觉得他也可以。想到这儿，他开始留意起校内外的招工广告。只要觉得自己能够胜任的，他就会依着广告找上门去。可最后他发现，原来工作远远没有想象得那么简单！

张子帆按照广告上的信息找到老板时，发现有些活儿他确实能干，但却因为不是本地人、又太年轻，被拒之门外。甚至，有的老板连看都不看，就说不合适。张子帆感到无语，不知道自己到底哪里不合适。

倒是遇到几个对他感兴趣的，但说到干活也是模模糊糊的，张子帆察觉出其中不对劲，也只好应付一下，不敢再去了。

活儿没找到，张子帆像泄了气的皮球一样，不再热衷招工广告了。

正当张子帆极度愁闷之时，学校颁布了一个勤工俭学的政策。当他从王义那里听到这个消息时，不由得大喜，因为通过勤工俭学每个月能拿到一百元的学校补助。对像他这样的学生来说，这可是一笔巨款啊。

张子帆仔细一打听，现在还有自行车修理、环卫两个职位有空缺，而最受欢迎的图书馆学生助理早已经满员。

得知这个消息，张子帆心里多少有些遗憾，他想，图书馆学生助理该是多好的一个差事啊！既能解决自己一个月的伙食费，而且还能很方便地看书，对于爱看书的张子帆来说，没有比这再好的了。

张子帆不禁怪自己运气不好，但他还是不死心。不管他平时与王义有多少恩怨，他决定为了图书馆学生助理的职位豁出去了。他缠着王义，一遍一遍地给王义说好话。

王义还是讲些义气的，而且他也看出来了，张子帆平时那么节省，想必家里确实有困难，就给他出了个主意，叫他去学院找王志平老师。

王志平的办公室里还有另外两位老师在，他此时正忙着运动会的事。张子帆觉得来得不是时候，特意等王志平出门时才去找他。

知道张子帆的来意后，王志平告诉他图书馆学生助理已经没有空额了。

张子帆只好跟在王志平后面，一路上支支吾吾地说着自己都不太清楚的话，求王志平帮他想想办法。

最后，王志平有点儿不耐烦地对张子帆说："图书馆助理大家都想去，可岗位就那么几个，你找我也是没用的，而且既然是勤工俭学，自行车修理或者环卫为什么不愿意去，你难道就只想挑轻松的工作？"

"张老师，你知道的，我家里很困难，而且我也没有什么业余爱好，就看书能让我找到一些快乐。现在的课这么紧，平时几乎没时间去看书，正好这个工作……"张子帆显得有点儿激动，声音也不自觉提高了。

但王志平的回答依然很坚定："我理解你的难处，但是我不能因为你的难处而去给别的同学带来难处。你得理解我，真不行，这个岗位已经满了。"

看来是没有办法了，张子帆也只好作罢。他赶忙报了自行车修理岗位，害怕最后连这个岗位也没捞着。

事情落定了之后，张子帆没有了遗憾和不甘。想着一个月能有一百元的收入，经济危机一下子解决了，他做梦似乎都能笑出声来。而且于森也报了自行车修理岗位，这让张子帆顿时好受了很多。

没过几天，王义公布了勤工俭学的名单。让张子帆特别意外的是，他居然摊上了图书馆学生助理这个美差。他很是纳闷地问王义。王义告诉他，是王志平老师到图书馆办公室主任那里做了工作，多争取了一个名额给他。

张子帆高兴极了，甚至眼前的王义也好像比平时可爱了好几倍，他不由得给了王义一个结结实实的拥抱。

张子帆知道，自己最应该感谢的是王志平老师，可他又不知道该怎么去表达，只是站在王志平面前傻呵呵地乐着。

"不要忘记你为什么一定要去图书馆。"王志平盯着手中的笔叮嘱道。

"嗯。老师，我知道。"

"我看了你的档案，作文还获过奖嘛。不要忘记你的兴趣和爱好。"

张子帆听着王志平老师的话，感动得差点儿掉下眼泪："感谢你，王老师！"

张子帆的感谢是发自内心的、由衷的感激，这是因为王志平老师的成全与鼓励，是王志平老师在他困难的时候给了他美好的希望；更是王志平老师让他知道，人在面对困境时最重要的就是精神支撑，让他能够安心下来继续自己的大学生活。

张子帆觉得该庆祝庆祝，他想起了前段时间于森曾请他吃过一次饭，花了不少钱，而于森也是一个困难户。正好马上就到周末了，张子帆想可以请于森去开开荤。

他们找到了一家叫"好吃嘴"的店，点了一个荤菜两个素菜，两个人边说话边吃起来。

于森被这家店的火爆给吸引了，一家不足三十平方米的路边小店，老油纸把整个店面都裹了一遍，老远就有一股干辣椒的味道。此时正是饭点，店里已经坐不下了，沿路边临时搭起的几排桌子也坐满了人。这还不说，还有些好吃的人排着长队，炒菜的几个师傅压根就顾不过来，一团乱哄哄的感觉。

张子帆和于森闲聊着，说起这个店的生意，一天少说也得有几百号人光顾，平均一人消费十元，那一天的收入也有好几千，一个月就是十多万，一年得上百万，扣除成本，这家店的老板也有几十万的赚头。他俩不禁惊讶起来。

想起自己在学校里为钱着急的痛苦，于森不由得直摇头。他说："我要是有这样一家店，简直美呆了。"

"那你还不成了大厨，肥头大耳的，天天拿着菜刀剁剁剁！"张子帆打趣于森。

"只要有钱，大厨就大厨。你看吧，等我以后也弄一个这样的店，赚它个昏天暗地。"于森豪气万丈地说。

"那我到时候天天去你那儿下馆子，把家里的男女老少全都给带过去。"

"你不想赚钱嘛,到时候算你入伙。"

"我想,当然想。但我觉得钱够花就行了。我也说不好,不过我可以确信的是,我当不了大厨。"张子帆虽然也为了钱上火,也深刻地体会到钱的妙处,但钱对他来说,并非是最重要的东西。

"我晓得,你跟一般人不一样。"

第九章　和诗的对话

很快,学校主干道的两旁已经积下了薄薄的一层落叶,萦绕在几棵高树间的雾气也开始浓起来,天气明显冷多了。

铜城仿佛一下子就进入了冬天,张子帆甚至还来不及揣摩秋的深意。

张子帆站在一棵树下,傻愣愣地盯着这棵与众不同的大树,像在研究标本一样。

天气如此寒冷,这棵树却依然葱绿,与周围光秃秃的树木相比,显得有些格格不入。

这棵树刚好在张子帆去自习室的路上,从教室就可以看到它向阳的一面。

> 绿树长到了我的窗前,仿佛是喑哑的大地发出的渴望的声音。

张子帆在心里默念起了诗,人在忧郁的时候,很容易被一些微小的事物所感动。

张子帆正在琢磨树的名字。他很奇怪,别的树上都有标签,一个小小的牌子介绍树的种类和名称,唯独它却没有。

正好李小莫与陈雨珊上自习路过,见张子帆呆头呆脑的,以为是在找东西。

"你在思考苹果为什么没有砸中你吗?"陈雨珊调侃道。

张子帆见有班上的同学,有些不好意思地回道:"我在想这棵树叫什么呢!"

"那它叫什么?"李小莫看着他问。

"还没搞清楚,咱学校里很少有这样的树。"

"这是香樟树,南方比较多。"李小莫微笑着说。

"是吗?呃……"张子帆心想,李小莫怎么连这也懂得。

陈雨珊与李小莫见张子帆还是傻愣愣地站在原地,都"哈哈"地捂嘴笑起来,随后便不再理他,挽着手朝自习室走了。

一路上,两人还在谈论着张子帆刚才的行为。

"他挺奇怪的,总是一个人啊。"陈雨珊一直隐隐觉得,张子帆对她没有什么好感,再加上张子帆在班上总是独来独往的,也不与周围的人攀谈。

陈雨珊当然不会知道,张子帆正是因为吴越而跟她疏远了,而上回的食堂事件更是让张子帆在她面前抬不起头来。

"你是说,刚刚……他对着那棵香樟树发愣吗?"李小莫说道。

"是啊。"陈雨珊坦然承认道。

"不过,我倒是觉得,一个人能够欣赏细微、简单之物的美好,应该也算得上是一种才能。而且这种才能有时候更具有意义,对一个人的生活也更重要。"李小莫边说边微微地点着头。

"你对他的评价和你的文艺水平一样高,不知道刘大小姐听到这话会怎么想?"陈雨珊还是第一次听到李小莫这样夸一个人,在她的印象里,李小莫对周围的男生总是不屑一顾的。

其实李小莫这样说不单单是因为刚才偶然撞见的那一幕,她已经多次在图书馆看到张子帆埋头看书。她觉得张子帆真的跟其他男生不一样。这"不一样"不是"奇怪",而应该是"特别"的含义,张子帆在她眼中算得上是一个特别的人。

自从张子帆开始担任图书馆学生助理的工作后,感觉他整个人都换了一个模样,虽说"失恋"的阴影还纠缠着他,但他心里更热情,充满渴望。这份工作能够解决他的温饱问题,还能给他一片浩瀚的知识海洋,书里面的世界比外面的世界还要精彩,他没有理由再感到困惑,他每天都打起十二分的精神投入到读书当中。

张子帆的工作被安排在周一、周三、周五的晚上和周六上午,具体的工作其实很轻松。每天学生还书后,他要负责把书按类归到原处,再把藏书室打扫干净,把移位的书桌和凳子摆放整齐;等有新书到了的时候,给新书贴上索书号,然后把新书也摆放到合适的位置;每月要对图书馆进行一次清查。有时候值班老师还会给他安排点儿别的活,又或者帮其他同学顶个班。工作内容虽然有些烦琐,但其实都很简单,张子帆很快就上手了。

每天一下课,张子帆草草吃点儿东西便立马赶到图书馆,周六则干脆一整天待在里面不出来。工作之余,他就在图书馆里面随意挑书来看。

起先,张子帆是看到什么好书便拿过来读,主要还是以小说为主,偶尔读一些名人传记,或者历史纪实。他对社会、经济、政治类的书籍,还提不起太多的兴致。

张子帆确实从书中获得了较大的满足,每天工作的时间,他都觉得过得很快，往往正看到要紧处，值班老师就开始催促大家要闭馆了。于是，他只好把书借出来，带回宿舍去看。以往他都埋怨其他几个舍友睡得晚，现在反倒是他巴不得宿舍的灯能多开一会儿。

有时候张子帆会幻想自己变成了小说里的主人公，白天游走在敌人的花言巧语中，夜里匍匐在枪林弹雨里，心爱的姑娘在为他弹唱，为正义理想一起奔赴远方，前方的路荆棘丛生，唯有爱情像清晨的太阳……每每想起这些，他都会感觉充满了力量。

前段时间，张子帆不知听谁说有一部感人的爱情小说叫《霍乱时期的爱情》。今天正好是周三，张子帆忙完了图书馆的工作，便跟值班老师打了个招呼，去藏书室找起这本书来。

终于，张子帆在一个拐角处找到了这本书。显然有很多人看过它了，纸张在无数次的翻阅中已经有脱落的迹象，页面比一般的书更加泛黄，有些地方还留有指甲划过的痕迹。

看起来，这真是一本好书，张子帆不由得感叹，便就近坐在了窗前，认真地看起来。

张子帆现在看书的速度明显比高中时代快多了，不一会儿几十页就翻过去了，而他似乎觉得才过了几分钟。

这个时候大多数人还没有下课，图书馆里也少有人走动，整个屋子安静得出奇，张子帆只能听到翻书的声音。

窗外落叶飘过，在微风中翩然起舞。

书中主人公的爱情让张子帆如痴如醉。年轻的弗洛伦蒂诺·阿里萨爱上了美丽的费尔米娜·达萨，而他们之间跨越一生的爱，超越了书中所有忠贞的、隐秘的、粗暴的、羞怯的、柏拉图式的、放荡的、转瞬即逝的爱情。时光无情地流逝，在生命最终的那段时光里，费尔米娜·达萨坠入弗洛伦蒂诺·阿里萨坚定的爱情里，在一次船上的旅行中，两人升起了代表霍乱流行的黄旗，相拥着飘向爱情的彼岸。

这才是爱情吧！那种能让人感动的执着与眷恋，因之而产生的使人变得更加美好的力量。张子帆一边读书，一边感叹。

张子帆忽然想起自己的爱情来，不禁笑了。他跟刘雨之间算是爱情吗？无论从哪个角度来看，他似乎都觉得少了些什么，没有激动和兴奋，没有甜蜜的表白，甚至连肢体接触都未曾有过，也不曾有太多的感动。那么他们之间算怎么回事呢？他思索着，他现在已经能够以比较平和的心态来反思这件事情了。

张子帆想，也许刚从农村走出来，面对陌生的环境时，内心不免有些不安和恐惧，需要一个人，给予他生活和学习上的安慰和关怀。而刘雨正好出现在自己的生活中，不自觉便对她产生了依赖。

但这能算作爱情吗？也许只是对男女交往的好奇，促使两个人在彼此身上寻找爱情，而当发现对方并不是内心的期待和渴望时，两人只好又若无其事地转身离开。

这时的张子帆，已经不再觉得刘雨是因为他的农村出身而放弃了他，转而选择了宋书平，虽然事实上大概有这样一些因素。

人在悲愤时很容易把一些痛苦和愤怒放大，产生极度分化的情绪和想法。

张子帆现在觉得，刘雨还是那么可爱。可见，书真是好东西啊，它能还原一个人最初的纯真。

张子帆也在一些小说中找到了如何判断爱情的方法。对于爱情，虽然他还是很迷茫，但可以肯定的是，他与刘雨之间不是爱情，至少不是可以让他回味的爱情。

这么想起来，张子帆多少有点释然了。之前当他看到刘雨与宋书平亲密地走在一起时,他总是远远地躲着走,生怕被他们发现,也害怕看到他们。可他发现,越是躲着越是常常碰见,这让他郁闷不已。

不过现在情况变了,在图书馆里遇到刘雨和宋书平来找书,张子帆不再回避,还主动帮他们指引和登记,这让刘雨和宋书平感到诧异,反倒不好意思起来。

从失恋的痛苦走出来的张子帆,沉浸在学习和图书馆的工作中,书成了他的恋人。

不到一周时间,张子帆就看了近十本书,不仅有小说,他还突然对诗集很感兴趣。他是发自内心喜欢书本的,不然也不会因陈然的几句话感动到现在。

张子帆被优美的短句、长句深深地吸引了。他不停地想要深入其中,去和未知的东西对话,去感受诗人笔下强大的力量。他真没想到,短短的几行字却让他感受到如此大的冲击。张子帆不禁好奇,这些伟大的诗人是如何写出这样的诗句来,他决定要更加深入地了解诗人的内心。于是,更加抱着这些诗集不放了。

一个周六,正好李小莫也来图书馆看书。她老早就看到张子帆在图书馆里里外外地忙活。她看到张子帆找了一个角落认真地拿着一本书看起来。她坐在张子帆后面几排,张子帆居然没有看到她。

李小莫对张子帆突然有点儿好奇,便一直注意着张子帆。整个上午,张子帆都一动不动地坐在椅子上,没有起过身,看书看得津津有味。

中午,很多人都已经收拾好手头的书,准备去吃午饭了,图书馆里一阵嘈杂。李小莫还不太饿,张子帆也一直没有要吃午饭的迹象。

"书再好看也得吃饭啊,这个人好像书呆子啊!"李小莫不禁默念道。想到自己这么关心张子帆,李小莫感觉又有些好笑。

又过了一段时间,李小莫也感到饿了,便去校门口的杂货铺随便买点儿零嘴,等到她吃完回到图书馆时,发现张子帆还在读书。

张子帆此时正在反复地看惠特曼的诗:"我是肉体的诗人,也是灵魂的诗人……"他都快把这首诗背下来了。他觉得似乎还不够,他要一个字一个字地咀嚼其中的味道。

突然,张子帆感到旁边站了一个人。他猛地转头一看,发现李小莫正微笑着看着他。

张子帆有点儿吃惊,脸上露出错愕的表情。

李小莫怕破坏了图书室的安静,身子微微前倾,靠近张子帆的耳朵边说:"你是着了什么迷了?不用吃饭吗?"

"你怎么……也在这里看书呀?"张子帆吞吞吐吐地说道。

"许你着迷,不许我着迷啊!"李小莫见张子帆一副痴呆的模样,不禁调侃道。

面对李小莫的玩笑,张子帆不知该如何回答,有点儿木讷地望着李小莫。

李小莫意识到张子帆的呆劲儿,立马帮他化解了这一尴尬。她把一只大大的烤地瓜递到张子帆面前:"看你没吃饭,给你带的,这可比书的味道好多了。"

张子帆一时之间有些发蒙,显得有点儿不知所措。

"放心,不收你钱。"李小莫微笑着说。

其实,张子帆在与刘雨的相处过程中,多少也学会了一些与女生打交道的门路,相比刚入学时的拘谨,现在已经好得太多了。他见李小莫真诚地请他吃地瓜,也就不好再推迟,伸手接过来,说了一声"谢谢",就要往嘴里送。

李小莫见张子帆的吃相,不由得笑起来。她拉了拉他的胳膊,往图书馆外面指了指,说:"出去吃,不然这里的味道太重了。"

张子帆和李小莫来到外面的操场上,操场上空无一人,几只不知名的鸟儿在树上啼叫。他俩面对面坐在双杠上。张子帆一手扶着栏杆,一手吃着东西。

"你怎么知道我爱吃地瓜?"张子帆有些好奇地问道。

"没有什么是我不知道的。"李小莫故作神秘地回答。

张子帆一时跟不上李小莫的思维,不知道该怎么接话,只好不再说话。

"哈哈,不逗你了。你忘了我跟谁一个宿舍了?你爱吃什么我们寝室都知道的。"

张子帆知道李小莫是在说刘雨,但显然这个话题让他尴尬了,只好"哦"了一声,又埋头吃起地瓜来。

"你刚刚是在看诗集吗?"

张子帆最近看了很多诗集,正愁没人与自己分享呢!

"嗯,特别好!"张子帆不禁感叹道。

"我想也是,你能给我讲讲刚刚看的诗吗?或者别的什么。"李小莫平时也爱读一些诗,现在听到张子帆对诗的喜爱,不禁感同身受。

张子帆把手中的地瓜放下来,眼睛里闪烁着深邃的光芒,缓缓说道:

> 我是肉体的诗人
> 也是灵魂的诗人
> 我占有天堂的愉快

也占有地狱的痛苦

　　前者我把它嫁接在自己身上使它生殖

　　后者我把它翻译成一种新的语言

　　啊！我的灵魂

　　我们在破晓的宁静的清凉中

　　找到了我们自己的归宿

　　我的声音追踪着

　　我目力所不及的地方

　　我的舌头一卷

　　就接触了大千世界……

张子帆一字一句地把刚才看的诗背了出来。

"好诗！"李小莫也不由得赞叹，"惠特曼的《我是肉体的诗人》。"

"你，你也懂诗？"张子帆激动地看着李小莫。

"喜欢而已。"李小莫谦虚地说。

"连惠特曼的《我是肉体的诗人》都读过，你真是我见过的最厉害的人。"张子帆发自肺腑地赞叹道。

"先别拍马屁，你对诗怎么看？"李小莫好像要故意考张子帆一样，问题一个接着一个。

张子帆吃了一口地瓜，稍微思考一下，回答道："我觉得诗是一种最高级的语言。它用最简练的词句，把最深刻的思想掩埋其中。就好像是一个人有太多话想说，但他又不想说，怕被世俗的人歪曲了本意。一旦说出来了，他又太想让人去发掘它，认识它，欣赏它，但又好像不需要太多人。他在等着那个合适的人，只给那些能够懂他的人说。一旦等到了，他就仿佛找到了知己，就坐在他的对面，而他便将自己的一切美好的、向往的、哀伤的、沉郁的,讲给你听,而他则从你的满足中获得那一分认同。"

李小莫坐在张子帆的对面,安静地听着,若有所思地答道:

> 她,就站在你的对面
> 而你,触摸着她的神经
> 仿佛要感知她所遭受的一切苦难
> 和历经的一切幸福
> 它们就像芳香的花簇一样
> 在你的思绪里萦绕,飘来飘去
> 就像久别的故人一样
> 陪你走完最重要的旅程
> 最终,留下的是她的全部
> 和你如诗如画的生命

张子帆被李小莫的这首诗惊呆了。如果说,之前她的歌声、她对树木的判断还只是让张子帆佩服,那么现在的张子帆已经彻彻底底成了她的崇拜者。

他们俩都感到庆幸,在年轻的岁月里,找到了诗歌这样宝贵的钥匙,开启了新的人生旅程。而且更加难能可贵的是,诗对于他们而言,已经超越了诗本身,已不再单单地扮演着语言的角色,更是一处培育感情之花的肥沃土地。在这片土地,少男少女的心扉开始慢慢地融化,心灵的沟壑也开始慢慢地被填平。

第十章　李小莫的故事

回到寝室，李小莫披了一件紫色的外衣，坐在凳子上给父母打电话。

一般情况下，宿舍的女生都会一周给家里去一次电话，大抵也没什么话可说，女儿们谈的无非是身体、学习和生活之类的琐事，而父母其实最想问的是女儿的恋爱问题，可又不知怎么开口，聊天往往有些言辞闪烁。

"妈，我一切都好着呢。"李小莫回应着母亲的叮嘱。

"你照顾好你自己。你要的书你爸爸已经给你带回来了。哦，对了，那件事你怎么想的……"电话那头的母亲不停地说着。

"妈，你放心，我能处理好这些事。"李小莫的嘴嘟了起来，有些不耐烦地说。

电话挂断之后，李小莫开始沉思起来。

李小莫单手托着下巴，一双圆圆的眼睛睁得特别大，眼睛虽不像平日里那样透着光彩，但却依然明亮，鼻梁高高的，皮肤泛着奶白色的光，头发披下来很自然地搭在肩上，阳光下，她的头发闪着光，像水银一般。

第十章 李小莫的故事

李小莫是美丽的、天真的，就好像阳光一样，周围的空气也好像为她倾倒，泛着慵懒的味道，就这样，缓缓地萦绕在她的耳边、她的呼吸之间。

李小莫的美跟陈雨珊的美是不一样的。陈雨珊可以说是标准的美人，而李小莫的美好像是藏在骨子里，慢慢地从她的气息中透露出来，一次不经意地眨眼，一个微小的动作，一个天真倔强的表情，都透露出沁人心脾的美感。

像李小莫这么优秀的女孩子，自然有着良好的家世。她出身书香门第，父母是当年上山下乡的知青，因同在一个地方插队而结识，后来一起参加高考，考上了大学，毕业后双双留在丽州某大学当了老师。她还有一个哥哥，已经大学本科毕业，正在英国留学。

李小莫的父母虽然都是教师，但对李小莫的管教却不教条死板。父母给了李小莫充分的自由，他们只是尽力为李小莫提供生活必要的物质条件。

李小莫从小便喜欢读书、画画、唱歌，可谓琴棋书画样样精通。在同龄的小伙伴中，她样样拔尖，但考试成绩一直上不去，她的父母倒也并不着急。

在很多人眼中，李小莫学习成绩不好是因为父母疏于管束。但李小莫却不以为意，她非常感激父母。她不会忘记，父亲那本《脂砚斋重评石头记》被她偷偷带出家弄丢后，父亲装着糊涂；她不会忘记，为学一首民谣旷了数学课母亲表现出的宽容；她不会忘记，画画打翻颜料，把父亲新买的茶几弄脏后，父母没有任何埋怨而是和她一起清理打扫。

李小莫仍记得当年"画室"的旧事。

李小莫把心里的世界、外面的世界画了出来。她踩在小板凳上，把她的一张张心爱的"小世界"贴到卧室的墙上，从左面贴到右面，直到整个房间变成了五颜六色的"原野"，卧室彻底变成了她的"画室"。

父母没有因为她的调皮而责备她，反而惊讶于这一切，并流下了幸福的泪水，他们甚至还邀来亲朋好友观赏她的"画室"。

虽然李小莫的学习成绩不那么耀眼，但还是考上了重点大学。原本可以留在父母的学校上学，但她却坚持要去远方看一看，父母也是欣然同意。

李小莫也知道，自己是幸运的。与张子帆、于森这样的穷苦孩子相比，她没有经历过困苦；但在生命的刻度尺里，李小莫知道他们有一样的东西，闪闪发着光。他们恰好相交在这里，让这些命运轨迹全然不同的人因为某种相同的东西，紧密地联系在了一起。

李小莫的才华高中时便慢慢展现出来，渐渐成了同学中的小明星。尤其是在男生们中，李小莫成了最令人不安的因素，就如同张子帆第一次听到她的歌声时的那种感觉。

要说这样的女生，必然会成为青涩恋爱中的焦点，但整个高中时代却很少有男生有勇气做点儿什么，充其量就是背后嚼嚼舌根，图个口头快活。但是有一个人例外。

这个人与刚刚母亲电话中提到的"那件事"有关，这个人名叫武哲。说起来，武哲也算是李小莫高中同学里面的知名人士。他父亲跟李小莫父母交情匪浅，是李小莫父母任教的大学的校长，而武哲自己弹得一手好琴，人长得也清爽干净。

高中时，不知道有多少女生暗恋他，可他却总是一副纨绔嘴脸，没有把那些女孩子放在心上。他却偏偏跟李小莫杠上了。

事情发生在高二那年。他们学校组织了一次文艺会演，武哲担任歌唱节目的钢琴手。他穿着崭新的礼服坐在钢琴旁,为台上演唱的歌手伴奏。

台上演唱的是李小莫,唱的是她最拿手的民谣歌曲——《橄榄树》。悠扬的歌声在整个礼堂里飘荡,大家听得如痴如醉,其中也包括正在伴奏的武哲。

其实,武哲私下便听说过李小莫,今日一见,发现传言不虚。他们配合得很好,节目获得了满堂彩,武哲觉得他和李小莫的配合简直是天衣无缝。会演结束后合影时,他特意站到李小莫的旁边。

"怎么样,我弹得不错吧!"武哲自信地昂着头,骄傲地对李小莫说道。

李小莫见武哲有点儿得意,也大概知道武哲的事情,于是想挫一挫他的风头,就丢下一句"还行吧",便转身跟其他同伴说话去了。

武哲顿时满脸通红,不自然地扭动着僵硬的身体。从没有人这样对他,他想不通为什么李小莫会这么轻视他。他下定决心,要看看李小莫到底是何方神圣。

武哲一遍一遍地约李小莫出来玩,在 90 年代末的高中,明目张胆地谈恋爱还是极少的,一旦有,都会被老师、家长残忍地扼杀在摇篮里。真有情难自禁的,也都是私下里偷偷活动。而武哲才不管这些,天天堵在李小莫的教室门口,还经常等她下晚自习,送她回家。

李小莫的态度也很坚决。她仍然像之前一样,无视武哲,武哲的电影票、礼物、信,她都一一回绝。

有一次,他们两个作为学生代表去慰问福利院的孤寡老人。李小莫看到武哲很认真地跟一个老人聊天,并把老人逗得哈哈大笑。

他倒也不是一个讨厌的人，甚至有点儿可爱。李小莫在心里这样想着。其实她并不反感武哲，只是武哲身上一贯的优越感和得意劲儿让她有些看不惯。她觉得他们两个完全是两个世界的人。

有一次，武哲把学校升旗区黑板报上的《春暖花开》给擦掉了，换成了"李小莫，我喜欢你"，结果闹得全校都知道了，连班主任都被惊动了。这让李小莫很恼火，她二话没说，直接冲出去把黑板擦干净，重新把那首诗给抄上。

李小莫决定找武哲好好谈一谈。

武哲见李小莫主动来找自己，高兴地说："你找我是不是答应和我约会了？"

李小莫翻了个白眼，无奈地说："你应该成熟点了。"

武哲被李小莫的话弄得有些不知所措："什么意思？"

李小莫继续说："你不应该把那首诗给擦掉，你更不应该不尊重别人的劳动成果。"

武哲显然还是没有理解李小莫的话，而是义正词严地说："这首诗有我喜欢你重要吗？"

李小莫被武哲的话气笑了，转而问道："你为什么觉得别人会喜欢你？"

武哲理直气壮地说："因为我比很多人都好……因为我有远大的前程。"

李小莫被武哲的自大弄火了，愤怒地说："你的远大前程换不来你的爱情。以后别再来打搅我，等你真正有了成熟的爱情观，或许我会对你刮目相看。"李小莫不想再听武哲的话，转身离开了。

武哲一脸错愕地看着李小莫的背影，有些不明白李小莫话里的意思。

之后的一段时间，武哲好像是真的灰心了，又或许是转变策略了，直到高中毕业，他果然没有再来打搅李小莫。

后来，李小莫听说武哲考上了北京的一所学校，看起来确实将有一个远大的前程。李小莫想：也许，武哲真的明白了她的话吧。

可是青春的荒唐又怎么会轻易地了结呢？

随着武哲和李小莫都上了大学，武哲不知道哪根筋又出了岔，开始想起李小莫来，最近不但天天给李小莫打电话，前段时间，居然还找到学校来了。

李小莫一听说武哲来找她，顿时头皮发麻。想到武哲之前做过的事，她感到麻烦又来了。

李小莫把武哲带到学校门前的小餐馆，两人面对面地坐着。

武哲打量着李小莫，说道："你看我比以前成熟些了吗？"

李小莫忍不住叹了口气，说："我看是比以前更自恋了。"

武哲不理会李小莫的嘲讽，说："你还是单身吧？"

李小莫也没有隐瞒："当然。"

武哲转而问道："为什么？"

李小莫反问："什么为什么？"

武哲赶紧解释说："额，我是说应该有很多人追你才对。"

李小莫摇摇头，说："谁过得了我这关！"

"我……"武哲有些不自信地回答。

"你！你是不可能的，我的爱情从你身上产生不出来。"李小莫立刻拒绝了武哲。

"那，那就是没得谈了。"武哲有些不甘心。

"爱情是谈出来的吗？"李小莫接着说。

武哲被李小莫的这句话弄得有些发蒙，只好低下头吃饭，不再说话了。

李小莫也觉得自己的话有些不近人情，在送武哲上车的时候，李小莫说："谢谢你能来看我，我很感激，但是……对不起……"

李小莫的话虽然没有细说，但武哲听出了她的言外之意，有时候温柔的话比尖利的刀子更让人心疼。

李小莫把武哲买来的东西全部还给了他，只留下了一本书。

武哲回去后依然没有罢休，甚至动员了自己的母亲。武哲的母亲找着李小莫的母亲，侧面点了这件事情。李小莫的母亲也觉得，如果两个优秀的孩子能在一起，加上两家的关系，也是门当户对的大好事。

于是，母女二人通电话的过程中，李小莫的母亲便将自己的想法告诉了李小莫。

"你别管！"李小莫斩钉截铁地告诉母亲。

武哲没有想到，此举不仅没有挽回李小莫的心，反而是将她推得更远了。

任你有再大的本领，在爱情面前人都是渺小的。张子帆曾怀疑过，但农村人和城里人能有平等的爱情吗？但爱情面前人人都是平等的，无论是农村人还是城里人，穷人还是富人都有享受爱情的权利，而且都一样包含着痛苦与幸福。爱情最动人的是，即便痛苦，人们也能从中体会到甜蜜。

要说在大学里没人喜欢李小莫那是不可能的。倒是本班的男生似乎都觉着这李小莫不能以等闲之辈视之，她身上自带着一种孤芳自赏的感觉。于是，大家也就看看他人热闹罢了。

反而是外专业的不了解李小莫的高傲，不怕死地追她，可是刚一冒头，都抵不住她那无情之水，然后就像被水扑灭的大火般消失得无影无踪了。

其实，李小莫活在自己的世界里，坚守着自己的爱情观，也期盼着属于自己的爱情。只不过大家没有深入地去了解她，以为她是个不食人间烟火的画中人。

李小莫旁观着寝室里其他人的恋情，为她们的甜蜜而高兴，但又丝毫不羡慕。她知道，她想要的爱情和她们不同。她沉浸在对生活的体验中，读书，听有意思的课，参与一些班级的活动，认识各色各样的人。而真正拨动她心弦的那个人，她也不知道哪一天才会出现。

李小莫在笔记本上写着：

不慌张，也不需要随从。等待你的终会是灿烂阳光，你只需要站到他必经的路边，看着他穿过荆棘走到你的身边。

自从上次在图书馆跟张子帆聊过之后，李小莫便开始注意张子帆。她之前也多少跟张子帆有些接触，每次看到张子帆，总会泛起一股淡淡的哀伤，虽然很微弱，但却是真实存在的。

李小莫不知道这种感觉源自何处。她猜想也许是张子帆的家境引起了她的同情。

李小莫想起刚入学的班会。她就坐在张子帆旁边，看到张子帆只是安静地坐着，眼神里却流露出了一种渴望的神情。于是，在那一瞬间，她突然想鼓励张子帆，所以就推了张子帆一把，可张子帆却没有任何行动。

还有那次唱歌，李小莫居然看到了张子帆眼中闪烁的泪花。那时候的张子帆简直就像是一个孤独的孩子，一动不动地坐在草地上，看着大家热闹,自己却显得那么近又那么远。她无法无视张子帆,所以主动地邀请张子帆跳舞。被张子帆拒绝之后,她愈发感觉到张子帆的隐忍和寂寞。

后来,刘雨在宿舍里面谈论张子帆,知道了张子帆的一些事情,李小莫也多少对他的自尊和敏感有所体会。她觉得男人的自尊心在某些时候是值得欣赏的。再到后来,刘雨对张子帆的放弃,她在心底里也能感觉到张子帆的痛苦,所以有时候在同室友的言谈中,她会帮张子帆说一些好话。

真正让李小莫感觉张子帆比较特别的,是那次张子帆对香樟树的注目。她不知是从书上看来的,还是父亲告诉她的:一个人能欣赏细微的美好是一种可贵的才能,所以李小莫回答陈雨珊的那句话并不是敷衍,而是认真地发表着自己的看法。

当然,张子帆盯着书一动不动的模样,也让李小莫想到了自己。很显然,张子帆也是一个爱好读书的人,而且也和她一样,在书中有另外一个世界,或者是更可贵的世界。

甚至前几天关于诗的谈话,也让李小莫产生了一丝错觉,张子帆对诗的理解就仿佛是在说两个人的故事。回想起来,张子帆在诵读惠特曼的诗的时候,流露出来的神情是眷念的,是迷人的。

就是这样一个在大家眼中普通得不能再普通的人,却带给了李小莫不一样的感觉。她对张子帆多了一分敬重。

第十一章　摩擦

十二月对张子帆来说，有两件重要的事情让他激动不已。

第一件事情就是张子帆领到了第一笔勤工俭学补助。他拿着一张百元大钞，一路小跑穿过了正在举行活动的学校广场，还主动地跟路上的熟人打起了招呼。

这是张子帆人生第一次靠自己劳动获得的收入。他看着手上的钱，虽然只有一百元，但心里的满足却是实打实的。要不是囊中羞涩，他甚至想把这张具有纪念意义的钞票保存起来。

张子帆一路哼着歌跑到了校门口，点了一大份烩面在路边狼吞虎咽地吃起来。

晚上张子帆要去图书馆。这几天他都看见李小莫在图书馆里面看书，想着今晚也不会例外。张子帆想起李小莫给自己买过烤地瓜，自己怎么也得表示一下，便买了一个煎饼果子朝图书馆走去。

这个时候正是图书馆的"空闲期"，大多数人出去吃晚饭了，还剩下少数的人依然在痴迷地看着书，这其中就有李小莫。她坐在正中间靠窗的一个位置上，这算是优等座了，抬头便可以看到外面的天，阳光也会斜射下来，经过玻璃折射到看书的人身上，映得人身上金黄金黄的。

　　这样的位置是需要赶早才能够占得到。张子帆也喜欢坐在那儿看书。此时，李小莫端坐着，正聚精会神地看书。

　　李小莫前面的位置正好空下来，张子帆轻快地走过去坐下来，回过头去跟李小莫打招呼，并把煎饼果子放在她面前。

　　李小莫嘟哝着，一脸疑惑地看着张子帆。

　　张子帆笑着解释说："你准没吃饭吧！我这是礼尚往来。"

　　李小莫笑了一下，说："很阔气啊！"

　　"看书的福利！"因为高兴，张子帆连说话也幽默了许多。

　　"有钱了嘛，那你就打算这么打发我？"李小莫乐呵呵地望着张子帆。

　　"你尽管说，想吃什么？"张子帆毫不犹豫地说道。

　　"可是，你应该已经吃过了。"李小莫故意显出失望的样子来。

　　"没，没……我也是路上随便吃了点儿垫巴垫巴。"其实，张子帆已经吃过了，但是听李小莫这么说，也只好顺着她的话说下去。

　　"那好，跟我走。"李小莫拿起桌上的书，带着张子帆走出了图书馆。

　　张子帆跟着李小莫在校门外绕了好几圈，才在一个深巷子里找到了她口中的据点。这是一个看起来很有年代感的小店，在傍晚微弱的光照下，几乎看不出门头上写着的"老好吃"三个字。

　　张子帆本以为李小莫要点上几个像样的菜，谁知她却只是点了一份麻辣粉皮。

　　"你就只吃一份麻辣粉皮？"张子帆问道。

　　"谁让你拿煎饼果子先占住我的胃了，只好记到下回了。"李小莫一边笑着，一边把碗里的粉皮拨了一半到另外的碗里，推到张子帆面前。

"好了，一人一半。"李小莫说完，又把一大勺辣椒油浇在了张子帆的碗里。

"你这，让我怎么吃啊？"张子帆看着红彤彤的辣椒油顿时头皮发麻。

"就这么吃啊。"李小莫倒不含糊，大口地吃起来。

"都给你吧，太辣。"张子帆皱着眉说道。

"不行，你必须吃。"张子帆发现李小莫蛮横起来还挺可爱。

张子帆和李小莫就这样对坐着，一人一碗，一人半份饭，有说有笑地吃起来。辣椒辣得他们舌头直发麻，汗水和眼泪不断地涌出来，给这顿不寻常的饭增添了不少情趣。

天气是越来越冷了，张子帆端着热气腾腾的大碗，依然还能感到手的冰凉。他想，他得赶紧去买一件过冬的棉袄了，这原本就是预算里的一件大事。

周末，张子帆来到市区的大集市，那里是批发衣服的地方。他在里面盘桓了很久，最终花了七十元挑了一件估摸着能挨过这个冬天的厚棉袄，又在一个煎饼摊上花了五元钱买了五个煎饼。据说煎饼是铜城的特色小食。

五个煎饼是给宿舍里的伙伴买的，张子帆觉得自己既然收到了钱，就应该和室友分享他的收获与喜悦。他把煎饼分给了自己的室友，大伙也饶有兴致地吃起来，唯独吴越把煎饼放在了一边。

张子帆倒也没有在意，可第二天打扫宿舍的时候，他发现那个未下肚的煎饼正在垃圾篓子里躺着。原本没多大事儿，但在张子帆眼里，这却是对他的侮辱。他顿时眼红了，几乎一下子失去了理智，他真想站到吴越面前大吵一架，但他一想到吴越那副清高样，又忍住了。

张子帆想,自己心中的大事在别人那里说不定根本就不值得一提,何须兴师动众。

虽然煎饼的事让张子帆心里很不舒服,不过他也不再计较,他穿上新棉袄,看着镜中的自己,顿时感觉精神了许多,说话也自信多了,简直像换了个人一样。

还有第二件重要的事,不仅让张子帆兴奋,也让全中国人民高兴。那就是这个月的二十日,澳门就要回到伟大母亲的怀抱了。

对于张子帆这样的大学生来说,能够亲身经历这样的大事,简直可以算是人生的重要时刻。他们正是血气方刚的年龄,国家意识异常强烈,尤其处于大学这样一个思想活跃的地方,但凡是关乎国家、民族命运的事件,他们总是油然而生出一种强大的责任感。他们从电视里、报纸上看到五星红旗迎风招展,心中便是由衷的振奋与自豪。

由于澳门的回归,整个学校都被一种兴奋与自豪笼罩着。校党委决定开展庆祝澳门回归的歌咏比赛,前三名的集体还可以参加市里举行的庆祝大游行活动。通知一下达,张子帆他们班就迅速行动。李小莫为组长,其他几名班委配合,各自分好工后就开始积极筹备起来。

他们选择了一首激昂的歌曲——《保卫黄河》作为参赛的曲目。这段时间,练歌成了班级活动的中心。每天上午上课之前,班上的同学都会抽出一个小时的时间,迎着清晨的红日高歌。每天晚上,同学们也会聚在一起,伴着晚霞唱响《保卫黄河》。

不仅仅是张子帆他们班级,整个校园里,都飘荡着动听的歌声,很是壮观。爱好音乐的,或者平日里积极参与课余活动的,这时候便成了这些人的节日。他们盼望着周末的到来,大部队一起去小南河,去野外游玩,山水与热血的歌声融为一体。就算是平日里懒散惯了的同学,这时候也自觉多了,不声不响地跟着大家里里外外地张罗,为的是那分集体荣誉。

不过这么大的团队活动,自然不可能一切都顺顺当当。当歌曲练到差不多可以上台的时候,王义觉着应该给大家弄一套军装,演唱的效果应该会更好,大家都表示赞成。可是从哪儿能弄到三十套军装呢?这成了一个问题。

宋书平主动站了出来,说这事包在他身上。他想着自己管着班级的后勤保障,又是本地人,大家不自觉地会觉得这理应是他的事儿,不如主动接下来,再说了,叫父亲从厂里搞几套军装应该不成问题,所以就夸下了海口。

宋书平把这事给父亲说了好几次,父亲都没特别在意,可他也没有找到其他门路。他没有想到,到了关键时刻,军装竟成了稀缺物,要找到几身还真是不容易。

一次练歌的时候,宋书平找起了理由,说起了推托之辞。

吴越顿时看不下去了,挖苦起他来:"你是铜城人吗?这点儿事儿都办不成!"

吴越盛气凌人,把宋书平劈头盖脸一顿骂,搞得很是难堪。

"最近这东西真的难弄。"宋书平耷拉着脑袋,声音低低的。

"那你刚开始牛气哄哄地干什么,没那能耐就别吹牛。"吴越一副得理不饶人的模样。

"我也是想给班里帮点儿忙。"宋书平辩解着。

"那你也得看看自己几斤几两。"吴越越说越难听,气氛开始尴尬起来。

大家看着吴越有点儿不依不饶的架势，赶紧说起好话来，把吴越拉到了一边。

宋书平自知理亏，也不再多说什么，一方面是因为自己食言的歉意，另一方面则是吴越让他下不了台的尴尬。

那天晚上，宋书平十点多才回到了宿舍，本就心里不好受，加上他又跟刘雨拌了几句嘴，就一直阴沉着脸。他对大家说了句"以后要提早半小时熄灯"，便躺到自己床上。

大家都没有在意宋书平的话，自顾自地忙活。王义和吴越在有一句没一句地说着话，显然吴越已经忘记了白天的事儿。

半个小时过去了，宋书平还真从床上爬起来，径直去把灯熄了，可大家这个时候还忙活着呢。

吴越正靠在灯的旁边，他也没多想，直接把灯又打开了。宋书平二话不说，再一次把灯给熄了。

吴越这下蒙了，瞧出宋书平的敌意来，大声吼了一句："有病是吧！"就又把灯打开了。

"你的病比我重多了。"宋书平没有再沉默，他缓缓地说出了这句话，显然话里充满了愤恨。

"你说什么！你再说一遍！"吴越从床上站了起来。

"你——有——病！"宋书平把字与字的间隔拉得特别长，好像害怕吴越听不清一样。

吴越顿时气得咬牙切齿，嘴上喊道："宋书平，你真是给脸不要脸！"说着，就要冲上去揍宋书平。

宿舍的其他人见情况不妙，赶紧上前拉住二人。王义在后面拉住吴越，张子帆也过去挡在吴越与宋书平两人之间。

"吴越，你这话有点儿过了啊。"张子帆觉着吴越的话有点儿太难听。

吴越正在火头上，哪里听得进去，他又冲着张子帆吼道："关你什么事！"

"你能尊重别人吗？！"张子帆试图理智地和吴越说话，可他突然想起吴越之前扔的煎饼，还有吴越过去对自己的蔑视，气也不打一处来。

"他抢了你女人你还帮着他，真不知你怎么想的！"吴越越说越过分，王义也拦不住他。

这话刺激了张子帆，原本吴越与宋书平的矛盾好像突然变成他与张子帆之间的矛盾了。

"你说什么？！"张子帆大声地质问吴越。

"还要我说第二遍吗？！自己的女人都看不住。"

"你……"张子帆怒火中烧，捏紧拳头正准备给吴越一拳。

突然，一个瓷杯不知道从哪儿飞了过来，不偏不倚击中了吴越的脑门。虽然吴越身子本能地往后缩了一下，但依然结结实实地被砸中了。血顿时从吴越额头上流下来，遮住了大半只眼睛。

张子帆扫视了一下寝室，发现这只杯子是宋书平从侧面扔过来的。

看着吴越脸上的血，大家都傻了眼。吴越自己也愣住了，任血从脸上流到了衣服上。

过了一会儿，还是于森反应快，他赶紧找了卫生纸摁在吴越的额头上，帮他止血。王义与张子帆也赶忙过来，帮吴越擦拭脸上和衣服上的血迹，并张罗着要把吴越送去医务室。

一时间，寝室里手忙脚乱起来，就剩下宋书平一个人愣愣地站在那里。

吴越拒绝了去医务室的建议。他还背着处分，也不想把事情弄大了，再说这个时候医务室也下班了。

不过伤也不重，除了额头处鼓起一块包来，血倒是很快便止住了。大家又围在吴越身边看了半天，这才关了灯各自上床。

这一晚大家的心情都复杂极了，尤其是宋书平、吴越和张子帆三个人。

这件事改变了宿舍的关系格局。以前王义和吴越基本是一伙的，张子帆和于森走得近些，宋书平两边都说着话，两边都不靠。

这件事之后，整个宿舍安静了好一段时间，大家表面上和气了许多。尤其是宋书平，每日回来几乎没话，也不提关灯的事儿，洗漱完了就睡觉去了，也没有跟吴越道歉的意思。

而吴越也不正面面对宋书平，甚至跟王义的话也少了，跟之前趾高气扬的模样反差太大了，就好像是受了打击的猫咪一样，温顺了许多。整个宿舍笼罩着一种奇怪的气氛。

好在班级的歌咏比赛有了不错的进展。几次合练，效果都比预期的好，好多学生路过时都停下来看他们排练。李小莫还给张子帆、于森、陈雨珊他们几个五音不全者开起了小灶。全班同学都全力备战，领唱和合唱渐渐合拍。

李小莫还在最后冲刺阶段拿出了神秘的撒手锏，她请来了武哲给他们班伴奏。

同学们通过武哲弹钢琴的动作和姿势就知道，他是专业的。看起来，武哲跟李小莫是非常熟悉的，说话之间并无半点儿陌生的感觉。

虽然李小莫介绍说武哲是她高中同学，但大家还是议论纷纷，猜测武哲和李小莫的关系，张子帆也十分好奇。

有了钢琴声的伴奏,《保卫黄河》便更有那么几分雄赳赳气昂昂的味道了。

想着军装的事还没有解决,宋书平心里还是非常郁闷,想着不能丢这人。他跟父亲吵了起来,非要父亲帮他找军装。他父亲也是没有办法了,找厂里文艺会演中心的主任借了二十多套军装来。

军装的事解决了,可把王义高兴坏了,前前后后感谢了宋书平好几次。宋书平也终于可以在寝室里抬起头来了,他可不愿意自己的名声就这样被毁了,而且还在刘雨的眼皮子下。

正式比赛不负所望,大家穿戴整洁,众志成城,配合默契,李小莫忍着寒冷,穿着一件白色星点连衣裙,站在前台指挥着大家。

在张子帆眼里,李小莫的手势完全看不出有什么门道,她上下左右晃着一根小棍子,也没有什么头绪可言,可为什么就能把大家最好的声音调动起来,让张子帆备感神奇!

没想到,他们的表演得到了全校师生的认可,一举获得了冠军。

第十二章　激情燃烧的日子

很快到了十二月十九日，再过十几个小时就是澳门回归的时刻了。整个铜城市早早地沉浸在红色的海洋里，小城开始以自己的方式迎接澳门的归来。

五星红旗成了这一天的主角，无论是街市、商铺，还是车辆、行人，抑或者是正在装卸的码头、尘土飞扬的工地，无一例外全都飘扬起五星红旗。市中心的广场上也举行了盛大的升旗仪式，广播里反复播放着爱国歌曲。

很多商户、生意人都向来来往往的人群赠送澳门回归纪念品，志愿者也早早各就各位。"庆祝澳门回归"全市游行活动已经就绪，整个城市都被染成了耀眼的红色。

市长一番热情洋溢的讲话之后，游行的队伍就出发了。游行队伍里面有钢铁厂的方队，有农民代表的方队，有市工商联的方队，有政府公务员的方队，有学校学生代表的方队，还有一些知名人士组成的方队。几乎所有人都参与到这一场庆祝活动中，他们穿着统一的衣服，从铜城市的最西边一直排到了市中心，从空中俯瞰，就宛如一条长龙一般。人们手中都挥舞着彩旗，呐喊声响彻整个城市。

第十二章　激情燃烧的日子

张子帆站在学生方队的最前面，一边跟着大部队前行，一边喊着口号。

张子帆的前面是一位母亲，只见她肩上扛着孩子。胖乎乎的小男孩很招人喜欢，粉嘟嘟的小脸上挂满了喜悦，望着前后左右的人群，"咿咿呀呀"地叫唤着，他似乎对大人们手中的小旗子产生了兴趣，伸着白白的小手要去抢的样子。

张子帆把自己手中的小旗子伸到小男孩的面前，他一把就把旗子抓住了，然后兴奋地一阵乱舞，还露出白白的牙齿和可爱的小酒窝来。

游行队伍走到了最东边市政府新区规划地，游行才宣告结束。

王义宣布大家自由活动，有的人准备回学校，有的人还想在市区逛逛，这一天真的是太热闹了。

吴越跟陈雨珊两人在一个商铺前买水喝的时候，突然看到了一个男子，让他们非常吃惊。

原来，早上吴越和陈雨珊买早点的时候也遇到了这个男子，此人二十来岁，说自己的钱包被偷了，求他俩借点儿路费，好回黎阳老家。

陈雨珊善良，她见不得别人不好，就估摸了一下回黎阳大概的路费，掏出五十元钱给他。

吴越只觉得陈雨珊傻，不停地对她说，这男子肯定是骗子，但她仍然坚持要给，说万一不是呢。吴越也拿她没招，只好随了她。

此时再见，男子还在向行人求助路费。早上的五十元已经完全够他买车票的了。

这下陈雨珊算是明白了，她既懊恼又悔恨。

吴越也来不及教训陈雨珊，两只眼睛死死地盯住几米远的男子,用手拨了拨陈雨珊的衣服,说道:"快去把他们都叫过来。"

按照吴越的个性,他是要找这个人理论理论的。

陈雨珊也觉得此人实在是太过分了,她这次跟吴越站在了同一阵线,啥也没说就去找同伴们了。

感觉陈雨珊已经去了一会儿了,吴越才不动声色地走到了骗子跟前。对方根本没有注意到他,还在可怜兮兮地哀求路人。吴越在旁边看了好一阵子,觉得有些好笑。估摸陈雨珊差不多该回来了,他伸手拽了一下旁边的骗子。

男子立马转过身来,他被眼前的吴越着实吓了一跳。

"今儿个你都敢出来招摇撞骗!"吴越看起来和和气气的样子。

"我不知道你在说什么。"男子还故作糊涂。

"你今天骗了大家多少钱?"吴越冷冷地说。

"走开啊,没你什么事儿!"男子目露凶光。

"大庭广众之下,你就不怕我让你现原形。"吴越也是见过世面的,完全不惧男子。

"你还没长全吧,哪儿来的小毛子,最好不要管闲事。"男子越来越凶了。

"少扯没用的,要么把早上的钱还回来,要么我带你去见警察。"吴越说着,眼睛瞄了瞄周围。这个时候,陈雨珊带着班上的七八个男生正往这边过来。

男子看到一伙人正朝这里走过来,也知道什么意思了。

"今天就先不跟你计较了。"男子一说完,等吴越分神的一瞬间,转身便跑进了旁边的一个巷子里。

吴越立马跟了上去,其他同学也都一阵狂跑跟着追了进去。

张子帆不忘回头冲站在原地的陈雨珊吼道:"你别跟来。"

这男子还真能跑，而这些年轻的学生也不示弱。他们紧紧地跟在男子后面，一直追到了胡同尽头，男子才终于停了下来。

开始，大家还以为男子是跑不动了，但仔细一看，男子的帮手到了。这帮人足有十五六个，凶神恶煞的，应该是一群小混混，把整个巷子的出口都堵住了。

见这形势，学生们有些被吓住了。

男子走到一个人面前，跟他说了些什么。之后，这群小混混便开始朝学生们围了过来。

从人数来看，形势对学生们极为不利，大伙一时间竟呆住了。最终还是王义先说话了："待会儿我喊跑，大家分头从后面冲出去，到外面人多的地方就没事了。"

"如果有事，先跑出去的赶紧报警，通知学校。"张子帆对当下的形势做了最坏的打算，补充说道。

"这事儿是由我而起，大家一定要出去。不要怕他们，今天周围肯定会有警察执勤。"吴越站在最前面，心里也有点儿发毛。

对面的混混们越逼越近，他们只好步步后退。他们都有些发虚，腿都有些软了，只是机械性地挪着脚步。别看他们在学校里经常逞能，但见到了这样的场面也是心虚害怕的。

就这样僵持了几十秒，眼看两拨人就要凑上了，突然学生里有人喊了一声："跑……啊！"

大家顿时像受惊的小鹿一样，回过头来朝着外面四处冲。

喊跑的人并不是王义，也不是吴越，而是宋书平，他是第一个撒腿跑的人。

宋书平和其他两个同学冲出去了，可是剩下的人就没那么好运了。他们被冲上来的混混们给堵住了，渐渐被逼到了墙角。

王义背靠着墙,大声说道:"你们想干吗?"

男子冲着吴越恶狠狠地吼道:"小子,你刚才的劲儿呢!"

吴越喘了几口气,倒显得比较冷静了,说道:"这是我的事,让他们都走。"

其中一位,应该是混混的头儿站了出来:"你还挺讲义气,可凭什么让他们走!"

"今天你们都敢干没良心的事儿?这里可是铜城市中心,外面可到处都有警察。"张子帆也脸红脖子粗地说道。

"拿警察吓唬我们,你们是学生吧?学生不好好读书,跟我们较劲,找死吗?!"混混儿头不客气地说道。

"我们就是学生!到底怎样才能让我们走?"吴越试探着问道。

带头的人和男子凑在一起商量了一下,估计这么多人他们也不好处理,随即说道:"不跟你们学生一般见识,把他们三个留下,其他人回去。"他用手指了指王义、吴越和张子帆三个人,刚刚就他们三个说过话。

可其他人除了喘着粗气外,并没有要走的意思。吴越说道:"你们先走。"还是没人回应,学生们准备一起扛到底了。

这个时候也没有什么更好的办法了,还不如破釜沉舟了。王义大声吼着:"大家一起冲出去,胜利就在前面!"

王义说完,大家还是僵在原地,谁也不敢先动。说时迟那时快,吴越硬着头皮向前面的人扑了过去。大家一见这情形,都迅猛地跟了上去,跟对方厮打在一起。

原本是一场力量悬殊的战斗,却因为学生们豁出去的气势,这帮江湖老手反倒是吃了一些亏。

这关键时候,宋书平带着三个班的学生和附近执勤的警察,赶了过来。混混们一见冲过来那么多人,还有警察,就吓得纷纷掉头跑了。

同学们这才松了口气,这时候他们才觉得全身疼痛,浑身酥软。仔细一看,大家身上都沾满了灰尘,有些人的衣服还破了好几个洞。

原本吴越只是想找回早上的五十元钱,再让男子给他道个歉,没想到惹了大麻烦,把大家都牵连进去了。好在最后有惊无险,大家都没有受伤。

前两天赢得歌咏比赛的荣耀,代表学校参加游行的自豪,再加上与混混战斗的勇气,想起这段时间发生的事,大家一时振奋,决定找个地方好好大吃一顿。

晚上他们找了一个有电视的大包厢,点了满满三桌菜,所有人都分坐下来,先是说了一下澳门回归和勇斗混混的喜悦,然后便毫不客气地大吃起来。

他们边吃边喝,有说有笑地谈论着这些天发生的事。

最左边坐着的是于森,他埋头吃着东西。旁边是李小莫,正瞪着两个大眼睛听旁边的几个男生神侃,再过来是张子帆。

沈小雨和王芳坐在一起,交头接耳地说着悄悄话。王义坐在正中间,变着法地吹嘘着和混混打架的惊险。吴越坐在他的旁边,和他一唱一和的。他俩的女朋友梁茹和陈雨珊挨着他们。末座是刘雨和宋书平,面无表情地注视着大家,听大家说话。

"今儿哥几个长脸,没给咱班跌份儿,尤其子帆和于大炮。"王义端着酒杯,不自觉地把于森在寝室的外号也叫了出来。

"除了个别人溜得快一点儿外,都没得说。"吴越也端起了酒杯,冲着大家伙儿说道。

宋书平顿时脸一阵红一阵白的,然后理直气壮地说道:"我那是去搬救兵。"

王义把酒杯放下,说道:"你得了吧,跑得跟百米冲刺似的,没看出来,你还有这两下子。"

宋书平表情怪怪的,答道:"小看人吧,我以前专业练过的。"

张子帆突然觉得宋书平也怪让人同情的,眼看着宋书平被王义和吴越挤对,便说道:"今天要不是他,我们真不一定能吃上这顿饭。"

"你们以后可别干这样的事儿了,真吓人。我在后面都不知道怎么办了。"陈雨珊插话道。

"我觉得这事儿挺刺激的,我们家王义好样的。"梁茹边说边笑。

"就是,这事儿千年等一回。"沈小雨也不落单地说。

"你们就珍惜今天吧,下回就不知道得过多少年才能遇到这样的事了。"王义总结道。

"好!干杯!"

一顿饭,大家吃到了半夜,到后面,有几个人已经神志不清,拉着旁边的人胡乱说话。

宋书平不知什么时候坐到了张子帆的身边,拉着他的手,说:"我对不起你!"

张子帆看着宋书平,就好像是一个小孩子忏悔一样。他顿时有点儿慌了神,只好安慰他说:"多大的事啊!都过去了,兄弟大过天!"

其实大家都明白宋书平与张子帆之间的事,平日里大家也讨论过,觉得宋书平的做法实在是不地道。但今天看到宋书平诚恳地和张子帆道歉,大家又觉得此事没什么大不了的,尤其是张子帆的一句"兄弟大过天",更是让在座的男生激动不已。

吴越见宋书平和张子帆和好,内心受到了触动,想起了之前的种种,也走了过去,拍着宋书平和张子帆的肩膀说道:"要说对不起,我也有对不起你们俩的地方,兄弟在此和你们道歉了。"

吴越此举更是让张子帆不知所措。他只好站起来,打了一下吴越的胸口,说道:"都过去了。"

王义见状也跟着过来了,说道:"过去的都不说了。"他很清楚宿舍最近发生过什么,"以后我们宿舍无论发生什么事,要互相担待。"

于森也加入进来,大家相互拍了拍肩膀,抱在了一起。

张子帆寝室的五个人眼里都湿润了,其实他们只是一群孩子。很多时候他们还没有掌握与人相处的技巧,他们的内心里藏着苦闷,为人处世还比较拘谨,心里有着不能对外人说的困惑。

张子帆五人刚刚上演完世纪大和解,李小莫却不知道什么时候走到了张子帆的身边。

张子帆转头看着李小莫,在这个班里,也只有李小莫最了解他的孤独,同情他的遭遇。

"你还好吧?"李小莫站在张子帆身边担心地问道。

"你可不要小瞧我,多大点儿事啊!"张子帆其实早已心潮澎湃了,但他还是假装大气地说道。

"那我敬你一杯。"说着,李小莫端起了杯子,冲着张子帆晃了晃。

"那干了。"张子帆非常干脆地就往嘴里送。

"等等。"李小莫拉住了张子帆的手,"不问问为了什么吗?"

张子帆停顿了一下,说:"为图书馆,为书,为友……"

"为友谊！"李小莫接下张子帆的话，然后端起杯子一饮而尽。

张子帆和李小莫这一幕，被刘雨看在眼里，她依然一个人端坐着，有点儿游离于大家之外。

"我能问你个问题吗？"张子帆红着脸，鼓起勇气问李小莫。

"你问啊。"

"那个弹钢琴的男生是你男朋友吗？"张子帆不知怎么就想起了武哲。

"我高中同学，也算是朋友吧。"李小莫一本正经地回答着张子帆。

"好帅的同学，琴也弹得好。"张子帆边说边摇晃着脑袋。

"他……还行吧……你别只顾着说话，快吃点儿菜吧。"李小莫对张子帆关心地说道。

"不吃了，我想听你唱歌。"张子帆酒后说话倒是大胆了许多。

旁边的于森也听到了张子帆的话，赶紧抓住机会附和："对对，要听你唱歌。"周围的人也都敲起了碗碟，要求李小莫为大家唱一个。

李小莫毫不推托，为了今晚特殊的意义，她唱了一首《血染的风采》，还是那么好听。她这么一唱，整个房间的情绪又被重新调动了起来。

大家要求李小莫再唱一首大家都会唱的。三十多个人就在李小莫的带头下唱起了歌，一首接一首。

大家沉醉在歌声中，一直到澳门回归直播结束后，他们才散去。

第十三章　世纪跨年

这一夜过去，生活就好像又恢复了原样，仿佛什么都没有发生似的。同学们还是按时上课，按时吃饭，做着自己的事情。

吴越、张子帆、宋书平三人之间似乎也没有什么变化，该怎么样还是怎么样，只是不再回避，宿舍的气氛和谐多了。

大家又回归到平静的生活中来，好似经历过一个短暂的高峰又滑落到了低谷，但这并不妨碍生活中的美好与精彩。

对于张子帆来说，这段日子是美好的。失恋的痛苦已经慢慢过去，他不再把失恋看作一场悲剧，反而认为是一次磨砺。他与吴越、宋书平、刘雨等人的关系也改善了一些，虽然芥蒂依然存在，但至少不再像以前那样拒绝或者害怕与他们对话了。他还感觉到班级里的同学在慢慢接纳他，先前心中的孤独感也正在慢慢消退。

张子帆比别人更关心学习，上课总是抢着坐在前排，认真地听老师的每一句话，自然成绩也是班级里面靠前的。

所以，临近期末考试，班里的同学都向他投去了羡慕的目光。

张子帆在图书馆的工作也步入正轨，显得轻松和自如，每个月一百元的补贴虽说还是不宽裕，但已经让他窘迫的生活大为改观了。

而且他通过阅读开阔了眼界，获得了很多书本外的知识。这些知识让他明白了很多做人的道理，也渐渐看开了很多事情，他可以在书中找到对照自己的镜子。

总之，对于张子帆来说，一切都似乎在朝着好的方向发展，身上的自卑也在慢慢消匿，他越来越自信，说话也变得有哲理起来。班上的人自然也看出他的变化，包括刘雨和李小莫。

而最让张子帆感到欣喜的是他与李小莫的相识，在大家都不太愿意跟他交往，甚至连刘雨也抛弃了他的时候，是李小莫靠近了他，像一朵美丽的花扎进了他的心里。

李小莫对张子帆没有偏见，而且她似乎还有意地照顾张子帆的情绪。最难能可贵的是，她的很多想法让张子帆觉得很是新奇，一本书、一件事、一个疑问，她往往能看到张子帆看不到的东西。

张子帆越来越愿意跟李小莫交流，不光是因为他听到很多有意思的事儿，更为要紧的是，他感觉到轻松与自在，他甚至可以在李小莫面前口无遮拦地开玩笑。

张子帆把李小莫当成一个值得尊敬的朋友，或者说是久经沙场的老战友。最开始他们经常在图书馆遇见，后来他俩开始在教室里讨论问题，慢慢一起走在路上……

两人的关系越来越默契，感情也越来越亲近，这让班上的同学大感意外。大家都对张子帆投去不可置信的目光，张子帆心中越发美滋滋的，笑容天天挂在脸上。

现在，张子帆几乎摸准了李小莫去图书馆的时间，他有意识地调整了他的时间，好使他与李小莫能够在图书馆"碰巧"撞上。

这一天，张子帆看到李小莫坐在图书馆里看书。他很自然地走过去跟李小莫打了个招呼，发现李小莫正在看一本《博弈论》。他也听说过这本书，但看到李小莫在看这本书，他仍有些吃惊。

"你真让我吃惊！"张子帆不禁感叹道。

"为什么？"李小莫瞪大眼睛看着张子帆。

"你什么时候开始看经济学的书了？"张子帆如实地说出自己心里的话。

"好奇嘛。不过你也应该看看。子帆，我们不应该选择性地看书，比如之前喜欢看文学，我觉得还是有局限的，到了我们这个年龄，涉猎面要广泛一些，什么经济、政治、哲学、社会……"李小莫掰着手计算道。

"好！听你的，真是跟不上你的节奏啊。"张子帆听到李小莫的话，心里不禁有些发慌。

"我们打个赌吧！"李小莫笑起来。

"说说看。"张子帆好奇地说。

"看谁先看完两百本书。"李小莫有点儿挑衅地望着张子帆，她自己被自己的想法美到了。

"赌啥？"张子帆看着李小莫一副得意的样子，胜负欲顿时被激发出来。

李小莫一时被张子帆的话问住了，想了一会儿，说："嗯，留着我想想，以后告诉你。"

"好！"张子帆想都没想就答应了，而且又补充道，"你得让着我点儿。"

"说定了。"李小莫肯定地说。

"定了。"张子帆斩钉截铁地说。

"你果然有那么一些不同。"李小莫望着张子帆边笑边说。

"不同？"张子帆被李小莫的话搞得有点儿迷糊。

"是的，不同。"李小莫盯着张子帆，点了点头。

张子帆被李小莫看得有些不知所措："哪里不同？"

"戴着花冠的男子。"李小莫说话越发神秘起来。

"什么跟什么？"张子帆眨了眨眼，摸了摸右边的耳朵，显然不知道李小莫在说什么。

李小莫看着张子帆的呆样，"咯咯咯"地笑了好一阵子。

张子帆被李小莫笑得有些不自然，脸都红了，催促道："快告诉我怎么了？"

李小莫笑够了，才朝张子帆左边的头发上指了指："摸摸看。"

张子帆用手捋了捋头发，捋下来一小片枯树叶，想着应该是从树下走过时落上的。他略带尴尬地笑了："原来你笑的是这个。"

"说真的，你跟他们有点儿不一样。"李小莫又严肃了起来，眼睛顿时深邃了许多。

"你别再蒙我了……"张子帆把那片枯树叶放进了兜里。

"你能把读书当作乐趣，而且对诗歌抱有一种真挚的热情，而不是像很多人一样，不是吃饭就是睡觉，活着不只是为了活着……你有时候说话很有意思，而且愿意认真地听我唠叨……"李小莫完全不顾张子帆的反应，滔滔不绝，就像他们之间很多次的对话一样。

"你……你……你这是夸我吗？还是夸你自己？"张子帆的脸又红了起来，刚刚是出于尴尬，现在是有点儿受宠若惊。

"真的！从第一次跟你说话的时候，我就能感觉出来，你是一个有想法的人。"李小莫再一次肯定了张子帆。

张子帆有些不好意思地说道："那你还是我老师呢。"

李小莫听了张子帆的话，笑着说："那我们是一类人。"

"我欣然接受了。"张子帆很高兴地说，脸上露出了灿烂的笑容。

"那我们是好朋友吧。"李小莫边说边把手伸了出来,要与张子帆握手。

张子帆别扭地握着李小莫的手,说道:"好朋友!"

张子帆也接受了李小莫的意见,不再只看一些文学书籍,转而开始向其他领域进发,比如历史、哲学,甚至心理学。虽然刚开始也觉得索然无味,但当读进去后,他发现其实这些书还是很有意思的。

度过了开学那段忧郁时光,张子帆的生活越来越顺畅,在这个严寒的冬日,张子帆的心里却感受到了春日般的温暖。

时间到了元旦,今年是跨世纪的一年,意义很不一般,学校里早就洋溢着热闹的气氛。一到这样的节日,班里总要组织大家去外面玩一圈,这次也不例外。

大家商量着要一起去小南河,虽然去了很多次,但每次去都会有不一样的感受,真是一个好地方!

太阳照耀着大地,蔚蓝的天空映在河水里。

白天的天气还不算太冷,班里一行人三三两两地在河边骑自行车玩,凛冽的寒风在大家的呼啸声中逐渐被淡化,大家沉浸在冬日难得的好天气里,感到浑身都舒服极了!

慢慢地,张子帆、李小莫、刘雨、宋书平他们几个落到了一队,其他人都不知道疯到哪里去了。

张子帆四人闻着新鲜的空气,欣赏着波光粼粼的河水,开始玩起了拉歌比赛。大家骑在车上你一句我一句地嬉闹着,有的人忘了歌词,有的人张冠李戴,引来一阵哈哈大笑。

正当张子帆四人唱得兴起,一个流浪歌手正靠着河岸边的堤坝弹着吉他,口中轻柔地唱着《当我想你的时候》,眼睛微微闭着,一副陶醉的模样。他们也被吉他的旋律和歌声吸引，一直认真地听他唱完。

张子帆不由得赞叹道："真好听！"

流浪歌手睁开了眼睛，对他们微微一笑："刚刚老远就看见你们骑车……那种感觉……很棒！真羡慕你们年轻！"

"你也很年轻啊。"张子帆四人异口同声地附和。

流浪歌手被四人的热情感染，说道："我给你们唱首歌吧？"

"好！"大家都很期待地停下来看着流浪歌手。

"《友情岁月》献给你们。"流浪歌手边说边拨起琴弦开始唱了起来。

> 消失的光阴散在风里
> 仿佛想不起再面对
> 流浪日子
> 你在伴随
> 有缘再聚
> 天真的声音已在减退
> 彼此为着目标相距……

流浪歌手的歌声中仿佛藏着岁月的沧桑，让人不禁沉醉其中。张子帆四人听得陶醉，连李小莫也不停称赞。

当张子帆四人还沉醉在《友情岁月》中时，流浪歌手已经收拾起吉他，离开了河岸。望着他的背影，他们干脆就坐到了河坝上，想多待会儿。

张子帆望着宽阔的河面，河面反射来的七彩光芒让他睁不开眼。"这真是一个美好的下午。"他不禁感叹道。

"从明天起,做一个幸福的人。"突然,张子帆隔壁宿舍的同学站在河坝上,张开双臂拥抱轻轻的风,开始念起海子的诗来。

"喂马、劈柴,周游世界。"又一个同学站起来,接着吟道。

"从明天起,关心粮食和蔬菜。"

"我有一所房子。"

"面朝大海,春暖花开。"大伙儿齐声朝着远方喊起来。

张子帆四人就这样沉浸在诗情与画意中。

这个时候,刘雨坐在张子帆的旁边。她拉了拉张子帆的衣角,小声说道:"你跟小莫关系很好啊。"

张子帆被刘雨这突如其来的话惊了一下。他心里想,他跟刘雨很久没有说过什么话了,这算是难得的一回吧,可说的内容却是这个。

"是的。"张子帆自信而坚定地回答。

刘雨转过脸去,若有所思地看着远处的河面,不再说话。

这样的时光,过得特别快,一眨眼太阳都快落山了。

"快走,晚上学校还有活动呢。"张子帆四人赶紧坐了起来,拍了拍身上的泥土,赶着回学校去了。

太阳像一个红彤彤的气球,正朝着西方的地平线没去,晚霞朵朵,像一个个光怪陆离的梦境。张子帆四人骑着单车向前飞驰,说要赶在太阳下山前回到学校。

当张子帆四人回到学校的时候,校园里早就装饰一新,教室也布置成了童话世界的样子,广场上元旦晚会的舞台已经搭好,时不时有试唱的歌声传出,道路上一幅幅彩色的画板铺陈着,上面大大的"元旦快乐"四个字闪着彩色的光。

张子帆四人匆匆忙忙买了一些东西当晚饭吃，然后就参加到校园里的千禧年大派对中。

张子帆和李小莫两人在广场的角落里玩猜谜的游戏，一个个谜语用红丝带拴在树枝上，等待着人们去猜。

张子帆看着一个"'三水压倒山'打一歌名"猜起来。

"当。"李小莫不假思索地答了出来，还不忘哼唱两句歌词。

张子帆随之看向下一个谜题："'建国方略'打一字。"

李小莫立马回答上来："玉"。

李小莫看起来很擅长猜谜题，脸上一副自信的表情，一会儿她就猜出了好几个，奖品都快把背包装满了。

李小莫看着张子帆在那儿抓耳挠腮，支支吾吾地半天也说不出个谜底，觉得很好笑："不好玩，这个你不是我对手。"

听说前面的广场正在放映《泰坦尼克号》，虽然他俩都看过了，不过露天电影也许别有一番风味，他俩决定也去看看。

李小莫拉着张子帆的手，朝着广场跑去。他俩就这样拉着手，在道路上奔跑起来。

也许两人再成熟一点点，就不会这样毫无顾虑地牵着手了，可就在这时，两个人就像一对天真的鸟儿，飞向明媚的山峦，彼此没有羞涩、尴尬或者不适，这是友谊的牵手。

水泥地板上杂乱地坐着好多人。他们两人选了一块空地，李小莫从包里摸出一本书来，垫在地上坐着，完全不顾地上刺骨的冰凉，就这样着迷地看起电影来。

《泰坦尼克号》真是一个动人的故事，即使看千百遍也不会厌烦，甚至每一次再看，对人生、对爱情都有更美丽的憧憬和更深刻的认识。看到感动处，好多人都流下泪来，李小莫也不例外。

李小莫眼睛一眨也不眨地望着屏幕，泪光在眼里闪烁着，一颗、两颗从眼角流下来。

张子帆当然注意到了李小莫，昏暗的路灯下，李小莫就好像是丢失了心爱的玩具的小女孩，温柔闪亮的眼睛深深地印在了张子帆的心里。刹那间，他真想让时光停住，让他好好看看这个穿着黑棉袄扎着小辫子的美丽姑娘。

张子帆把自己身上的棉袄脱下来，准备披在李小莫的身上。

李小莫这才反应过来，立马截住张子帆的手："你这是干吗？你给我，你怎么办！"

张子帆倔强地回答："我，我不冷。"

李小莫立刻揭穿了张子帆的谎言："才怪！"

张子帆只好嘴硬地说道："我真不冷，我看见你冷。"

"真不冷？"李小莫刚刚还在落眼泪，现在脸上却突然泛起了一丝笑容。

"真不冷？"张子帆将信将疑地问道。

"那好，我披上。"李小莫把衣服披在肩头，然后说，"那你靠我近点儿，我给你暖和暖和手。"说完，她抓起张子帆的手，包在自己的手掌里。

冬日的风，刺骨的冷。年轻的人，火热的心。

第十四章　我们都没错，只是不合适

生活中有开心的时刻，也有难受的时刻。

元旦刚结束，为了期末考试的事儿，张子帆与吴越就又闹得不愉快起来。

吴越平日里根本没有花什么心思学习，到了期末考试只好挖空心思求助别人了。原本指望着陈雨珊拉他一把，可到最后陈雨珊自个儿都自身难保。他们宿舍里就张子帆和宋书平的学习靠谱，吴越心里想，宋书平估计是指望不上了，便打起了张子帆的主意。可他又不好意思直接跟张子帆说，便让王义把他的意思传达给了张子帆，没想到张子帆却义正词严地拒绝了他。

"某些人神气什么！"吴越在宿舍里大声地挖苦张子帆。

张子帆虽然知道吴越在说谁，但并不作声，依然复习自己的功课，仿佛什么事儿也没发生似的，但他心里却是难受的。

张子帆和吴越原本有所缓和的关系，又趋于紧张了。

后来，于森问张子帆为什么不给吴越一个人情。

张子帆回答道："这不仅仅是因为校规校纪的问题，重要的是，我们这样的穷苦孩子，立身的根本就只有不懈的劳动。考试成绩是检验我们的时候，我怎么会愿意让别人不劳而获呢？这是对自己劳动的不尊重！"

张子帆就是这样的人，平时可以什么都不计较，但一旦涉及原则，便严格地坚守自己的底线，绝不退让。

期末考试结束以后，大家都陆陆续续地回家了，张子帆把李小莫送上火车。他原本也非常想回家，他已经有半年没见到父亲了，但他舍不得花钱买火车票，这来来回回的花销就够他两个月的生活费了。他打电话跟父亲商量了一下，决定今年寒假不回家了。

等大家都走完了，整个宿舍里空空荡荡的，校园里也顿时冷清下来。张子帆坐在床上，感到无比的轻松和自在，也许这样的独处才是他最喜欢的。

图书馆的工作依然为留校的学生保留着。除此之外，张子帆又在校外找到了一份临时工作，在一个废钢加工厂干些杂活。他现在已经比刚到学校时懂事儿多了，想找份糊口的活儿也要容易些了。

张子帆的时间一下子又被填得满满当当，除了到外面工作外，他几乎没有离开过图书馆。现在的图书馆几乎没人，偶尔会碰上几个，也是像他一样没有离校的学生。

这个时候的图书馆里已经没有什么工作可干了，张子帆正好可以安静地坐下来，好好读书，他可是一直记着跟李小莫的赌约。

张子帆一边在社会的熔炉里面摸索为人处世的道理，一边在知识的世界里展翅飞翔；今天是小心翼翼地工作，明天就又回到自由自在的书的海洋中。他觉得这样的生活蛮有意思的，便打起精神，以饱满的热情投入到这段难得的日子中来。

一眨眼，到除夕了。

除夕当天，张子帆和几个留校的同学一起去领了学校发的慰问品，两盒午餐肉、几个咸鸭蛋，还有两包牛奶，这对他来说可是好东西，以前在家可吃不着这样的好吃的。

张子帆看着手上的东西，嘴里咽着唾沫，开心地笑起来。他转身在附近的小卖部买了一些零食，想着过年终归不一样，出手比平日里大方了许多。

然后张子帆把宿舍打扫了一遍，又跑到学校的澡堂子里洗了个澡，去理发店剪了头发，换上一身干净的衣服，里里外外都是一番新气象。

张子帆想，即使是一个人，也要像样一点儿，毕竟是过年。

时间还没有到中午，张子帆便在宿舍里闲下来。按照北方的习俗，得晚上才过除夕。没有事情做让张子帆浑身不自在，他决定还是去图书馆看会儿书。

外面开始飘起了雪花，铜城的冬天总有几场雪要下，可今年不知怎的竟晚了这么多，要知道过了今日就是新年了。

张子帆望着鹅毛大雪纷纷扬扬地落下来，落到地上，一瞬间就不见了。他把拉链往上拉了拉，一时间竟有了一丝想家的感觉。

等张子帆到图书馆门口的时候，有人正在等他，是刘雨。他一脸愕然地看着刘雨，他没想到刘雨会在这个时候来找他。

刘雨穿着红色的羽绒服，长长的头发上还有一些雪花没有化去，此时她正提着一个鼓鼓的袋子，等着张子帆。

"你怎么在这儿？"张子帆不确定刘雨是来找他的，只好假装不知道。

"我来给你送点儿吃的。"刘雨平静地看着张子帆，并把手中的袋子递给了他。"这是一袋饺子，还有一些牛肉干，你拿回去热热就可以吃了。"

"这……"张子帆有些犹豫，不知道该不该伸手接过来。

"怎么，你还不好意思。"刘雨把袋子递到张子帆手里。

张子帆只好接了过来，说了声"谢谢"后，竟不知道再说什么了。

刘雨也呆呆地站在原地，冰冷的空气好像把人冻僵了。

好一会儿，张子帆才又说："过去坐一会儿吧。"

张子帆心里直嘀咕，不知道刘雨找他有什么事情。自从刘雨跟宋书平在一起后，他们就很少说话，更没有单独相处过。如今刘雨主动来找他，这让张子帆心中充满了疑问。

刘雨找了图书馆后一个背风的地方坐下来。

"我们找个暖和的地方吧，去图书馆里也行。"张子帆觉得坐在冰冷的石板上，刘雨会受不住。

"就这儿吧，我想看看雪。"雪越下越大，地上已经积了薄薄的一层。

"哦。"张子帆想了好一会儿，忍不住问道，"你来找我，有什么事吗？"

"给你送点儿吃的啊！你一个人在学校过年，想必没有人给你做年夜饭吧？"刘雨说话的时候，依然是一副俏皮可爱的样子，"这可都是我妈做的，好吃着呢，我偷偷带出来的。"

"谢谢……宋书平知道吗？"张子帆说完就后悔了，他不知道为什么会突然提起宋书平来。

"假期没怎么联系他。"刘雨低下了头，语气也低了下去。随后又把头抬了起来，继续说道，"我是想找你聊聊天。"

就这样，他们两个彼此试探着，开始了一次长长的谈话。这是他们从认识到现在说得最多的一次。从北方冬天的雪，聊起各地的春节习俗，聊到各自的家庭，然后又谈起了学校的同学。

"于森以前还暗恋过他的高中老师呢！"张子帆兴奋地说着男生心目中的小秘密。

"是吗？哈哈哈哈！他还有这一出啊？"刘雨开心地笑着。

沟通能拉近人的距离，这话真不假。随着聊天的话题越来越广，他们变得自然了、放开了，之前他们之间一直存在的奇怪的感觉总算不见了，两人脸上都露出了笑容。

"对不起。"刘雨终于说出了这句她早该说出的话。

"什么？"张子帆好像没有听清楚。

"对不起，之前我跟你的事，还有书平。"其实，张子帆已经猜到了，刘雨此次来的目的正是为此。

"哦，没事，我早就不在意了。"张子帆笑着，伸手接了几片雪花，让它们在手心里慢慢融化。

"我知道，有好久，你一直讨厌我。"刘雨双手抱在胸前，长长地吁了一口气。

"没有，没有，"张子帆赶忙解释，"你跟书平比跟我合适。"

"我知道你看不起他。"刘雨面无表情地说道。

"哪儿有的事，他比我好。"张子帆笑呵呵地说道。

"他没有你好，但，那会儿，他对我好。"刘雨似乎话里有话。

"噢，我知道了，你是因为他对你好，才跟他在一起的。"张子帆也不知道该怎么回答刘雨的话，只好顺着她的话说。

"也不全是，我都告诉你，你不要讨厌我。"刘雨打算把事情的经过都告诉张子帆，这是她来前已经做好的准备，所以并不紧张。她一五一十地把往事都说了出来。

听完刘雨的话，张子帆心里不知道是啥滋味，他突然觉得该好好审视一下宋书平了。

原来,早在张子帆与刘雨认识之前,宋书平就已经通过各种手段去跟刘雨接触了,包括张子帆与刘雨走得近的那段时间,宋书平也一直在追求刘雨,要么明着表达爱慕,要么嘘寒问暖。

用刘雨的话说,宋书平对刘雨的上心程度比张子帆强好几倍,她不开心的时候,宋书平总能看出来,而张子帆却丝毫察觉不到。其实,无论宋书平怎么表现,刘雨也一直没对宋书平上心,直到班级去小南河游玩那次。刘雨本想着一个人好好走走,静静地想一想她和张子帆的事,但没想到宋书平却死活跟着她,一路上跟她唠叨个没完。

最后宋书平把刘雨拉到一个僻静之处,竟给她跪下了,还抱住了她的腿,求她喜欢自己。还说自己家是铜城的、城市户口、家里人工作稳定、自己比张子帆更适合刘雨等等的话。

一通疯狂的表白果真把刘雨打动了。刘雨父母自打她小时候起就开始闹离婚,这导致了她从小就缺乏安全感,也因此对爱情产生了极度的恐惧。恋爱选择时,她更需要一个对她来说安全感的人。她想起了妈妈的话,突然间觉得,或许宋书平这样的人才是她应该喜欢的人吧,宋书平看起来更能给她想要的安全感。所以见宋书平抱着她死活不放手,就莫名其妙地答应了。

其实张子帆心里已经平静了,听完刘雨的话,他想起了那段时间宋书平的种种行为,终于理出了头绪,他觉得自己输得一点儿都不冤。

"真没有看出来啊,宋书平这小子真痴情啊!"张子帆不禁默默地念着。

"你跟李小莫是在谈恋爱吗?"刘雨突然问张子帆。

"没有,这从何说起。我们就是好朋友。"张子帆赶忙解释,他怕刘雨误解了他与李小莫的关系,这样对李小莫不太好。

"你们看起来就像是在谈恋爱。"刘雨依然坚持着。

"我们就是朋友。再说了,她那么优秀,我可不敢耽误她。"张子帆说着,隐隐地叹了口气。

"好吧,不说她了。子帆,我们还能做好朋友吗?"刘雨转而问道。

"当然。"张子帆毫不犹豫地回答。

"那希望你也能幸福。"刘雨非常认真地说着这句话,也许在她心中,对张子帆不光是有些内疚吧。

不知不觉间,他们的聊天已经持续了两三个小时。实际上他俩的腿早就冻麻木了。见天色暗下来,雪也越下越大,张子帆把刘雨送到了公交车站,目送她缓缓地离开。

张子帆看了看天,想着这个时候也没必要再去图书馆了,于是便转过身回到宿舍准备年夜饭了。

提着刘雨给的那袋吃的,张子帆一个人走在雪中,任凭雪花打在脸上,落在衣服上,心里却在给自己那段不成熟的感情经历来一个总结。

张子帆和刘雨没有走到一起,是因为家庭的原因吗?也许有!是因为性格的原因?也许也有!但这些都不是最重要的,最重要的是,他们两人的价值观不一样。

张子帆在某本书里看到过对价值观的解释,价值观反映着一个人对待人生和世界的态度。

价值观影响着人对世间万物的看法,每个人对于自己的价值观都有着绝对的自信,谁都无法轻易地影响、说服和改变。即使在最微小的事情上面,价值观的不同,也会导致两个人的思想和行为呈现出巨大的差异，这就是世界上有那么多难以调解的矛盾的根本原因。

而价值观相同的两个人，因为对诸多事物有着较为一致的认识，往往能够轻易沟通，接受彼此的想法和行为，认为对方即是对岸的自己。即使遇到最重大的分歧，他们也能够在某些最本质的事物里达成一致，成为彼此思想的守护者。

在"爱"这种高级对话里，价值观相似的两个人，更容易"观念相吸"，也更容易在行为上取得一致，即使在最艰苦的环境里，面对最凶险的遭遇，也能激发起两个人奋起的火花，融化世间一切虚伪和世故。

张子帆想起他与刘雨之间的相处，虽然很多时候两人也都在热切地聆听彼此的故事，但却听不到话语间流淌着的更隐秘的、真实的语义，常常会南辕北辙，互不理解。类似这样的交流，数不胜数。

张子帆突然感到一身的畅快，他觉得他和刘雨之所以没能走到一起，最根本的原因就是价值观不一样。

自此，张子帆终于不用再为他与刘雨之间的事儿伤心了，他心里仅剩下的那丁点儿疙瘩也终于被解开了，而且曾经为来自农村的那种自卑感也似乎慢慢地消散了，迎接他的，是大雪过后春天的悄然来临。

远处已经有爆竹、烟花的声响了，张子帆开始准备起年夜饭来。他借用了王义的电饭锅，把东西都热了，分别盛放在不同的盘子里，装不下的都放在塑料盒子里，有肉，有饺子，有牛奶，有点心，大小不同的盘碟摆满了桌子，看起来还挺像模像样的，简直就是一顿丰盛的年夜饭嘛。

要是再有个电视就好了，张子帆这样想着。

吃饭之前，张子帆用刚买来的电话卡给父亲打了一个电话，跟父亲讲了一下自己的年夜饭，然后又说了一些叫父亲吃好喝好、好好过年、注意身体之类的话。

电话那头的张斌悄悄抹着眼泪，一个劲儿地叮嘱儿子要注意安全、多吃点儿、别节省之类的话。

放下电话的那一刻，张子帆想着再给李小莫打一个电话。但在拿起电话的那一瞬，他又犹豫了。停了几秒后，他放下了。

正巧，这个时候电话却响了。张子帆飞快地接起电话。电话那头，居然是李小莫。

"张子帆，你好。"李小莫故意叫着张子帆的全名，假装正式地说道。

"你好。"张子帆也大声地回答。

他俩故意客套着讲话，好像是两个亲近人在相互调侃。

"怎么样，一个人过年挺自在吧？"李小莫问道。

"你怎么知道？"张子帆故意不乐意地说。

"你那点儿事儿我全都知道。"李小莫故作神秘地说。

"你就吹吧。"张子帆一副不以为意的口气。

"说真的，我挺羡慕你一个人过年的。我家现在来了好多人，闹腾死了。我现在就躲在屋里，一个人给你打电话呢，不想听他们吵吵。"李小莫的语气中带着无奈。

张子帆叹了口气，说道："你这是身在福中不知福呀。"

李小莫反驳道："你是不知道闹的痛苦。怎么样？过年都有什么好吃的？"

"可多了，一桌子全是好吃的，水煮牛肉，麻辣鱼丸，椒盐鸡……真香啊！"张子帆一边故意夸张地说着，一边还不忘捡起一

第十四章 我们都没错，只是不合适

块肉塞到口里。

"真的假的？那我来陪你过年吧。"李小莫开玩笑说道。

"不骗你，你来吧，我做了两个人的菜，够我们俩吃的了。"张子帆微微地笑起来。

"嘿嘿嘿嘿……喂，你给我讲讲你们老家是怎么过年的？"李小莫突然转换了话题。

"跟你们应该差不多吧，也是一家子坐在一起吃饭啊，满桌子的肉，边吃边看春节联欢晚会啊！不过我们不吃饺子，吃汤圆。"

"有没有什么特别的啊？"李小莫有些不甘心地问道。

"嗯，我想想。对了，你见过杀年猪的情景吗？"张子帆似乎一下子来了兴致。

"没见过，你给我讲讲。"

"这就是你们城里人的孤陋寡闻了吧。"张子帆调侃道。

"甭废话。"李小莫不耐烦地说。

"你听不？还那么凶！"张子帆换了个更舒服的姿势，干脆坐在了桌子上，"这到了年关，就把猪从圈里赶出来，那猪肥得滚圆滚圆的，十多个人围着费老大劲才把它架上去，杀猪匠早就把杀猪刀磨得锃亮了……"

李小莫见张子帆故意吊她的胃口，赶紧催促道："你快说呀，然后呢？"

"你等我吃块肉。"张子帆又夹起一块肉来，叼在嘴里，继续说道，"然后啊，收拾猪可不是个简单的事儿，每次总要搞得乌烟瘴气，把猪折腾累了。杀猪匠等猪彻底跳不动了的时候，就知道是下手的好时候了。只见他对着猪的脖子，白刀子进红刀子出，血刹那间喷涌而出，等血流干了，才证明这猪真的死了。这个时候是一家人最开心的时候，大家一年里就盼望着能吃上新鲜的肉呢。"

张子帆一边说着，一边好像是在家里目睹一场杀猪的戏码。电话那头好一阵没了声音。

"喂，你怎么不说话。"张子帆问起来。

这个时候，李小莫才反应过来："嗯，你讲完了啊，我还在认真听着呢。"

"好东西不能一次都讲完。"张子帆一听李小莫对这些事情很感兴趣，便更加吊起她的胃口来。

"你就抠门吧。"李小莫假装呵斥张子帆。

"哈哈哈哈。"张子帆不禁笑了出来。

十多分钟过去了，他们才挂了电话。这个时候张子帆注意到天已经彻底黑下来，天空中闪烁着五颜六色的焰火，映照出纷纷扬扬五颜六色的雪花，真是美丽极了！

张子帆看着满桌的饭菜，虽然有点儿凉了，但他还是开心地狼吞虎咽起来。

这个年他并不孤单。

第十五章　看不见的远方，很美

过年的气氛渐渐散去，虽然天气还是冷飕飕的，但路上的行人和车辆明显多了起来，铜城市上空又升腾起了蘑菇云。学生们怀着不舍的心情，陆陆续续地回到了学校。

新年过去，张子帆宿舍的人似乎都变得不一样了，就如同张子帆在寄给李小莫的明信片中所写的那样：新年，愿你有一个新的气象。

自从刘雨找张子帆谈话以后，张子帆对宋书平的态度有了很大的转变。两人之间再也没有尴尬，或者仇恨了。即使他跟宋书平的对话比去年任何时候都要多，明眼人还是看得出来，他打心底里瞧不起宋书平，这反而让他在与宋书平的交往中多了一种精神上的优越感。

吴越和宋书平之间原本就没有什么实质的矛盾，宋书平只是吴越众多看不顺眼的人里再普通不过的一个了，他俩之间的交往也就正常了许多。

只有张子帆和吴越之间，依然存在很深的矛盾，谁也不迁就谁。张子帆强烈的自尊心驱使他保持着对吴越的谨慎态度，而吴越则把他看成自己的敌人。

好在经过一个学期的融合,大家的心态都平和多了,宿舍也越来越像个集体。新学期开始,他们宿舍还作为一个团队参加了学校举行的篮球比赛。五人在场上来回地奔跑着,亲密地合作,打击对方的士气,享受啦啦队的欢呼。此时他们仿佛真的就像亲兄弟一样。

年轻人的生机与活力就像爆发的火山一样,肆无忌惮地喷发,融化了彼此之间的寒冰。

新的一年,张子帆简直变了一个人。半年的勤工俭学和寒假打工,让他的手头宽裕了很多。他的生活,除了一贯的简朴外,他偶尔也可以给自己加加餐了。这在别人眼里当然不值一提,可对于张子帆来说,却是再实在不过的进步了。

张子帆除了偶尔给自己买点儿日用品外,时不时也会去书店买上一本自己喜欢的书。每当他看到自己床头的书,他觉得自己的腰杆都硬起来了。

更为可喜的是张子帆在精神世界的进步。他整个寒假都泡在图书馆里,看了很多书,这使他身上的书卷味更重了。显然,他也很适合这样的气质,整个人的内在更加丰富了,对很多问题已经能够有自己独到的观点和认识。

通过自己的努力,此时的张子帆已经开始体会到克服现实中的困难所带给他的满足和成就感。更重要的是,他明白了读书是一个能使像他这样的孩子平等享受青春快乐时光的有力武器。

而在处理与李小莫的关系中,张子帆也不再是一味被动地接受和谦让,有时候他也会主动地接触李小莫。

李小莫刚回学校没几天,张子帆就约她出来一起吃饭。

李小莫把辫子撇到胸前,双手托着脸蛋,乖巧地冲着张子帆笑着。她看着认真点菜的张子帆,问道:"状态不错呀!点这么多菜!一个寒假发财了?"

"这不是给你接风吗?"张子帆今天显然很有底气的,兜里揣着一张红票子。

"好,那我可就不客气了啊。"李小莫看张子帆点的都是自己平日里喜欢吃的菜,确也不好辜负这番盛情。所以,即使她刚从家归来,肚子里还尽是油腥,也美美地大吃起来。

张子帆边吃边把事先写好的一首诗递给李小莫,诗的名字叫《读霍乱时期的爱情》。虽然过了些时日,《霍乱时期的爱情》这本书带给他心灵上的震撼却是久久消散不去。

"请小莫老师指教。"张子帆颇为得意,笑呵呵地望着李小莫。

李小莫听张子帆这么称呼自己,便笑呵呵地瞪着他,算是回应他的调侃,并接过他的诗,认真地看起来。

我在年少的世界里静默

你已初成风华

至高无上

过去像绝望荒芜的寒冬

随你的召唤便所向无踪

时光带走的

让我以温柔还你

一如半生的仰慕与谦卑温柔伴你

直至贯穿我一生的深情

迎接烛火、青灯,和你最后的光影

美丽的吾爱
照耀毫无意义与无与伦比的生命光辉

李小莫一边看一边点头,说:"很不错嘛,你把这本书总结得恰到好处,还融入了你自己的情感。看来,寒假期间你没少在读书上下功夫吧?"李小莫随即把一杯茶水举了起来,"来,子帆,我敬你一杯,为毫无意义与无与伦比。"

张子帆顿时笑了起来,把桌上的茶水举起来迎了过去,并问道:"你真的觉得不错吗?"

李小莫笑着说:"张子帆,我的评价你还怀疑啊?你应该有这个自信。"

张子帆松了口气,高兴地说:"那我就放心了。"

张子帆喝下杯里的茶,心里在想,也不知他得了多大的福气,遇到坐在对面的女孩。

只有在李小莫面前,张子帆才可以放松下终日紧绷的心弦。他可以做他自己,去追随内心的想法。因为无论他做什么,都不用担心会被李小莫鄙夷和嘲讽。相反,李小莫还会觉得他的想法很有趣,与他进行更深层次地探讨,这让他觉得自己受到了应有的尊重。

张子帆觉得,在李小莫的面前,他仿佛变成了一个孩童,可以肆无忌惮、无忧无虑地讲述看似荒诞的梦想,不用理会生活的要求与现实的意义。

"子帆,大一下学期你有什么打算吗?"李小莫看出张子帆似乎有心事,便认真地问道。

张子帆其实心里已经有了一个初步的计划,首先他要好好学习,保证自己的学业。然后他要努力工作,争取多挣些钱。最重要的是，他要完成和李小莫的赌约，读完两百本书。

但张子帆却和李小莫说："还没有具体的打算呢，你呢？"

李小莫的情绪突然沉下来，发出感叹："我总感觉时间过得太快了，转眼间，我们都认识半年了，也许这一晃四年大学时光就过去了。不管怎么说，以后我们要多做一些有意义的事情，不虚度每一天。"

张子帆接上李小莫的话："你是不是想说，'人的一生应当这样度过，当回首往事的时候，他不会因为虚度年华而悔恨，也不会因为碌碌无为而羞愧……'"

李小莫也跟着张子帆的话一起说道："在临死的时候，他能够问心无愧地说，我的整个生命和全部精力，都已经献给了世界上最壮丽的事业。"

说完，两人对视一眼，都"哈哈哈"地笑了。

李小莫借口去洗手间的时候，悄悄把账结了。她知道，这顿饭的花销对张子帆来说不是小数目，她不太好意思让张子帆掏钱请自己吃饭。

李小莫的举动，让张子帆很过意不去，但他知道李小莫是为他着想，便也没有说什么。对于李小莫这个朋友，他觉得自己也没必要那么客气，要不反而显得生分了。

吃完了饭，李小莫照例拉着张子帆在街上闲逛了一阵，然后带着张子帆回学校听了一场报告会。

这是一个激动人心的演讲，题目叫《中国命运》。张子帆和李小莫到了演讲地点的时候，阶梯教室里人山人海，座位早就占满了，里三圈外三圈都挤满了热情的同学。

李小莫早有安排，她叫朋友提前弄到了两张票，还占好了位置。不过由于听演讲的人多,他俩还是挤了好一阵才找到了自己的位置,而位置上早已经坐着两个男生。他俩拿出手中的票,两个男生才不服气地让开。

对于这次演讲的内容,张子帆记忆犹新。台上的老师时而激昂,时而冷静地分析着当下社会发展的主要矛盾与经济改革,剖析社会领域的典型现象,预测经济发展的趋势和技术革命将给人类带来的影响,告诫青年人在这场风云际会中应有的作为。

三个小时的演讲包罗很多东西,却没有丝毫的画蛇添足,全场数次响起震耳欲聋的掌声,听得张子帆和李小莫也是心潮澎湃。他俩谁也没有顾得上和对方说上一句话,生怕漏掉每一个精彩的细节。

张子帆一边听着台上的演讲,一边想到了自己的命运。他隐隐感到了一丝紧张,还有一些兴奋,不由得心跳都加快了。

这一时期的中国,就像一枚即将要发射的火箭,充满了力量,随时准备呼啸而出。但面对万象更新的世界,新生事物层出不穷,作为一名普通的大学生,张子帆确实有些迷茫,却也对于祖国的腾飞有着美好的展望,整个人处于一种既兴奋又忐忑的状态。

听完演讲,天都已经黑了,华灯初上,教室里安静了下来,但人们心中的骚动却久久不能平复。

走在岚青路上,张子帆从一个阶梯上跳下来,向着走在前面的李小莫说道:"你走慢一点。"

李小莫回头看着张子帆,脸上露出不屑,对张子帆笑道:"你咋连我都跟不上。"

张子帆只顾"咯咯咯"地傻笑,问道:"小莫,今天老师说互联网可以改变世界,你相信吗?"

李小莫歪着头,想了一下,说:"我觉得互联网是世界发展的趋势，但是对于它到底能不能改变世界，我还真不敢确定。"

张子帆表示同意地点了点头，继续问道："那你熟悉互联网吗？我都没有太多概念呢！"

李小莫皱眉想了一下，转而问道："你听说过搜狐和阿里巴巴吗？"

张子帆点了点头："听说过，但也就是听说过。"

"其实我也一样。"李小莫也说不清什么是互联网，但一想到演讲中老师对于互联网的评价，于是说道，"我们都要去多了解互联网，紧跟时代的潮流，不能当一个落后分子啊！"

"嗯。不当落后分子。"张子帆也深有同感，他对于国家正在发生的变化，突然多了几分期待和好奇。

"子帆，你说我们的命运会怎样？"李小莫突然问道。

"我们的命运？我说不好。"张子帆对于这个话题也充满了迷茫。

"那你有没有想过将来想从事什么样的工作，或者有没有想去的地方？"李小莫进一步问道。

"我想去上海，去北京，还有广州。"张子帆高高地昂起头，望着一望无际深邃的夜空，诉说着自己对于外面世界的展望。

张子帆的话引起了李小莫的好奇："那你想去干什么呢？"

张子帆转头看着李小莫，说："具体干什么我也说不好，但那些地方会有我的理想。"

张子帆突然想起几个月前他与刘雨也是在这条路上谈论理想，那时候张子帆还说不太清楚。随着看的书越来越多，接收的东西越来越宽，他对自己的人生之路也有了更多的思考。

张子帆继续说："我不知道我能为国家做些什么，或者国家的命运与我个人的命运会产生怎样的关系，但我起码可以去努力改变自己的生活，改变自己的精神状态，改变我的家庭，影响我周围的人。"

李小莫侧着头望着张子帆："改变自己和影响他人！我很欣赏你这样想。子帆，你越来越让我刮目相看了。"

"那你呢？"张子帆自然也很好奇李小莫的想法。

李小莫一边向前走，一边憧憬地说："我想去旅行，我想去流浪，我想去发现这个世界的与众不同。不管命运如何，我都会坦然地去面对，把它看作是五颜六色的行装。"

张子帆不解地说："那你总得有工作吧？"

李小莫理性地说道："是的，我会工作，但是我觉得工作不仅仅是为了实现自我价值，更是为了更大的社会利益。所以，在我看来，工作是崇高的。假如可以，我想做一个公共事务的志愿者，能去做一些对社会大众有益的事情。"

张子帆被李小莫的话震动了，他从来没有想过要把自己的工作放在如此崇高的位置上。与李小莫相比，改变自己和影响他人这样的理想，显然有些相形见绌。

张子帆转而又想，这样的谈话也只有在他们俩之间才能产生。这也就大半年时间，他们之间的友谊已经升华到精神层次。他们能够平等对话，自由地交流想法，并获得彼此的认同，他们已经把对方当成了知己。

但是，他们俩经常这样一起出入、谈话，在其他人眼里，成了特别的事件。一向成熟冷峻的李小莫居然跟一个男生走得如此之近，私下里大家都在议论李小莫和张子帆的关系。

李小莫宿舍的王芳更是觉得这事让人费解："按说小莫的条件，我都嫉妒得不行，你说她跟谁在一起不好，怎么偏偏是张子帆，看着张子帆那抠抠搜搜的模样,我就替小莫不值。"

李小莫并不理会这样的闲言,要是不小心听到了,她总会友善地叮嘱:"你们别这样说子帆。再说,我跟他的关系也不是你们想象的那样,朋友而已。"

而实际上,李小莫自己比谁都清楚,她已经对她们眼中的穷小子越来越敬重、佩服,甚至张子帆眼中的忧郁、脸上时而泛起的愁云,都开始有些迷人的味道了。她在张子帆的身边也总是感觉生机勃勃的,有说不完的话、讲不完的故事,当然还有对未知事物的探索。

不管别人怎么说,李小莫觉得自己是该好好正视这段关系了。

李小莫听张子帆说过,紧张的学习生活已经不允许他在校外打工了,有时候为了做工,他甚至不得不逃掉一些课程。虽然课后他都能及时把落下的课找补回来,但毕竟不是长久之计。他非常清楚芝麻和西瓜的道理。

而且张子帆现在暂时不用太为生计发愁了,图书馆的工作也可以帮助他抵挡一时的窘迫。

张子帆决定,辞去校外的工作,这个周末就是他最后一次在去工厂上班了。

李小莫决定去工厂看他一次,看看张子帆在校外工作是怎样一副模样。

李小莫来的时候,张子帆并不知道。当看着李小莫穿着夹克衫出现在工厂大门口时,他整个人都惊呆了。

张子帆下意识地丢下手中的钢筋,僵在那里半天没有缓过神来。

李小莫一直笑着看着张子帆。愣了一会儿,张子帆才反应过来,也冲着李小莫笑。可是张子帆的笑容明显有些尴尬,脸上泛起大片的红光。张子帆其实心里不愿意，甚至害怕熟悉的人看到自己的这副模样，尤其李小莫是他在乎的人，这更让他觉得难堪。

张子帆想象得出此刻的自己是多么的狼狈，头发像刚被电过一样杂乱，脸上布满了尘土，已经很难看得清轮廓了，身上穿着的旧棉袄粘着大片的油污。

强烈的自尊心让张子帆顿时有些紧张。过了好一会儿，他才支支吾吾地问道："你咋来了？"

李小莫微笑着迎了上去，把手里早备下的一瓶水递到了张子帆手里，说道："我今天在城里有点儿事，路过这里，顺道来看看你。"

"哦。"张子帆用手轻轻地拍了拍身上的灰尘，打开水喝了几口。

"怎么？不欢迎啊？"李小莫见张子帆不说话，心里忐忑地问道。

张子帆其实心里是高兴的，尽管李小莫的突然到来让他有些不知所措。但一想到李小莫愿意来这种地方看他，还为他带了水，心里生出丝丝甜意。

想到这里，张子帆心里顿时好受了很多。他笑着说："当然欢迎啊。不过你不太适合来这里……而且还让你看到我这个脏样子，太不好意思了。"

"这地方怎么了，可别小看我，我还想来这里体验劳动呢。来，我跟你一起干。"李小莫说着，挽了挽袖口，学着张子帆的样子，准备去搬旁边的钢筋。

张子帆赶紧拉住李小莫，说道："这可不是你干的活……你，你，你等我一会儿吧，我快点儿干完，就跟你走。"

"不，我要干！你能干，我也能干！"李小莫甩开张子帆的手，拿起一根钢筋便往车上放。

张子帆看李小莫的模样，知道自己没法阻止她，只好打起了十二分的精神，跟她一起干活，还要时时注意照顾好她的安全。

　　厂里的工人看到一个女孩子在帮张子帆干活，都用稀奇的眼光看着他俩。有的站在远远的地方议论，有的还故意凑过来打听："子帆，这是你女朋友啊？"

　　张子帆尴尬地回答："不是，这是我同学，路过这儿来找我。"

　　而李小莫则冲他们微微一笑，什么话也没说。

　　尽管张子帆干的杂活不需要太费力气，但十个来回、百个来回，这样机械地干上一天，对于李小莫这样没有干过活的女孩子来说，累得实在是不轻。

　　李小莫见张子帆布满灰尘的脸已经被渗出的汗水弄花了，手上鼓起的青筋和血管也像一道道沟壑一样，她这才真真切切地感受到张子帆身上的担子有多重，这是她过去从父母身上无法体会到的。

　　李小莫眼里不知什么时候，竟泛起了泪水，她转过身偷偷地擦了擦眼角。

第十六章　欲望与自由

　　自从李小莫去过工厂后，张子帆的心情就一直处于极度的忐忑之中。课堂上，他无法集中注意力去听课，经常回想起那天在工厂里李小莫跟他一起抬钢筋、装箱子。那时的李小莫，脸上沾满了灰尘，汗水从额头上渗出来。

　　每每想到这样的场景，张子帆的心里一边愧疚着，一边又在偷偷地发笑。

　　这是一种奇妙的体验，张子帆正经历着比友谊更深一层的情感带给他的冲击。

　　而在张子帆宿舍里，不知从何时开始，他的室友都迷上了上网。

　　当然，这样时髦的事情自然是由吴越率先开始的。当吴越把他们领进学校附近网吧的时候，他们就好像哥伦布发现了新大陆一般，其他的事情再也入不了他们的眼了。

　　张子帆最近回到寝室，发现屋子里总是空无一人，而其他人总是很晚才回来。

　　直到于森告诉张子帆最近他们的踪迹，张子帆才知道原来他们都是去附近的网吧了。

第十六章 欲望与自由

张子帆后来也跟着去了几次，当他学着其他人注册了QQ，看着屏幕上可爱的小企鹅，他发觉自己也喜欢上了上网，尤其是在网上他还能看到很多他从来没有见过的新鲜事物，他觉得互联网真是太神奇了！

终归张子帆也是一个普通人，有着普通人一样的欲望和好奇心，但他又实在不舍那一小时一元钱的上网费。

于是，张子帆心里不断地提醒自己，不能把有限的生命浪费在无意义的事情上面。上网这样虚幻的事情，对生活和学习完全没有价值。

说到底，张子帆这样的想法，是因为他这样的穷苦孩子，在对待生活的看法上，与几个城里孩子存在根本上的差异。

而吴越则不同，他并不认为上网是虚无的，通过上网可以获得最新的消息，比起书本上陈旧的学问，他更喜欢追求新鲜的事物。而且上网可以丰富课余生活，他现在已经带着王义和宋书平玩起了一个叫着《红色警戒》的游戏。

也因为游戏，吴越与宋书平的关系好了不少，他们经常在游戏里战斗，尽管吴越总是责怪宋书平的游戏水平太差。

宋书平也不反驳，其实，宋书平是一个聪明人，游戏水平也在玩游戏的人中是佼佼者，但他知道，和吴越较劲，倒霉的只会是自己。

就在吴越在游戏里大杀四方的时候，他与陈雨珊的感情好像出现了一些问题。

张子帆这段时间经常接到陈雨珊打到宿舍的电话，而吴越有时候明明人就在宿舍，却让张子帆告诉陈雨珊他不在。不仅如此，张子帆也看到过几次陈雨珊在他们楼下等不着吴越，只好失望恼火地离开。

吴越和陈雨珊在一起已经有大半年了,过了刚开始的蜜月期,早已不再是如胶似漆,感情慢慢平淡下来,就像一杯温水泡过的茶一般。

吴越平日里爱玩,而陈雨珊更像是一个懂事的成熟女性,虽说吴越依然对陈雨珊很好,但俩人之间总感觉少了些什么。

在外人眼里,除了吃饭、上课两人待在一起,能看出这是一对恋人外,他们之间好像也没有别的更深层次的交流了。

前段时间,陈雨珊家里突然传来消息,说陈雨珊的姥爷病重,家里叫她赶紧回家。

陈雨珊顿时急得团团转,吴越帮陈雨珊买了回家的火车票,但是他没经过陈雨珊的同意买了两张,想要陪陈雨珊一起回家。

陈雨珊看到吴越手上的两张火车票,其实内心是感动的。但她还没来得及和家里人说起吴越的存在,如果突然将吴越带回家,难免会遭到家里人的盘问。再加上,这次回家是为了姥爷的病,家里一定忙得团团转,这时候哪里有时间招待吴越。

于是,陈雨珊便拒绝了吴越想要陪她一起回家的要求。

吴越被拒绝后,觉得自己一片好意被陈雨珊无视,自尊心受到了打击。他回想起自己与陈雨珊的交往,突然产生了一个奇怪的想法,好像自己对于陈雨珊的喜欢并没有那么强烈,虽然陈雨珊还是那么漂亮和温柔。到底是哪儿出了问题,他自己也觉得难以理解。

这事发生以后,陈雨珊总觉得对不起吴越,再加上这段时间吴越对她不冷不热,让她心里更是不安。

陈雨珊打电话到宿舍,吴越总不在,即便亲自在宿舍楼下等他,也总是找不到他。陈雨珊在心里狠狠地骂他:"一个大男人怎么

第十六章 欲望与自由

这么小心眼！"

可是吴越长时间的冷淡后，反倒把陈雨珊惹急了。她心里想，难道我还要上赶着去贴吴越的冷屁股。

陈雨珊开始躲着吴越了。吴越察觉到陈雨珊的态度转变，心里不安起来，开始主动找起陈雨珊来。

其实，女人拿住男人最好的武器就是眼泪了，陈雨珊一顿发泄似的大哭，吴越便举手投降了。

为了哄好陈雨珊，吴越给陈雨珊买了一条裙子，又说了好多动听的情话，陈雨珊这才破涕为笑。

陈雨珊穿着好看的裙子，回味着吴越的甜言蜜语，突然觉得自己似乎有些过于矫情了，便主动向吴越道歉，并解释了不让他去自己家的原因。她还特意去给吴越挑了一个礼物，因为吴越的生日马上就要到了。

过生日对于吴越来说是一件非常重要的大事。他把寝室的人和平时玩得不错的几个同学带到铜城新区的一栋别墅里，据说这里是吴越的母亲为了让吴越周末的时候能够好好休息，特意为他买的房子。吴越要是不想在学校里住了，就隔三岔五到这里住两天。

尽管张子帆他们早有思想准备，但真到了别墅的时候，他们还是被这栋房子的大气奢华震撼了。

别墅的面积大概有一百五六十平方米，周围景观雅致，绿树环荫，屋内大理石铺成的墙壁和地板明亮得如同镜子，屋内的家具都是红木的，房顶的玻璃灯饰流光溢彩，一张大大的水墨画镶嵌在客厅正中央，柔软的地毯即便是光着脚都不感觉凉。

对于张子帆来说，这房子也就只有在电视里才看到过，连王义、宋书平他们都不禁感叹这栋房子的精美与奢华。

张子帆突然想起了自己的家，三间土坯房挤在一块窄小的地基上，房顶上的瓦砾随时都可能掉下来，每次从屋檐下走，都担心砸到自己。屋子里的潮气一年四季都不会消散，家里只有几件再简单不过的家具，一张吃饭的桌子，两个盛粮食的柜子，几个形状不一的凳子，木制的家具被潮气浸得快发霉了，最值钱的黑白电视机，还是从亲戚家买来的二手货。

张子帆不由得连连叹气，这间屋子让他再一次意识到了自己与其他人的差距。以前他虽然也知道自己家境不好，但当他真正见到这些的时候，他还是被刺激到了。

吴越兴奋地引着大家一一参观了，宋书平不禁叹道："这房子得多少钱啊？"

吴越耸了耸肩，漫不经心地说："也没多少钱，也就三十多万吧。"

顿时大家都深吸了一口气，对于学校里的大学生来说，三十多万简直就是不敢想象的数字。而且以当时社会的发展水平，三十多万可能有些人一辈子也没有见过。

同学们你看看我，我看看你，谁都没有说话，但他们的表情已经清楚表明了他们的复杂感受。

而吴越却假装没有看到大家的吃惊，依然骄傲地说："这不值钱！"

王义顿时激动地说："啥？这还不值钱？"

吴越一副高深莫测的表情，说道："我是说现在不值钱，以后值钱。"

这下大家就更糊涂了，问道："这是啥意思？"

"我爸从他的朋友那里听说，房地产在以后一定会是最赚钱的产业，现在这房子看起来金碧辉煌的，其实不过就是样子货，要是再过几年，这房子可就真的要变成'金屋'了！"吴越信誓旦旦地说。

"那关我们啥事啊？"刘雨摇摇头问道。

"说你笨吧，买房啊，现在买就坐等升值。"吴越信誓旦旦地说。

"谁像你家那么有钱，三十万的房子想买就买啊！"刘雨冲着吴越抱怨道。

吴越好像就等着刘雨说这句话呢，非但没有责怪刘雨，还哈哈一笑，说："这钱都是我妈开公司挣的，我们家一没犯法，二没抢劫，干吗不能买三十万的房子？"

吴越的话说完，大家也在心里表示认同，人家的钱想怎么花就怎么花。于是，大家都纷纷冲着吴越竖起了大拇指，一个接一个地说，以后还要请吴大老板多多照顾。

吴越也只当大家说笑，豪气地说："好说，好说，'苟富贵，勿相忘'！"

说完，大家都哈哈大笑起来。

参观完了房子，大家各自把提前准备好的礼物交给了吴越。

张子帆虽然平时不舍得花钱，但今天毕竟是吴越的生日，他也买了一件礼物给他。他看见王义把一个红包递到了吴越手中，宋书平和刘雨递上了一盒精致的糕点，就连于森也不知从哪儿挖了一株芦荟，还亲自给做了个花盆配上，他开始觉得自己的礼物有点儿寒碜，而且还有点儿奇怪，尤其是对吴越来说。但眼下也没有别的办法了，势必要送出去的。

张子帆略有些尴尬地把手中的书递了过去。

这要是在平日里，吴越肯定会嘲讽张子帆，但今天是他的生日，他心情也格外的好。他接过了张子帆手上的书，还认真地读了书名——《牧羊少年奇幻之旅》，然后回复了一句"谢谢"。

送完礼物，大家来到餐厅，一张大大的圆桌上早已摆满了酒菜，这都是陈雨珊提早准备的。

陈雨珊平时在家也是衣来伸手，饭来张口，活脱脱一个傲娇的小公主。但现在为了吴越，不仅细心准备礼物，还亲自下厨做饭，显然她已经把吴越看成了自己未来的依靠。虽然她在做饭方面还是一个彻彻底底的外行，但她的细心劲儿让人不禁感叹，爱情的力量还真是伟大。

陈雨珊像个女主人一样，招呼大家吃饭，但大家好不容易聚在一起，谁也没有真正在乎饭菜的味道，只顾天南海北地谈论起来。

"雨珊，你看看这房子，你以后就等着享福吧。"梁茹调侃陈雨珊说道。

"说啥呢，我是那么肤浅的人吗！我可不是看上他的房子。"陈雨珊生怕大家误会她，连忙说道。

"那你看上他什么了？"众人趁机异口同声地问道。

"钱。"陈雨珊开玩笑地说，说完她自己哈哈大笑起来。

一群人从国足，谈到网络游戏，又谈到互联网，作为年轻人，他们好像总有使不完的劲，说不完的话，每次聚会，都会变成一场高谈阔论的辩论赛。

每个人的个性就在谈话中展露出来，有的人言辞凿凿，就好像自己是演讲比赛的主角；有的人假装高深莫测，对着自己根本听不懂的话题，表现出深以为然的模样；有的人则是默不作声，游离在欢乐的氛围外，安静地听着大家谈话。

张子帆便是最后一种人，其实他也想努力融入大家的谈话中，可一旦他伪装自己，就感觉自己别扭得像一个裹脚的女人，并且会发自内心地鄙视自己。他索性端坐着，一句话也不说。

或许是女人天生敏锐，陈雨珊注意到了张子帆的沉默。她是一个心地单纯的姑娘，她害怕周围的人被冷落，便总是在不经意间照顾每一个人的情绪。她宁愿自己受点儿委屈，也不愿意让周遭的人感受尴尬。

所以，当陈雨珊注意到张子帆的安静后，她突然问起张子帆："子帆，你们南方人的皮肤为啥这么好啊？你看看我和王义……"她边说边把自己的袖子挽了上去，露出有些黝黑的胳膊。

大家根本没有注意到，陈雨珊的问题是特意问张子帆的，都抢先回答了一通，反倒是张子帆却怎么都插不上话。

梁茹也意识到了陈雨珊的意思，于是说道："张子帆，你也是南方人，你来说说看？"

张子帆想了一下，沉着地说道："要我说，不单单是皮肤，包括身材、性格，南北方的人都有很大差异，我觉得很可能是与当地地理特性和社会历史变迁紧密相关的。"

"怎么说？"大家好奇地问道。

"大家都知道南方有很多河流湖泊，加上气候炎热，导致南方的空气潮湿。而人的身体对于水的需求量是很高的，尤其是水对于皮肤的重要性尤为突出，当然喝水是补充人身体水分的基本途径。但相较于北方人，南方人长期生活在空气湿度较高的地方，自然而然吸收了更多的水分，时间久了，南方人的皮肤就比较好了。"

"那南北方人性格的差异呢？"又有人问道。

张子帆继续说道："中国历史上，北方是少数民族聚集地，经常发生战乱。为了保卫家园，北方人经常外出作战，时间久了，性格自然比较泼辣。但南方人则不同，南方不仅战乱少，还有很多文人墨客生长于此，因此南方人的书卷气比较浓厚，性格也就温润很多。"

张子帆的一席话顿时让在场的人对他刮目相看,虽然平时大家总觉得张子帆是一个奇怪的人,沉默少言,但没想到原来他是一个有墨水的人,而且他的分析确实有理有据。几个男孩子看到张子帆说起话来张弛有度,又博学多才,想到自己浅薄的才学,顿时羞愧起来,表情和动作都显得有点儿不自然。

尤其是宋书平,他端起手中的杯子又放下,然后又偷偷瞄了一眼张子帆,有些不知所措起来。

吴越也没有想到,平时被自己鄙夷甚至无视的穷小子,说起话来有理有据的,倒像个理论家,要不是张子帆一向跟自己不合,他都有点儿想给张子帆鼓掌了。

几个女孩子倒是没有想那么多,满脸钦佩地看着张子帆。刘雨对张子帆的话并不意外,她早已听惯了张子帆的新奇言论。

"说得跟真的似的。"梁茹的一句话使大家从刚才氛围中脱离开来,几个人又开始聊了起来。

聊到高兴处,大家还唱了起来,一时间,整个房子都充满了欢声笑语。

陈雨珊见大家都在唱歌,于是趁机将吴越拉到一边,把早就准备好的礼物从包里拿了出来,悄悄地塞到了吴越的怀里。

"这是什么?"吴越把礼物举到脑门上,眼睛盯着外面的包装盒,仿佛盒子是透明的一样。

宋书平突然出现,开玩笑地说道:"礼物,爱的礼物。"

大家被宋书平的话吸引了过来,都盯着吴越手上的礼物。

"你看看。"陈雨珊不好意思地靠近吴越的耳朵边,轻声地喃道。

吴越一阵乱扯,打开了精致的包装盒,发现里面是一个许愿瓶,里面装满了星星。一张小卡片滑到了吴越的手里,上面写着:"上回的事是我不对，下次一定全都听你的"。

　　远处几片火红的云朵挂在天边，夕阳的余晖透过操场边几棵银杏树的枝叶，照在跑道上，在地上印出色彩斑斓的光点。看了一下时间，都下午六点了，白天已经越来越长了。

　　李小莫和张子帆在公用电话前排队，又到了给家里打电话的时间了。

　　"这次去了吴越家在新城区的房子，我的天啊，我从来没有见到过那么大、那么豪华的房子。"张子帆一边随着队伍往前走，一边对李小莫说道。

　　"我听说了。那，那你想不想有那样的房子？"李小莫问张子帆。

　　"有谁不想要那样的房子啊？"张子帆不禁反问道。

　　"是啊，人总是喜欢安逸、光鲜、奢华的生活。"李小莫略微深沉地说，也不知道她是在认同张子帆的话，还是在否定张子帆的话。

　　"但是一想到我的家，我好像又对现实有了更深的理解，现实是我也许永远都不会有那样的生活条件。"张子帆的语气低沉下来。

　　"那你该怎么办呢？或者说我们该怎么办呢？"李小莫认真地盯着张子帆的眼睛问道。

　　张子帆低下头认真地想了一下，然后回答道："也许我再怎么努力，也很难达到那样的生活状态，但这并不代表我就可以不努力，相反，我会更加努力，努力地去奋斗、去创造，不是为了房子和富裕的生活，而是为了自己每一个小小的改变与目标。有了这些，我一样会为之兴奋和自豪。"

　　"你这意思是不是说，有没有房子，并不是衡量地位的标准，也不是比较贫富的准则，通过自己的努力和奋斗，使自己进步和成长，才是人生价值的体现。"李小莫兴奋地问张子帆，眼睛里放着光。

"是的,小莫,这正是我想说的。"张子帆激动地抓住了李小莫的肩膀。

"艰苦奋斗才是通往理想的必由之路。"李小莫满脸的坚毅,她把自己的拳头举了起来,振奋地说道。

"拥有理想,并为之坚持不懈地奋斗,才能使我们平凡的生命绽放出最绚丽的光辉。"

张子帆和李小莫的眼神紧紧地融合在一起,彼此直达对方灵魂的深处,感受到了自己被认同后内心的快乐与成就感。

"子帆,你跟他们是不一样的。"李小莫从兴奋中慢慢冷却下来,眼睛里尽是温柔。

"你之前也说过。"张子帆看着李小莫,不好意思地低下了头。

"你是精神世界的强者。"李小莫坚定地告诉张子帆。

"不,我们俩都是精神世界的跋涉者。"张子帆看着李小莫,语气诚恳地说道。

"子帆,你说得对,跋涉者。"李小莫笑了。

张子帆接着说:"那么,我的努力方向就是跟从自己内心的声音,不因外在的物质条件改变自己的想法,做一个真正的心灵自由的人!"

"子帆,加油吧!向你追求的世界飞翔吧,我是你坚实的后盾,我支持你。"李小莫坚定地对张子帆说道。

第十七章　星火社团

清明前后,下了好几场雨,虽然雨量都很小,却把空气弄得异常潮湿,风吹打在脸上,让人感到一丝清凉。这是铜城一年里难得的好时节。

张子帆转过头,看见一列火车从城市穿行而过,发出"呜呜"声。他仿佛看到了自己的影子,一闪而过。

张子帆突然想母亲了,每年的这个时间,他都会去母亲的坟上扫墓,而现在却只能在心里默默地问候一句:"妈,你还好吗?我很想你。"

但张子帆不会让自己沉浸在悲伤中,他看见教学楼间几棵樱花树已经开花了,一朵朵的粉嫩从花苞里破裂而出,如此强大的生命力让张子帆立刻心潮澎湃。

张子帆突然想要奔跑,在满是花苞的树木之间,感受耳畔温柔的风。他想象一群志同道合的年轻人在雨里奔跑,在后山的路上朗诵叶赛宁和普希金的诗,在学校的博览天地里讨论诗词歌赋,他们一个个都化身为理想主义者,手持火把,照亮黑暗的恐惧与孤独。

张子帆突然想到要成立一个学生社团——诗社,学校里到目前为止还没有诗社。张子帆觉得成立诗社就仿佛是他的一个使命，一个发现新大陆般的使命在等待着他。

张子帆产生这样想法的时候是在课堂上，但这次，他没有为在课堂走神而懊恼，相反，他感到极其畅快，一股热流从脚底直冲上脑门。他立马写了一个纸条，偷偷地递给李小莫，叫李小莫下课后等他，有事情商量。

下课铃一响，张子帆便兴奋地来到李小莫身边，将自己的想法告诉了李小莫。他脸上堆满了笑容，知道李小莫一定会支持他的。

因为张子帆坚信，别人眼中一无是处的事情，在李小莫那里却有千万个值得的理由。

"你这个想法不错，既能够以文会友，也能够增加实践经验。最重要的，这是你最喜欢的事情。"李小莫对于张子帆的想法果然给予了高度的认可。

"那你是同意了？"张子帆似乎已经忘记了同意这个词的含义。事实上，他成立诗社与李小莫同意与否毫无关系。但当他做出一个重大决定时，他已经不自觉地将自己和李小莫看成一个整体了，就好像是一家人一样，一荣俱荣，一损俱损。

"我当然同意了，你忘了，我是照耀在你心中的那一团火，我当然要支持你的决定了。"李小莫一边说着，一边用手戳了一下张子帆。

张子帆开心地冲李小莫笑道："这星火，有燎原之势啊！"

"说得没错。"李小莫笑着说，"不过，这个诗社的性质要变一下。"

"你又打什么鬼主意？"张子帆看到李小莫似乎有一些想法，赶紧问道。

"子帆，如果是诗社，范围过于狭窄了，现在热爱诗歌的学生毕竟太少了。既然是学生组织，除了兴趣爱好，最好能够有一些实用性。我建议把范围扩大，搞一个新闻文学类的，最好是有固定的内容出来，比如出一本杂志或者报纸之类的读物。这样既能把爱好文学的朋友聚集起来，也能向那些不怎么热衷文学的人传递我们的观念。"

"报纸、杂志是要钱的，你真敢想，哪儿找钱去？"张子帆虽说觉得李小莫的主意不错，但现实的问题也不少。

李小莫皱了皱眉，说："这倒是个问题，不过也不急嘛，可以慢慢来。我们可以先写一些东西，找别的媒体发表嘛。"

张子帆听到李小莫的建议，顿时觉得心潮澎湃。

李小莫见张子帆迟迟没有回复，追问道："怎么样？行不行？"

"能不行吗！你这位老师都这么说了。"有李小莫给张子帆打气，他信心十足。

张子帆倒也干练利落，很快，一个新的学生社团组织就在学校里成立了。张子帆给它起了一个响亮的名字——星火社团，专门结识志同道合的青年人，共同组建起一个抒发情感、评论时事热点的学生社团。

明确了社团的章程后，张子帆和李小莫就向全校同学发起了征集令。没想到，响应的人数远远超过了他俩的预期。张子帆宿舍的电话一直响个不停，很多同学都给社团寄来了自己的作品，以展示自己的实力和加入社团的愿望。

学生们的热情，倒是给张子帆和李小莫出了难题。他俩本计划寻找十几位同学，但现在应征者有上百人，如何取舍成了最难的选择。他俩商量了一下，准备把真正有才华有诚意的学生挑选出来，其他的就只好忍痛割爱了。

张子帆和李小莫坐在山上一棵繁茂的大树下,认真地读着同学们寄给他们的这些作品。

清明过后的阳光正好,照在两人的身上,正如同这些信上的文字一样,明媚而温暖。

"子帆,你看这个同学写的诗。"李小莫看着手上的诗,深情地读着。

> 我喜欢春天
> 活泼的小姑娘的样子
> 婚纱店旁有个乞丐
> 阳光把他晒暖了
> 我爱上了春天了!

一边读,李小莫一边询问张子帆的意见:"怎么样,是你喜欢的类型吧?"

"给我看看。"张子帆拿过李小莫手中的信,接着读:

> 秋天比春天还好
> 心情悠悠
> 风筝飘飘
> 飘上了一丛矮灌木
> 飘上了一个红房顶
> 飘上了一片明亮的天……

张子帆一边读,一边不住地点头,说:"嗯,不错,很形象、很清新。"

"小莫,你再来看这一段。"张子帆兴奋地拿起另外一封信,给李小莫读了起来。

> 我有些许失望
> 我讨厌惯常的安逸
> 和利益的捆绑
> 它们都缺乏理想的纯粹和激情
> 我多么渴望追寻意义
> 希望在一个最浪漫的年代
> 一起登上串联的列车
> 轻狂无知地投入广阔的大地
> 尝尽人生
> 风雨无阻
> 那是我们最好的日子……

张子帆感情饱满地读完了信上的诗,然后两只眼睛热情地望着李小莫。

李小莫不禁细细品味诗里的内容,感叹着说:"尝尽人生,风雨无阻。这何尝不是我们追寻的意义啊!子帆,看来我们做得没错,不然怎么会有机会认识到这么多可爱的朋友啊。"

张子帆使劲地点了点头,说:"我现在觉得我们动手太晚了,我恨不得马上就把他们找来。"

张子帆和李小莫用了一整天的时间读信,从中挑选出二十位学生,然后迫不及待地与他们取得了联系。

三天后，大家就在山上召开了星火社团的第一次会议，王志平老师也被张子帆和李小莫邀请来了。

大家先是简单地做了自我介绍，然后便开始交流起对于文学的看法来。这样热烈的情景，哪里像刚刚认识，倒像是离别多年的故人重逢。

王志平鼓励学生们，要激发青年人的热情和生命力，把星火社团做成一个别具一格、有想象力的学生社团。

王志平说道："你们不能一直在山上开会、举办活动，我给你们找了一个据点，你们可以去教学楼北边的小教室开展工作，平时也可以在教室里上自习，我已经和学校申请好了，你们就放心地准备活动吧！"

听到这个好消息，大家都开心极了，不停地鼓掌，大声地吆喝叫好，激动地要把王志平老师抛到空中去。

王志平看着这些年轻人，内心一阵感慨，他们是热烈的、激情的，就像阳光一样。他也有过青春时代，或许只有在这段青春的岁月里，人才能无所顾忌地追寻生命的意义，找到为信念而战的最本源的自己。

王志平用期待的眼神看着正在说话的张子帆，这个来自农村的苦孩子，定是有几分能耐，不然他怎么能从张子帆的身上看到自己过去的影子呢？他想起张子帆想去图书馆工作时说的话，现在看来，果然张子帆没有辜负他的期待。

王志平老师也注意到了李小莫。他发现，李小莫的眼神总是落在张子帆身上，眼神中带有一种敬佩和欣赏，其中还夹杂了一丝温柔。这恐怕连李小莫自己也没有意识到，而这正是王志平感兴趣的地方。王志平猜测，张子帆身上充沛的精力和兴奋，或许是爱情带来的奇妙变化。

　　王志平老师一边观察着张子帆和李小莫，一边在心里默默羡慕着他们，就如同他们响彻山顶的声音。

　　　　所有的日子，所有的日子都来吧
　　　　让我编织你们，用青春的金线
　　　　和幸福的璎珞，编织你们
　　　　有那小船上的歌笑，月下校园的欢舞
　　　　细雨蒙蒙里踏青，初雪的早晨行军
　　　　还有热烈的争论，跃动的、温暖的心
　　　　是转眼过去了的日子，也是充满遐想的日子，
　　　　纷纷的心愿迷离，像春天的雨
　　　　我们有时间，有力量，有燃烧的信念
　　　　我们渴望生活，渴望在天上飞
　　　　是单纯的日子，也是多变的日子
　　　　浩大的世界，样样叫我们好惊奇
　　　　从来都兴高采烈，从来不淡漠
　　　　眼泪，欢笑，深思，全是第一次
　　　　所有的日子都去吧，都去吧
　　　　在生活中我快乐地向前
　　　　多沉重的担子我不会发软
　　　　多严峻的战斗我不会丢脸
　　　　有一天，擦完了枪，擦完了机器，擦完了汗
　　　　我想念你们，招呼你们
　　　　并且怀着骄傲，注视你们

星火社团一成立，团员们就立刻进行了分工，由张子帆协调统筹，社团正式开始运作。

首先，大家觉得每半个月应该以社团的名义写一篇文章，可以是纯文学，也可以是针对学校和社会热点事件的评论等等，然后把文章发往校报，如果有可能，发表到市里的《铜城日报》就更好了。

其次，星火社团还要定期举办活动，事先决定好讨论的主题，互相交流感受，碰撞思想，这让他们能更加紧密地团结在一起。虽然大家偶尔也会发生争执，但这恰恰是必要的。

"子帆，你听说咱们学校有一男生跳楼的事儿吗？"下课后，张子帆和李小莫一起走在路上，李小莫突然想起了学校最近的新闻。

张子帆点了点头，说："这么轰动，我怎能没听说？虽然最后弄明白了，他只是心情不好，想吹吹风，但在楼顶闹得人尽皆知，连校长都惊动了，还出动了心理专家。我们宿舍最近天天议论他的事呢。"

想到这场闹剧，李小莫不禁感叹道："你说失恋对人的影响有那么大吗？因为一个姑娘不喜欢自己，就要闹得全校皆知。万一要是不小心掉下去了，那可就把自己的命都搭进去了，生命可只有一次啊！"

张子帆也深以为意，说："可不是嘛，男子汉大丈夫，怎么就禁不起感情的考验呢？"

李小莫想了一下，说："子帆，虽然这件事看起来是个例，但是在我们同学中，类似这种消极的思想和脆弱的心理绝对不是个别现象，承受不了心理压力的大有人在。"

张子帆叹了口气，点点头，说："是啊，高考之前，我们都生活在父母建造的温室里，一帆风顺，没有经历过挫折。现如今，上了大学，离开了父母，遇到一点儿困难，就容易执拗，想不开。"

李小莫接着说："归根结底，还是因为我们很多人没有建立起清晰的人生规划和人生目标，人一旦没有目标，就很容易被眼前的事物所局限。'活在当下'是教人要把握眼前，珍惜现在的美好；可另一方面也容易困住一个人，一个人只有心向远方，才能不被眼前的事物所累。"

听着李小莫的话，张子帆想到了星火社团："哎！小莫，你说，我们星火第一期的文章，可不可以就学校的这个事件，写一篇报道，给我们的同学多一些引导。"

"这个主意好，我们不是正在愁第一期写什么嘛！"李小莫大力赞同张子帆的想法。

得到李小莫的支持，张子帆心里更加有底了："好，我们明天就开个碰头会，大家一起商量一下。"

正当张子帆为星火第一期的文章忙得不可开交的时候，吴越也成立了一个学生社团——游戏者联盟。他把平时一起玩游戏的几个同学招集到一起，从而更加紧密地团结了起来。据说游戏者联盟也有章程和分工，而且加入社团的条件还很苛刻。

社团成立后，吴越干脆买了台电脑，从此他再也不用去网吧打游戏了。可这却给宿舍里的其他人带来了困扰，因为吴越每天玩游戏到很晚，而电脑机箱发出的噪音让寝室里的人难以入眠。

鉴于跟吴越的紧张关系，张子帆起先并没有表达自己的不满。直到有一天晚上，张子帆实在憋不住了，便说了吴越几句。

可吴越怎么会理会张子帆的话，假装没有听见，每天晚上继续玩着游戏。这让张子帆心中涌起了火，一连几个晚上都没睡着，但他也没有什么办法。

但没多久,宿舍里却发生了一件奇怪的事情,吴越的电脑无缘无故地坏了,原因是有人向主机箱里扔了一枚回形针,造成主板短路。

这回可把吴越气炸了,他发誓一定要找出"凶手"!

吴越细细地回想那天电脑坏的情形,发现宿舍里的其他人都没有单独待在宿舍过,只有张子帆一个人在宿舍待过。张子帆跟他一向是对头,前几天还"警告"过他,所有的事情汇到一起,他觉得就是张子帆弄坏了他的电脑。

张子帆见吴越的电脑坏了,觉得是不小的损失,即使吴越再有钱,想必也会很郁闷的。他本想去安慰安慰吴越,但看到吴越一脸的平静,没有丝毫的不悦,也就没有开口,免得自作多情。

可张子帆哪里知道,吴越已经把这笔账算到了他的身上,表面的平静掩藏不了吴越内心的愤怒,吴越已经在谋划报复了。

其实吴越也就是个被家里宠坏的小孩,平时虽然嚣张跋扈,但什么坏事也没有做过,所以他的报复显得有些小家子气。

一天晚上,张子帆回到寝室,发现自己的被子湿了,而且从被子湿的范围上看,绝对不是一杯水的量,倒像是有人特意泼了一盆水在他的床上。

张子帆看了一眼在寝室的宋书平,想了一下,问道:"老宋,你今天一整天都待在寝室吗?"

宋书平抬起头看了一眼张子帆,说:"没有啊,我也刚回来没多久,怎么了?"

"我的被子好像被人泼了水。"张子帆显得有些无奈。

"是吗?"宋书平走了过来,看到张子帆被子上的水,忍不住惊呼道："这么多水,谁这么缺德啊?我说,老张,你该不会得罪谁了吧?"

宋书平的话倒是提醒了张子帆,虽然最近他并没有得罪什么人,但并不代表没有人记恨他。张子帆想到最近几天吴越看他的眼神,顿时明白了过来,随即苦笑了一下,摇了摇头。

宋书平看看张子帆,问:"怎么样,有头绪吗?"

张子帆想着还是不要把事情闹大,毕竟他也没有证据证明这件事一定就是吴越做的。于是,他装作毫无头绪地说:"我每天除了图书馆就是星火教室,哪有机会得罪什么人啊!"

宋书平想了想,觉得张子帆的话也有道理,随即又问:"这被子都这样了,你怎么办?"

张子帆叹了口气,说:"还能怎么办,只有先拿去晾干。"

张子帆一边收拾自己的床铺,一边想,幸亏现在已经是初夏了,否则他这几天夜里估计就要被冻死了。

虽说气温已经有所回升,但夜里的寒气还是比较重,再加上被子不容易干,张子帆只好裹着自己的棉服睡觉。但棉服再厚,也不同于被子,果然,第二天张子帆就感冒了。

张子帆平时身体很好,上大学以来,这是他第一次生病。虽说咳嗽发烧流鼻涕的感觉,确实很难受,但却有了意外的收获——李小莫的悉心照顾。

李小莫见张子帆生病,很是心疼,追问他生病原因,张子帆却总是支支吾吾,只说是着了凉。

下课后,李小莫跑到校医院,把治疗感冒的药几乎都买了回来,送到张子帆寝室,还温柔地嘱咐张子帆要注意休息。

张子帆被李小莫的举动感动了,他真切地体会到了李小莫对他的关心，这让张子帆觉得原来被子湿了也是一件不错的事。

再说吴越，虽说看到张子帆裹着棉服睡觉，心里很是解气，但看到张子帆感冒难受的模样，他心里也有些过意不去。他暗地里帮张子帆打了好几次开水，要知道，这对于他来说，已经是很难得了。

其实，张子帆也注意到吴越打水的举动，嘴上虽然什么也没说，但心里也觉得吴越不是一个坏人。毕竟电脑坏了对谁来说都不是一件小事，谁让自己那么倒霉，平时与吴越不和就算了，还因电脑和他拌过嘴，他当然要怀疑自己了。

电脑事件算是就这样了结了。只是到底是谁扔的回形针，却永远成了难解之谜。

第十八章　可怜天下父母心

张子帆今天的心情有些沉重，他独自一人走在去星火社团的路上。太阳正烈，他本能地躲进了路旁的树荫下。

张子帆今天之所以烦闷，是因为早上的时候接到了父亲的电话。父亲告诉张子帆，他想要去海城打工，想听一下张子帆的意见。

张子帆听到父亲的话，心里很不好受，但想想家里的情况，一时也不知道该说什么，只好"哦"了一声，说了一句"让我想想"，就挂断了电话。

张子帆知道，现如今在农村种地，一年到头也挣不到多少钱，出去打工，虽然可能会有些累，但至少收入上能有些保证。只是他还是难过，若不是因为自己，父亲断然不会有离乡背井的想法。

对张子帆来说，父亲外出打工也许正是所期望的，自己的父亲能走出大山，也是一件大大的好事。但转念一想，父亲一辈子都生活在大山里，外面的生活父亲能不能适应？如果不能适应，也就意味着父亲可能要遭罪了。

张子帆明白，即使再难，自己也能承受，他做好了吃苦的准备，可是父亲能承受外面世界的艰难吗？

可张子帆忽略了一个事实，父辈们纵然很难明白"家"与"外面世界"的不同，但在苦难面前，却有着无比强大的生存能力，这是后辈们难以想象和比拟的意志力。

其实，张斌又何尝想离开家乡，他可是从没有去过林夏县城以外的地方，就连县城也只是儿子读书的时候去过几回。他本以为只要把家里的几亩田种好，保证一家的吃食，等自己老了，就躺在床上，心安理得地走向死亡，这或许就是自己最好的归宿了。

但现实却让张斌措手不及，儿子有出息了。张子帆承载了他一生的希望和荣光，但也给了他更大的责任与压力，为了能让张子帆好好读书，他决定离开家乡，打工挣钱。

张斌知道自己不能为张子帆提供太多的支持，但至少要在经济上让儿子宽裕些，这是他对自己最起码的要求了。可这点儿要求也让他彻夜难眠，有心无力。

张斌听说去外面打工能赚到钱，恰好一个远房表亲说在海城混得还可以，他仔细盘算后，终于做出了一个对于自己来说天大的决定——去海城打工。

得知这个消息，村里的人都不看好张斌，一把年纪了，还要外出打工，能有什么工作适合他。在村里人眼中，外面的世界是年轻人的天下。

但张斌相信，车到山前必有路！

而且农村人有时候固执得难以想象，一旦决定的事情，就绝不回头，这点在张斌身上也得到了体现。虽然村里的人都在劝他放弃外出打工的想法，但他始终没有松口。即使给张子帆打电话征求意见，但他是下定了决心才给儿子打的电话。

等田里的秧插完了，张斌便把圈里的猪赶到集市上卖了。他把家里剩下的粮食卖给了村里人，最后把家里都里里外外地收拾了一番，还不忘了去妻子的坟上上香。整理好这些后，张斌便拿上自己的行李，出门了。

离开那天，张斌不像张子帆离开时那样频频回头，表情上也没有什么不舍，因为家乡已经深深地融入他的脊梁和血液，成为他灵魂的一部分。无论他到了哪儿，家乡的一切就像自己的肉一样紧贴在身上，不舍反倒显得矫情了。

而且张斌深知，他终究是要回到家乡的。

张子帆得知父亲已经离开家的消息，心情有些复杂。他不知道父亲走这一步到底是好事还是坏事。

张子帆正怀着心事，东想西想，在努力开导自己，这时候迎面碰上了刘雨。

张子帆老远就见刘雨拎着大包小包的，汗水布满了额头，脸红红的。张子帆赶紧接过她手中的麻布袋子，帮她送往宿舍。

"你回家了？"张子帆还记得，每次回家，刘雨都会带很多东西回来。

"嗯。"刘雨轻轻地应了一声，如若碰上的是别人，她定会笑容满面地客套几句，但此时走在身边、帮自己拎东西的是张子帆，她也懒得客套了。

刘雨的心情并不好，张子帆也看出来了，所以并未说话，只管往宿舍的方向走去。

刘雨走在张子帆的斜后方，可以清楚地看到张子帆的背影。过去这个背影她是熟悉的，现在却已经变得越来越陌生了。以前消瘦的肩膀似乎宽阔了几分，这恐怕不是因为张子帆今天穿了一件新衬衫。不知道他那件白衬衣怎么样了，他不是只有一件衬衣吗？

刘雨深深吸了一口气，一直以来，她对于爱情处于一种患得患失的状态，这让她很困惑。宋书平如同初时一样，对她好，在意她的细节，嘘寒问暖，有求必应，她已经习惯了宋书平的关怀。

可有时候，她又总觉得他们俩在一起有一种陌生感，却又说不出来为什么。她经常想起当初与张子帆同行的日子，即使他们并没有以恋人的身份出现过。

刘雨常觉得张子帆和宋书平是两种不同的人，而自己也说不清自己到底喜欢哪一个。更要紧的是，自己的父母也卷入其中。

就在今天，宋书平去了刘雨家。这很难说是一次愉快的会面，刘雨的母亲自打见到宋书平，就一直在打听他家里的情况，差点儿连祖宗十八代都问了。而刘雨虽然想帮宋书平说话，却慑于母亲威严不敢开口。

刘雨看着张子帆的背影想着，如果跟她回家见父母的人是张子帆，又会是怎样的一番场景？想必场面会比今天更差吧。

很快，二人到了刘雨的宿舍楼下。

"你到了。"张子帆边说边把手中的东西递给刘雨。

刘雨接过来说了句"谢谢"，便往楼上走。

走了几步，刘雨突然转过身来，说道："子帆，我和宋书平见家长了。"

刘雨站在离张子帆两三米远的地方，面对着还没有转身的张子帆。

张子帆不知道刘雨为什么会突然对他说起自己的私事，还牵扯到宋书平，虽然有些疑惑，但还是说道："那，恭喜你们。"

刘雨脸红了，二人之间的气氛突然有些尴尬。

过了一会儿，张子帆打破了沉默，调侃道："你们不会是要定亲了吧？"

"你说呢？"刘雨说完，没等张子帆回话，转身头也不回地走上楼。

刘雨回到宿舍，躺到了床上。她有点儿累了，眼前不由自主地浮现出带宋书平回家的一幕幕，竟迷迷糊糊地睡着了，还做起了梦。

梦中，一个小时候的玩伴挖苦她不敢夜里回家，她气得一直哭，泪水覆盖了整张脸。

其实，这次带着宋书平回家见父母，是刘雨逼着宋书平去的。刘雨的母亲自从知道了宋书平的存在，就一直张罗着要见一见宋书平。起先刘雨并没有答应，但耐不住母亲一直说，刘雨也只好去和宋书平说起了这件事。

宋书平自然也是十分不情愿的，他觉得自己和刘雨都还年轻，见家长这么大的事，总感觉是要等结婚才能去做的。但他也不敢表现出来，只好使缓兵之计，一个劲儿地说："好，好，找个合适的时间吧。"

刘雨见宋书平这样，顿时有些生气。无奈，宋书平只好答应了她的要求，和她一起回家见了父母。

去刘雨家这天，宋书平特意去超市买了一些礼品，又去理了个发，打了发胶，穿上了新衬衣，把皮鞋也刷得锃亮。待全部收拾好了，就跟着刘雨上她家去了。

刘雨家在一个老式小区里，距离市政府大楼仅有两公里，楼下不远就是一个大型的购物广场。宋书平来过这里，但并没有进过刘雨家。

宋书平到的时候，刘雨的母亲正在楼下等他们。当看到宋书平时，她满脸堆笑地迎了上去，把宋书平手中的东西接了过去，三人转身往楼上走。

刘雨家里显然也早就打扫过，简直比大年三十的时候还干净。刘雨的父亲也安排好了厂里面的事儿，一整天都待在家里捣鼓他新买的茶叶，准备迎接宋书平的到来。

宋书平坐在客厅沙发的正座上。来到女朋友的家里，他有些紧张和害怕，也不知道该说些什么，只好左一个叔叔右一个阿姨地应承着。好容易坐了下来，刘雨母亲又像是查户口般把他家里的情况打听个遍，宋书平只好小心地回答，生怕自己哪句话不对，得罪了未来的丈母娘。

眼看着刘雨母亲说个没完没了，宋书平的头皮有点儿发麻，他的眼睛盯着对面墙上的老式闹钟，竟有几分模糊，仿佛眼神失去了聚焦的能力。

这时候，刘雨父亲在旁边说道："小宋，喝茶，喝茶。"

宋书平端起面前的茶杯，喝了一口，心里隐隐发慌。

宋书平瞟了一下刘雨，心里暗自感叹："难怪你那么难伺候，原来是有个如此强势的母亲！"

刘雨一直安静地坐在沙发上，认真地看着电视剧，就好像父母与宋书平的谈话与她无关。倒是在说到她小时候生病差点儿没活成的时候，她辩解了几句。

吃过丰盛的午餐后，刘雨母亲把做好的辣椒泡菜和煎饼交给了他俩，就让他们回学校去了。

准女婿见丈母娘，火花四溅。大半天注意力的高度集中，让宋书平感到很疲乏，他没顾及刘雨的感受，走进路边的网吧，打算好好放松一下，刘雨只好一个人拎着东西回学校。

刘雨还没有从带男朋友见父母这件事回过神来，就又面临母亲

第十八章 可怜天下父母心

的步步紧逼，要她尽快去见见宋书平的父母。

刘雨皱着眉头说："总不能我主动要求去吧，成什么了，你真要把女儿往外送啊。"

但母亲很执拗，无论刘雨怎么不愿意，母亲总有千万个理由等着她。她实在拗不过母亲，只好先口头上答应下来。

但宋书平在见过刘雨父母后，却只字不提带她见自己父母的事，刘雨想了很久，实在不知道怎么开口。

这天，他俩走在路上，刘雨一副若有所思的样子，而宋书平在旁边好像并没有注意到刘雨的情绪低落，自顾自不停地说着。

"前两天，你们隔壁宿舍的关涛把林超给拒绝了，她说自己现在只想着学习，至于男女之事还来不及细想。我觉得呀，她这就是借口，说白了，她就是不喜欢林超，拿着学习当借口。"

刘雨早已经习惯了宋书平"爱打听"的毛病，所以很多时候她根本没有听宋书平在说什么。

"你们女人总是喜欢找借口，无论什么事情，似乎有了一个借口，就可以减少内心的负罪感一样，其实，有什么话直接说出来不是更好。"

刘雨听到宋书平这句话，突然笑起来了，她听清楚了宋书平的话外之音，说道："你懂得挺多啊！"

宋书平见刘雨回复了自己，便更加卖弄起来："本来嘛。人都是这样的，不懂得设身处地为他人着想，一心想着自己的难处，却忘记了自己的要求有多不合理，平白给自己和他人增添了麻烦。"

刘雨听着宋书平的话，想着自己的处境，突然觉得有些道理。自己其实也不想见宋书平的父母，而宋书平显然也没有做好让自己见他父母的准备。既然二人都不愿意，为什么还要强迫自己和他呢？

第十九章　死鱼事件

这一阵子，小南河北湾不知为何死了很多鱼，河面上就像巨型炸弹轰炸后的战场一般，白花花的死鱼漂浮在水面上一动不动，延绵几里，空气中弥漫着死鱼的腐臭。

人们本以为这是偶然事件，但几天过去了，河里依旧在死鱼，丝毫没有停止的迹象，反而受影响范围逐步扩大，局面朝着失控的方向发展。

各种流言传了出来，有人说是因为近来天气太热热死的，有人说是水污染毒死的，甚至还有人说这是地震的前兆。

这事当然也传到了能源大学，张子帆和李小莫意识到，这是星火的一个机会，也是星火的责任。虽然星火的各项运作在这两个月的时间里已经走向了正轨，但所写的文章却不温不火，并没有引起大家的关注。这一回的死鱼事件，正好向他们提供了热点新闻，他们马上就召开了社团会议，明确了将调查死鱼事件作为星火第三期文章的主题。几个人商议了一下，决定租一台相机，到小南河调查死鱼事件的起因。

来到小南河，几个人惊愕地看到，水面上漂浮着的死鱼一连几十米,似乎都看不到边,一时间竟忘记了要做什么。

张子帆最先反应过来,冲着来的人喊着:"赶紧多拍点儿照片。"

大家听见张子帆的话,赶紧忙活起来,一边拍照,一边猜测:"它们是被热死的?"

"这你也信,你看这水,肯定是污染的问题!"有人指着河里墨绿的浊水说道。

"我看也是。"

他们看见有人在打捞死鱼,便就近找了一个老人,去跟他攀谈。

"大爷,您歇会儿,来喝口水。"李小莫走到老人身旁,把随身带的一瓶水递给了老人。

老人看着几个年轻人像是学生,便收起手中的抄网,指了指不远处的水壶,回道:"谢谢,我有,我有。"

李小莫趁机说道:"大爷,我们想找您了解点儿情况。"

老人又把抄网杆握在手里,朝河中伸过去,边捞起河中的死鱼,边说道:"你们是想问这鱼为啥死的吧?"

张子帆赶紧点头,说道:"就是,就是……"

"唉,说是天热给热死的,你们信?"老人不等他们回答,又继续道,"瞎说嘛!我在河边生活了几十年,比今年热的天儿多了,也没见鱼被热死了。"

张子帆不禁问道:"那是为啥呢?是因为水污染吗?"

老人"哼"了一声,说道:"这就不好说了,你们自己看嘛!"说完又忙着打捞死鱼了。

见老人不打算再继续说了,他们只好又找了几个河边的人问了问,但几乎都是一个说辞,很难找到明确的线索。

"我觉得这件事绝不是单纯的天气原因,肯定还有别的。"张子帆看着河上的死鱼若有所思地说道。

同学们纷纷点头，说："我们觉得是因为污染，越往上走，水越脏，而死鱼也越多。"

张子帆听完这话，皱着眉头说："可是怎么证明鱼的死跟污染有关系呢？"

"这个好办，"一个男生说着，从身后掏出一个瓶子来，"把河里的水拿回去，找个学化工的学生验一验不就行了。"

大家觉得这是一个好办法。

当晚他们就找到了社团里一名化工学院的同学，要他帮忙看看河水里面的成分，看是否会造成鱼群的死亡？这名学化工的同学怕自己水平不足，又找了同学院的博士师兄，让师兄帮忙分析。

第二天下午，结果就有了，张子帆亲自找到师兄，了解情况。

师兄说："这水中 PH 值呈强酸性，水中氨氮、硝酸盐、氰化物等元素含量偏高……鱼对这些元素特别敏感，基本上可以确定，鱼的死亡主要原因就是因为这些元素。"

张子帆其实已经猜到了死鱼多半与水有关，于是问道："你说的这些元素一般都从哪儿来的？"

师兄回答道："那渠道可多了，比如酸洗废水、焦化废水等等。"

检测结论已经表明，是水污染引发的鱼群死亡。

张子帆马上把这个消息告诉了李小莫，又告诉了星火的全体成员，这也基本证明了他们之前的猜测。

但他们并没有感到欣喜，反而有一种说不出的苦闷，因为他们现在也不知道污染的源头在哪儿。

为了调查小南河污染的源头，星火社团的成员分成几个小组在小南河附近搜索。终于在小南河北湾一个狭长的小河道里，他们找到了几根水管，水管中流淌着的墨绿色废水，正源源不断地流入小南河。

众人顺着管道往前探，过了几片庄稼地，在水管的尽头发现一大片平房。张子帆上前一打听，这里全是一些违法炼钢的小工厂。

张子帆回想起去年寒假他打工的工厂，好像就在这附近。他又想起厂里面有几个工人天天专门跟酸洗液打交道。

李小莫看着眼前的景象，说道："人类的欲望是在毁灭自己。"

显然他们已经找到了答案。

回到学校，星火社团又召开了一次会议，根据调查的结果，整理了一下文章的思路，然后就开始着手写调研报告了。

很快报告就出来了，张子帆站在教室的中央，拿着稿纸，大声读着：

有关小南河死鱼事件的调查

是高温天吗？不是！

是暴雨吗？不是！

是地震预兆吗？更不是！

那是什么？是污染！是的，是污染！

我们城市为之骄傲的炼钢产业，却成为利欲熏心之人谋取钱财的工具，正在毒害我们的小南河，正在让我们美丽的鱼儿死去……

报告不满意处，张子帆又与团员们一起反复修改，直到报告尽善尽美，才准备向市里面的《铜城日报》投稿。他们装好了信封，留了底稿，并写了介绍信，就将信寄出去了。

他们怀着期待，等着回复。可事不遂人愿，一周过去了，没见音信。他们每天买一份《铜城日报》来看，却始终没有看见他们写的报告。

张子帆赶紧召集团员商量怎么办。他们很清楚，小南河的污染仍在继续，文章得不到关注，死鱼事件就得不到解决。

"不等它了，我们重新找报社。"李小莫首先提议道。

"可是还有什么渠道呢？"有人反问道。

李小莫似乎早有准备，淡定地说："我查过了，市里面还有一家报社——《晨光早报》，它的发行量也不小，上面经常会刊登一些深度调研的文章，说不定，我们这篇正合适。"

团员们听了李小莫的话，觉得也只好这样了。他们又把稿子寄给了《晨光早报》。

很快，《晨光早报》就回复说稿子已被采用，准备刊发了。

没想到，《有关小南河死鱼事件的调查》一经刊发，便受到了市领导的高度重视，市领导立刻派人核实情况。

最后，那些违规排污的工厂全部被关停，而且工厂老板还被罚了款。一时间，全市百姓都在讨论小南河污染事件。

消息传到了能源大学，星火社团的团员们像打了胜仗一般，开怀大笑起来。

小南河附近的渔民们得知能源大学的学生在此次事件中的重要作用后，制作了一面锦旗，上面写着"青年榜样"四个金闪闪的大字，并嘱咐转交给《有关小南河死鱼事件的调查》的作者。

一时间，星火社团名声大噪。

第二十章　放肆的爱于平淡中道别

由于死鱼事件的影响力，张子帆的名字最近被越来越多的人提及。有人说他努力得像个疯子，有人说他才华横溢，也有人说他穷得要打几份工。当然最能引起大家好奇的是，他为了追求美女李小莫所付出的种种努力。

女生宿舍里，沈小雨正在给陈雨珊扎头发，嘴里唠叨着："我一直不明白，小莫怎么就对张子帆上了心呢？她多优秀啊，多少人给她挑，她看都不看，偏偏看上张子帆。"

陈雨珊看着镜中的自己，沉默了片刻后说道："张子帆也许并不适合小莫，但他又最适合小莫。"

沈小雨把陈雨珊的头发一圈一圈地盘起来，说："雨珊，你说胡话呢？啥意思啊？"

陈雨珊摸了摸梳好的头发，说："我也不知道，我想说的是，没有谁比张子帆更适合小莫了。"

沈小雨嘟噜着小嘴，抱怨地说："越说越糊涂。"

陈雨珊似乎很满意自己的发型，高兴地说："不过管他呢，小莫自己也未必能理得清楚，我们又何必去操心呢。世上的事，或许早有定数,说什么都没用。"

沈小雨看着镜子里的陈雨珊,点了点头,然后抱住陈雨珊,开玩笑地说:"我们哪有你那么好命,将来你要是和吴越结婚了,那可就是富家少奶奶了!"

说起吴越,陈雨珊突然意识到,她有好几天没有见到吴越了。她猜测,吴越此刻要么就是在打游戏,要么就是在新区的房子里呼呼大睡。

陈雨珊看了看旁边的电话,要是以往,即使他们之间的关系再紧张,她也定会打过去,问问吴越在做什么,可现在她却犹豫了。

最近陈雨珊和吴越总是冷战,说起原因,不过就是芝麻大的小事。陈雨珊有一种说不清的感觉,她觉得吴越变了,但她又不愿向吴越低头。她认为,她要是先低下头来就会成为输家,所以她必须坚持到最后。这或许是大多数女孩子在面对爱情时所采取的策略。

陈雨珊感到很孤独,这是她来大学后第一次觉着如此无助。她不能让人看出来,她装得依然像个美丽的公主,但当她每每想到张子帆和李小莫的关系,心里就一阵酸楚。

对于爱情,陈雨珊仿佛也失去了信心。虽然她和吴越在一起还不到一年,但她对吴越是有感情的。她总觉得吴越其实就是一个爱玩的孩子,一个比别人更有优越感的孩子。有时候,她看到吴越装阔气交朋友,心里甚至还有一丝心疼。

陈雨珊永远也不会忘记,去年班级聚会,吴越喝醉了,一屁股坐在路边冰冷的石阶上,死活都不肯走,哇哇大哭。

陈雨珊也不会忘记,就是那一天,她第一次为一个男生流下了眼泪,从眼角慢慢滑到嘴角,有一股涩涩的味道。

陈雨珊看到了一个看似坚硬的男人的脆弱一面,内心感到了一丝甜蜜。她虽然不懂吴越内心到底有什么苦闷，但她觉得，遇到吴越是自己的福气。

可现在他俩的关系居然发展到这个地步，陈雨珊也感到无奈。她一个人的时候，会像过幻灯片一样，去搜寻二人关系变质的一些蛛丝马迹。每当这时，她总会陷入自己的臆想中，内心备受折磨。

其实，感情的事谁又能说得清楚呢？对于吴越也一样，不同的是，吴越想不通的事，他就会选择放弃，根本不会让这些事情一直烦着自己。

说起来，他们俩的感情就像是爬山，从山脚意气风发地向山顶进发，却在半山腰就累了，想要放弃了。

陈雨珊感觉吴越变了，其实吴越从来没有变，陈雨珊只是更加接近本来的吴越了。吴越从小在父母的娇惯下长大，傲慢又爱玩，之前陈雨珊拒绝吴越去她家，打击了吴越的自尊心，后来吴越又热衷于游戏，忽略了陈雨珊，这些都让陈雨珊备感煎熬。

陈雨珊一心想着让吴越再回到自己的身边，她特别不习惯，甚至憎恨这种冷战的日子，所以她决定主动出击。

一天下课后，陈雨珊叫住吴越，二人来到学校的后山上，在一棵树下坐下。

陈雨珊望着远处的白云，慢慢地开口："吴越，我觉得最近你好像变了。"

吴越本来想回寝室打游戏，却被陈雨珊叫来了后山，心里有些不快地说："是吗？我觉得你也变了啊！"

陈雨珊听见吴越的话，心里顿时紧张起来。她连忙说："我哪里变了，明明是你沉迷于打游戏。你想想，我们多久没有一起出来了？"

吴越听着陈雨珊的抱怨，心里愈发烦躁了："我看你没我过得也挺好，何必找我给自己找气受呢？再说了，我玩游戏怎么了，又没花你一分钱。"

吴越的话顿时把陈雨珊激怒了，她低沉着嗓音说："你什么意思？"

吴越没有理会陈雨珊的愤怒，依旧心不在焉地说："没什么意思。"

陈雨珊站了起来，盯着吴越说："好，你去玩你的游戏吧，我要是再找你，就是我陈雨珊犯贱！"

说完，陈雨珊没有理会吴越，转身朝学校走去。

吴越自己也郁闷了一会儿，但很快就把这件事忘到了九霄云外。

此后，吴越的身边经常出现各种女孩，有同一个学院的同学，还有其他学院的女生，甚至还有在校外认识的女生。

虽然传言有些夸张，但很多东西大家也确实都看在眼里，包括陈雨珊。吴越的举动，显然已经挑战到陈雨珊的底线了。

男生们虽然替陈雨珊叫屈，但毕竟和吴越的关系较好，在哥们义气面前，他们也不好说些什么。而女生们则站在了陈雨珊一边，替她打抱不平。

陈雨珊最初以为吴越是在用这样的方式刺激她，所以吴越越是张扬，她就越发地表现出满不在乎，直到后面发生了一件事。

那天，吴越约好一帮朋友晚上去他家看欧洲杯。就在他百无聊赖地嚼着口香糖、左晃右晃地在校门口等出租车的时候，有一个女孩吸引了他的注意。

吴越老远就看到了女孩。她穿着时髦的牛仔短裙，修长纤细的美腿露在外面，白色的紧身T恤，修饰出曼妙的身材。虽然她戴着蓝色的鸭舌帽，但完全藏不住精致的脸蛋。

吴越一下子就被这个女孩吸引住了。于是,他放弃了打车的想法,尾随她来到公交车站。

吴越一路尾随女孩来到一个地方,周围都是胡同。吴越跟着女孩走进胡同,没想到左拐右拐的,居然给弄蒙了。更糟糕的是,在一个拐弯后,前面的女孩也不见了。

吴越顿时慌了,回头找来时的路,却发现自己迷路了。最可气的是,周围十分荒凉,一个人也没有。

正当吴越不知如何是好的时候,看见旁边有个电话亭,他只好给寝室打了个电话。

让吴越没有想到的是,接电话的居然是张子帆。想了想自己的处境,他也顾不上面子了,就把自己的遭遇跟张子帆说了一遍。

"你现在在哪里?我过去接你。"张子帆倒是没有落井下石,而是细心地问道。

吴越看了一眼周围的环境,叹了口气说:"我也不知道。"他平时活动的范围就是学校附近和自己新区的家,对于其他地方他完全不了解。

张子帆又想了一下,问道:"你还记得你坐的是哪趟车吗?"

吴越听见张子帆的问话,心里越发心虚,低声说道:"不知道。"

其实,这也不能怪吴越,他平时哪里有机会坐公交车,出门都是打车,这次又一直关注着前面的女孩,怎么可能知道坐的是哪趟车。

最后吴越把自己身处的环境详细地说给张子帆,又仔细回想了一路来的风景。也幸亏张子帆平时经常出来实地调研,对铜城市比较了解,通过吴越的描述,知道了他的位置。

张子帆打车将吴越接回市区。终于见着了城市的光亮和行人,吴越要求停车，然后下车买了两个煎饼，一个递给了张子帆，一个自己狂啃起来，最后还把张子帆手上的煎饼也吃干净了。

不出所料，这件事情传得特别快。有人说吴越与校外的女子勾搭不清；有人说吴越被美色所迷导致钱财尽失；还有人说吴越遇上了狐狸精，被带到荒郊野外勾去了精魂。

张子帆也听说了一些。但他不明白，他并没有把吴越的事说出去，而吴越自己是不会说出去的。那同学们怎么就知道了呢？更为神奇的是，这些谣传居然一句也没有传到吴越的耳中，他还以为那天晚上的事神不知鬼不觉呢。

张子帆想，幸好吴越不知道，不然保不准又会怪到他头上来。

陈雨珊自然也听说了这些事。她一方面觉得委屈，一方面又不相信吴越会那么快移情别恋，甚至有些担心吴越是不是遇到什么坏人了。于是她决定暂时休战，忘记之前说的气话，找吴越好好谈一谈。

可是在吴越心里，哪还有什么冷战，他已经舍弃了陈雨珊。可怜的陈雨珊，她还没有意识到，或者说不愿意相信，她和吴越之间的感情会破裂得如此之快。

吴越这一次没有再回避陈雨珊的电话，对于她见一面的要求也爽快答应了，而且还主动约好了见面地点。

他们约在校门口的肯德基里。吴越早一刻钟就到了，他为陈雨珊点了一杯柚子茶。

陈雨珊准时到了肯德基。他们俩难得一见，并没有任何礼节性的问候。陈雨珊看着面前已经点好的柚子茶，淡淡地对吴越说了句"谢谢"。

空调吹得陈雨珊浑身发冷，她轻轻地吸了一口茶，似乎并没有熟悉的味道，然后就微低着头，两手把自己包的纽扣合上又打开，打开又合上。

略显尴尬的气氛让陈雨珊紧张。沉默了片刻，她终于忍不住先说话了："他们说的事是真的吗？"

吴越本来很淡定，听陈雨珊这一问，略感惊讶，反问她："什么事？"

"大家都知道了，前几天你……"陈雨珊话说了一半就停住了，她是想让吴越自己来说。

吴越是有话要对陈雨珊说，经过这段时间的冷战，吴越觉得一个人的生活更加随意，不用在意陈雨珊的感受，可以肆无忌惮地做喜欢的事，简直是太好了。更重要的是，他突然觉得自己不爱陈雨珊了，他甚至讨厌陈雨珊接近他、关心他，他一听到陈雨珊的名字就感到胸闷。他铁了心要与陈雨珊划清界限。所以，这次见面他已经做好了准备。

"我们以后彻底断了吧。"吴越淡定地说。

即使陈雨珊早就有心理准备，但还是被吴越的话刺痛了。她不想在吴越面前表现出脆弱，她觉得此时如果表现出悲伤，只会让吴越更加得意，她绝不会让自己陷入更加悲惨的局面。她假装冷静地说："好啊，没问题，这也正是我想说的。"

吴越本来已经想好了怎么安慰陈雨珊，但没想到陈雨珊如此淡定，这让他觉得有些自作多情，只好冷冰冰地说道："是吗？那正好！"

陈雨珊也微微一笑，似乎已经不在乎吴越与她分手的事，倒像是个爱八卦的小女孩，问道："最后……你告诉我，你去追女孩被遗弃在荒郊野外的事是真的吗？"

"对，是的，有这事。"吴越表面上假装淡定，心里却咯噔了一下。

"你行！"陈雨珊带着讽刺的语气说完这句话后，她没有给吴越再说话的机会，立马站起身来离开了。

只不过，转身后有一滴眼泪从眼角滑落。她轻微抽搐了一下，在心里大骂了一句：浑蛋！

陈雨珊原本的计划是好好和吴越说会儿话。她甚至模拟了说话的逻辑与场景。她还期望这次谈话后，他俩的关系能缓和甚至回转。但事实再一次告诉她，现实与理想有很大差异。

陈雨珊觉得有太多的话还没有说，比如说她的委屈，比如说他俩的隔阂，这些东西就像一块大石头一样，压得她胸口一阵闷疼，缓不过气来。

回到寝室后，陈雨珊安静地躺在自己的床上，任寝室里的人在欢声笑语，她却始终不知道怎么说出自己的苦楚。她默默地在心里说道："再见了，吴越。"

陈雨珊是一个果决的女孩，既然下定了决心，那么就要真正做到把吴越从自己的世界彻底剔除。

陈雨珊把大家对她和吴越的议论完全屏蔽，保持着自己的高傲，继续上课，继续学习，继续说笑，虽然她常常走神，常常想起她与吴越过去的事情。

"我要用一个暑假的时间彻底走出来。"陈雨珊在心里默默告诫自己。

第二十一章　爱情也有阴晴圆缺

暑假很快就要到了，课程已早早结束。一考完试，陈雨珊就提前请了假，收拾好箱子，回家去了。

这段时间，张子帆也非常高兴。父亲来过几次电话，说已经在海城的建筑工地上找到了活儿，虽说是体力活，但却并没有想象中的累，一个月的工钱也有近千块。

听到父亲的话，张子帆心底最沉重的石头总算是放下了。各学科的期末考试也十分顺利，社团的工作也暂停了。他可以稍做调整，全身心地扎进图书馆里了。

更让张子帆感到高兴的是，李小莫暑假也打算留在学校里。她说是要利用一切时间好好学习，不能让张子帆把她落下了。不管这是不是她的借口，张子帆都愿意相信。

张子帆和李小莫经常一起在图书馆读书，暑假学校人比较少，这时候图书馆的座位可以随他俩挑选，他们并排坐在一起，时不时地交流观点和看法。

张子帆每读完一本书，都会在笔记本上画一横，每隔一段时间，他就会数一数，看看自己读了多少本书。他没有忘记与李小莫的赌约，他时刻记在心里面。

当张子帆读完《穆斯林的葬礼》的时候，他发现笔记本上的笔画已经有二百零四个了。他心里一阵欣喜，很想告诉李小莫他已经完成了二百本书的赌约。

可当张子帆望着李小莫明汪汪的眼睛时，便放弃了这个念头。他一直觉得自己与李小莫没有可比性，李小莫是如此的出众和优秀，李小莫就是他的导师。自从打了赌后，他便铆足了劲儿，誓要在读书上比过李小莫，想要以此来证明自己并不比别人差。

事实上，张子帆确实做得很好。他一有时间就捧着书看，而且看书的速度越来越快。他非常确信已经先于李小莫完成了这个目标，但他要的是心理上的胜利，而不是告诉李小莫后的一通赞叹。他更不想让李小莫得知自己输掉了赌约而遗憾，他宁可看到李小莫以为自己赢了，然后大笑的样子。

酷热难耐之时，李小莫常和张子帆去学校的游泳池游泳。

张子帆穿着十元钱买来的便宜泳裤，站在泳池边上木讷得像个傻瓜。其实，张子帆是会游泳的，他只是觉得自己"狗刨式"的泳姿让他难堪，尤其是当李小莫捂嘴哈哈大笑时。

李小莫注意到了张子帆的难堪，于是一手携着他的胳膊，一手比画，教他正确的姿势。当他们俩被阳光晒得都成了黑炭头的时候，张子帆终于可以像样地跟在李小莫的后面游泳了。

李小莫的姿势很美，不紧不慢地游着，就像一个美人鱼。而张子帆的耐力好，憋住一口气，可以游上几十米，然后浮出水面大口喘气，甩一下自己脸上的水，慢慢睁开眼睛，看着李小莫在一边瞅着自己大笑，水花被溅得到处都是。

张子帆看着李小莫高兴的模样，自己也跟着傻傻地笑起来，不经意间昂起头，太阳照得他睁不开眼。

张子帆把这个美好的暑假装入了自己的记忆中，开学后他又开始忙了起来。

张子帆受邀参加新生社团演讲，他说道："每个人都应该有自己的目标，为目标努力的过程中，能创造真正的快乐。裹足不前是因为我们害怕犯错，但如果我们什么都不做才是错的，没有人生下来就知道该怎么做。只有经过不断的努力，我们的人生才会愈加清晰。每个人通过努力所能够获得的快乐和满足，是人与人平等关系的重要标准……"

看着讲台上张子帆意气风发的模样，李小莫心里不禁有些心动。

李小莫很难相信，台上的男生就是前几天和她在泳池打闹的人，此时的张子帆充满着自信，浑身上下洋溢着奋发向上的气息。

李小莫紧张地发现，自己对张子帆的感觉已经不仅仅是敬重和同情了。聪明的她知道，这是爱情。她毫不掩饰自己心里的感觉，这反而让她感到快乐。唯一使李小莫困惑的是，她不确定张子帆的感受，张子帆能明白她的心吗？

其实，自从经历与刘雨的事情之后，张子帆本能地对男女之事有些防备。可爱情是化解防备最温柔的良药，即使要他承认喜欢上李小莫是一件比较困难的事，但是他的行为和动作早已出卖了他。

上课的时候，张子帆总是会找各种理由和借口与李小莫坐在一起。即便不坐在一起，他也会情不自禁地瞄向李小莫，有时候甚至会痴痴地看着李小莫的背影发呆，直到老师提高了音量他才回过神来。

张子帆以为自己的行为神不知鬼不觉，但他不知道的是，李小莫早就注意到了他那火辣辣的眼光。这让李小莫的双脸发烫，有点儿不敢正视他的目光。但李小莫好像并不讨厌这样的目光，反而有一种异样的感觉，有点儿紧张，有点儿甜蜜，还有点儿渴望和冲动。

这种感觉是李小莫未曾体验过的，她不知如何是好，也不知道该向谁求助。

一天晚上，李小莫在和母亲何凤英通电话的时候，说出了自己的烦恼。

何凤英为女儿有了心爱之人而感到开心。不过在详细询问过张子帆的情况后，她又有一丝担心，但她没有阻止，只是提醒女儿，两人在一起后可能要面对困难，但女儿坚定的回答让她放下心来，她知道女儿长大了。

更让何凤英高兴的是，她仿佛从女儿身上看到了年轻时的自己，热情、大胆、肆意地享受青春。

"你确定他也喜欢你吗？"何凤英再次向李小莫确认。

李小莫坚定地回答道："是的，我确定。"

何凤英听见李小莫毫不犹豫地回答，微笑着说："既然你喜欢他，他也喜欢你，为啥不捅破这层窗户纸？"

李小莫突然想起了张子帆强烈的自尊心，之前知道张子帆在钢铁加工厂上班时，她曾经建议张子帆放弃那份工作。至于张子帆的生活费，她可以借钱给张子帆，但没想到遭到了张子帆强烈的反对。为了这件事情，他们两个闹得很不高兴，好几天都没有和对方说话。

李小莫想，要是告诉张子帆自己喜欢他这件事，他会不会过不了自尊心那关，或者因太大的压力而选择拒绝。一想到这种结果，李小莫有点儿焦躁。

李小莫仔细分析了一下，说："妈，我觉得时机还不合适，等等看吧。"

"那他能明白你的心思吗?还有,时间一长,要是他喜欢上别人了,你不后悔死了?"何凤英似乎比女儿还着急。

李小莫沉默了几秒钟。她想起舒婷的一首诗——《致橡树》。她觉得真正的爱情就应该像诗中所写的那样:仿佛永远分离,却又终身相依。

李小莫对母亲说道:"'知我者谓我心忧,不知我者谓我何求',如果他不理解不明白,那就不是爱情。"

"好吧,女儿,我相信你能够处理好自己的感情问题,跟随你的内心去吧!"何凤英也知道自己无法替女儿解决感情问题,只好告诫她要跟随自己的心。

"哦,对了,还有一个事情,武哲最近联系过你吗?"何凤英突然话锋一转。

"他联系我干吗?"李小莫不知所以然地说。

"唉,你武伯父死了。"何凤英有些伤心地说。

"啊!怎么回事?"李小莫惊讶地问道。

"前段时间学校比较忙,你武伯父忙到很晚才回家,没想到路上发生了车祸。"母亲越说声音越低沉。

李小莫一边听母亲讲述事情的经过,脑中一边回想武伯父的模样,她不禁感叹人生的无常,好好的一个人居然说去就去了。

李小莫突然对武哲有了许多同情,不知道武哲现在怎么样了。

不久,李小莫又接到一个电话,她没有想到是武哲的母亲打过来的。

电话那头,武伯母的声音满是悲伤:"莫莫,不好意思打扰你,我找你妈妈要了你的号码。是这么个事,你武伯父前段时间出车祸去世了,哲儿现在……"说到一半,武伯母便哭了。好一会儿,声音才继续传来，"他好久都没接我电话了。莫莫，好孩子，阿姨知道哲儿心里喜欢你，到现在也没谈恋爱，你帮我开导开导他。阿姨拜托你了，他可是我唯一的孩子啊！要是他再出什么事儿，这个家……我可怎么办啊？"

李小莫心里一阵心酸，眼泪都快出来了，她赶紧安慰道："武伯母，你放心，他不会有事的。我会照顾他的，你放心……"

挂了电话，李小莫也十分难过，她赶紧找到武哲的电话号码，拨打了过去。电话响了以后，却是武哲的同学接的，说武哲已经两天没回宿舍了。

李小莫听到这话更加担心武哲了。她急急忙忙去了网吧，上了QQ，看见武哲的头像灰灰的，签名栏里写着：执着追求。

李小莫仔细看了一下，发现武哲的QQ已经好多天没有更新动态了。她只好在空间里给武哲留言，叫武哲赶紧联系她。

做完这些后，李小莫赶紧回到寝室，生怕错过了武哲的电话。

当李小莫正担心武哲的时候，武哲却出现在了李小莫的面前。

武哲简单穿了件衬衫，站在李小莫宿舍楼下，让宿管阿姨帮他把李小莫叫出来。

李小莫看到武哲的一瞬间，发现他比上次见面时憔悴了很多，头发胡乱地耷着，估摸着有一个多月没剪过了。

李小莫跑到武哲面前，轻轻地推了他一下，近乎训斥道："你跑哪儿去了？武伯母到处找你。"

武哲没有说话，只是看着李小莫。

李小莫被武哲看得有些心慌，继而关切地问道："你晚上住哪儿？要不跟我们班男同学凑合一晚？"

武哲这才开口说话："不了，我在外面安顿好了。"

李小莫带着武哲到操场的椅子上坐下,给了他一张纸巾,让他把脸上的汗水擦干。

看着沉默的武哲,李小莫轻轻地开口说:"你父亲的事我都知道了。"

李小莫刚一说完,就看见武哲的泪水从脸颊上滑落下来。他也不去擦脸上的泪水,两只眼睛直直地看着湛蓝的天空和苍翠的树木,还有操场上那几只"咕噜咕噜"叫唤的鸽子,说道:"我就是想见见你。"

看见武哲的泪水,李小莫心里顿时不是滋味起来。她再次从包里拿出一张纸巾,递给武哲说:"你别难过了,生老病死每个人都要经历的,我想武伯父如果在的话,肯定不希望你如此伤心。"

李小莫话一说完,武哲索性哇哇大哭起来。李小莫看着哭得如此伤心的武哲,想到高中时他做的那些事,平日里在人前耀武扬威的他,此时却像一只受伤的羊羔一样。

李小莫不禁想:人啊,不管你是贫穷还是富有,在灾难面前,都有着一样的痛苦。

此时的武哲变成了一个悲伤的孩子,靠在李小莫的肩上,任性地哭着。李小莫也不去管他,任他的眼泪打湿了自己的衣服,李小莫不时用手拍着武哲的后背,安静地陪在武哲身边。

好一阵子,武哲才停下哭声,也许是发泄出了这一段时间的悲伤,他一边用纸巾擦拭自己的眼泪,一边向李小莫问道:"你,你可以做我女朋友吗?"

李小莫没想到,武哲会在这个时候向她提出这样的问题。她看着眼前的武哲,实在是难以回答。要在以往,她会毫不在意武哲的感受,理直气壮地拒绝武哲。可此时,她不想再往武哲的伤口上撒盐了。

想了好一会儿,李小莫叹了口气,说:"你也是个倔驴!"

武哲不管李小莫话中的意思,执着地问道:"那你答应我不?"

李小莫看着脸上还有泪痕的武哲,差点儿笑起来:"你先回答我,什么是爱情?"李小莫在问问题之前,就已经料定武哲谈不出什么道理来。

"爱情……爱情就是我喜欢你,我永远喜欢你!"武哲激动地说道。见李小莫并不认可的模样,他又补充道,"这难道不算爱情吗?"

李小莫微笑着摇摇头,说道:"我理解的爱情,是用一辈子的时间去寻找,去探究另一个自己,走过时光的年华,爱情依然能够保持最初的样子。"

武哲听见李小莫的话,也顾不上哭了。他听得一知半解,倔强地说道:"不管什么自己,什么本真,我只知道我喜欢你,你到底答应我不?"

李小莫突然多了一丝感动,竟也不知如何回答,只好岔开话题:"你先跟我去吃饭吧,这个事以后再说。"

李小莫请武哲在校门口的餐馆吃饭,点了很多好吃的菜,可武哲就象征性地随便吃了几口,她只好把武哲送回酒店休息。

离开的时候,武哲再一次问李小莫:"你答应吗?你不答应我就住这儿不走了。"

李小莫没有说话,转身朝学校走。回到寝室后,她赶快给武伯母去了电话,告诉她,武哲一切安好,叫她放心。

晚上,张子帆和李小莫在教室修改星火的稿子。李小莫心不在焉地坐在座位上,眼睛盯着平日里再熟悉不过的文字,却始终集中不了注意力。她在想,要怎么拒绝武哲,才不会让武哲伤心。

张子帆手里拿着稿子，问道："小莫，你觉得这句话该怎么表达？"

李小莫并没有听到张子帆的话，只顾着沉浸在自己的世界中。

"小莫？"张子帆又加大分贝，叫了李小莫一声。

"嗯？"李小莫有气无力地应着。

"这句话这样表达对吗？"张子帆再把刚刚的问题重复了一遍。

李小莫这才伸手过去，把稿子拿过来，大致瞄了几眼，便回复道："挺好的。"

张子帆突然生起气来，说："你不是说我们是好朋友吗？"

张子帆突如其来的愤怒让李小莫有些不知所措。她赶紧问道："你怎么了？"

张子帆见李小莫一副无辜的模样，情绪好像一下子不受自己控制了，他大声喊道："你说怎么了？"

李小莫觉得张子帆的愤怒有些莫名其妙，于是把嗓音压低，试图唤醒张子帆的神志："你疯啦！"

张子帆似乎并没有把李小莫的警告放在心上，转而变成了冷嘲热讽的口气："你把我当朋友吗？"

李小莫被张子帆的话也弄得有些生气了，她厉声道："你在说什么啊？"

本来下午武哲的问题就已经让李小莫够为难的了，现在张子帆又莫名其妙地朝她发脾气，李小莫觉得自己的火气已经压制不住了。

张子帆看起来是故意要给李小莫难堪，他不再说话了，草草收拾了课桌上的资料，起身直接走出了教室。李小莫一人留在教室，不明所以地看着张子帆离开的背影，心里有些着急。

张子帆冲出教室后，心里也十分难受。其实，他不是故意要朝李小莫发脾气的,只是看到李小莫走神的模样,让他想起了今天下午看到的一幕。

世上很多事情偏偏那么巧,下午张子帆正要去李小莫宿舍找她,远远地看到了操场上相互依靠的男女。起初,张子帆并没有注意他们,以为只是学校里的情侣,结果不经意地扫了一眼,发现居然是李小莫和武哲抱在一起。

张子帆回想起武哲来给他们合唱团伴奏时,自己曾问过李小莫和武哲是什么关系,当时李小莫只说是高中同学,可看着眼前的这一幕,张子帆感觉自己受到了欺骗,这才有了晚上他和李小莫的吵架。

张子帆又想起李小莫在工厂帮他干活的场景,想起他们一道读书、一道写文章的日子,往日的幸福与今日的痛楚形成了鲜明的比照。张子帆感到心口一阵隐隐作痛,眼里也热热的。

张子帆想,李小莫和武哲是什么关系呢?绞尽脑汁他也找不到蛛丝马迹。李小莫很多时间都是跟他在一起的,平时两人也是无话不说,他实在想不出武哲是什么时候跳出来的。但他又清清楚楚地看到了他们的亲密举动,难道他们从高中时代就已经在一起了,那李小莫又为什么和自己这么好,她不怕武哲吃醋吗?

张子帆拍了拍自己昏沉的脑袋,叹了一口气,像个赌气的小孩子一样喃喃自语道:"刚说过我们是好朋友,为啥又跟别人好去了。"

张子帆不知道的是,李小莫比他还烦恼。

李小莫一直到半夜都还没有睡着,脑子里尽是张子帆吼她的画面。她干脆坐起来,靠在床上,望着窗外的月光,想要把问题弄清楚。

其实,李小莫已经猜到了些什么,但也不确定。无论是什么原因,可以肯定的是,这次张子帆是真的生她的气了。

第二十一章 爱情也有阴晴圆缺

李小莫深深地叹了口气，小声地说道："子帆啊，我对你的好，你难道不明白吗？你这是为啥呀？"

不过眼下，李小莫最重要的事是如何拒绝武哲。晚上武哲又一次打来电话，约她第二天见面。

李小莫知道，武哲如果得不到她的答复，是不会善罢甘休的，但武哲刚刚失去父亲，这让她很是头疼。

第二天见面的时候，李小莫感到一丝欣慰的是，武哲已经修剪了那一头凌乱的头发，重新梳理得整整齐齐干干净净，整个人比昨日精神了许多。

李小莫像一个大姐姐一样摸了摸武哲的头，对他笑道："这样子才对嘛，昨天的样子可得让多少女孩伤心啊。"

李小莫看到武哲难得的一笑，继续说道："你得赶紧好起来。武伯母可担心你了，回去后一定给她打个电话。"

"我现在除了你，和谁都不想说话。"武哲低着头，一说话眼眶便湿润起来。

"你真是个孩子！你不知道爱你的人多替你担心难过吗？你妈妈现在压力有多大你知道吗？伯父要知道你这样，肯定会很生气的。"李小莫停了几秒钟，继续安慰他，"听话，振作起来！"

武哲擦了擦自己的眼睛，抬起头来，看着远处湛蓝天空中的一片云朵。

"还有，我们的事……等你振作起来，像个真正的男子汉了，我们再谈。"李小莫聪明地采取以攻为守的策略，主动地谈起了让她伤脑筋的话题。

李小莫又从包里摸出了一本书——《我坐在琵卓河畔，哭泣》，塞到武哲的手里，说道："这本书是我特意挑出来的，送给你，你要好好看，说不定它能帮我回答你的问题。"

几番周折，李小莫终于把武哲送上了火车。看着武哲慢慢从悲伤中恢复，她放心多了。

张子帆已经一天没有见到李小莫了，这让他备受煎熬。平日里，两三天不见面也是常有的事儿，他们一般都不会太过主动地约对方。可自从他冲李小莫发火后，他感觉时间特别漫长。

张子帆坐在教室后排的窗户边，现在是午休时间，教室里没有别的人。

张子帆的桌子上放着课本和星火的稿子，但他并没有心情修改稿子，或者复习功课。他心中反复回想自己和李小莫之间的事，李小莫对他的关心、对他的帮助、对他的引导，他们一起读的那些书、做的那些事……就这样一个"好友"，怎么会"背叛"自己呢？

张子帆越想越觉得是自己误会了李小莫，会不会是武哲家里出了什么问题，所以李小莫才会安慰他？

"张子帆，摸摸你的良心，就算你见到的都是真的，可那又怎么样呢？你凭什么那样对她？她对你的好还不够吗？要是在去年这个时候，她要能跟你一起说说话，你就应该阿弥陀佛了吧。"张子帆低声问自己。

此时，教室外面正在下着雨，雨点"啪啪"地打在教室的窗户上。张子帆索性打开窗户，任冰冷的风和雨落在自己的脸上。他呆呆地望着窗外树下的一棵小草，它被雨打得左摇右摆，但仍坚强地挺立着，丝毫不输旁边的大树。

思索片刻，张子帆拿起笔，在笔记本上写道：

第二十一章 爱情也有阴晴圆缺

骄傲与毫不在意

你看到吗

路边那棵无名的小草

四公分长

青衣花旦

它高过一头

尾巴翘上天

倔强地迎着太阳

纨绔夸张

却又把纤细的枝叶卷缩到低微处

耷拉着头舔舐疮口

任雨水清凉

仿佛它最孤独一样

我站在窗前，看你

当张子帆写完，再次来到窗边看小草，小草的叶子已经被雨滴冲刷得一尘不染了，绿汪汪的像新草。张子帆紧绷的脸上露出了浅浅的微笑。他终于不再跟自己怄气，心情也舒畅了很多。他这才感觉困得不行，随即便趴在课桌上沉沉地睡过去。

梦境纷至沓来，张子帆梦到了小时候的玩伴正在陪自己看书，梦到了陈然穿着白白的裙子在跳舞，梦到了一大片白桦林，梦到了自己坐在辽阔的草原上吃牛肉……

突然，张子帆感到有什么东西在自己周围。他慢慢地睁开眼，发现李小莫正笑嘻嘻地望着她，一双大大的眼睛仿佛在观察一只怪物。他刚想说话，一张嘴才发现口中正叼着笔，不用说，这肯定是李小莫干的。

张子帆取出口中的笔,擦了擦嘴巴,看着已经笑得不行的李小莫,也开心地笑了。

张子帆知道,这两天的不愉快就这样结束了,但他看着李小莫干净的笑容,还想主动解释点儿什么。

"前天的事儿……"

"对不起。"李小莫与张子帆几乎同时间说出了这三个字。

当两人同时听到对方的话时,不由得冲着对方笑了起来,这应该就是默契吧。

第二十二章　罂粟花的美让人上瘾

新学期一开学，陈雨珊便夺走了所有人的目光。她穿着一身藏蓝色的牛仔服，头发剪到了耳根，其间染了几缕淡淡的酒红，离远了看更像是一个干净帅气的小伙子。

陈雨珊带回来一大袋自家做的辣子鸡，招呼临近几个宿舍的同学一起吃，看着大家辣得眼泪直流，她自个儿乐得哈哈大笑。

更让人意外的是，陈雨珊身边出现了一个男生，两人的关系尤为亲密，陈雨珊还拉着他出现在班级的聚会中。

这个男生的体型略胖，个子跟陈雨珊差不了多少。他很少说话，但每说一句话，都跟哲学书上的词句一般，精致有理，却少了点儿干练。

跟陈雨珊关系不错的同学都知道，这就是给陈雨珊写情书的法学院的师兄，他的名字叫张旭东。据说他特别有毅力，人胖但擅长长跑，求爱的过程也淋漓尽致地展现了他的这一特点。

陈雨珊与吴越在一起的一年里，张旭东的情书也不曾间断，陈雨珊甚至当着他的面就把情书扔进了垃圾桶，但他却坚持给陈雨珊写情书，认为自己的情话正一点一点影响着陈雨珊对他的判断，终有一天会被他感动，明白他的真心。只是，他还在等待一个机会。

吴越给了张旭东这样的机会。在第四十一封信寄出去之后，张旭东终于接到了陈雨珊的电话，约他出来见面。虽然他还没来得及说上一句关切的话，哪怕是回复一个"好的"，电话就被挂断了，但这也足以让他兴奋得掉下眼泪来。

张旭东不由得开始胡思乱想，陈雨珊是不是费了很大劲儿才问到了自己的电话号码？陈雨珊是不是被自己的誓言感动了？

这次突如其来的约会被陈雨珊安排在学校的体育场里。夜里，远远的路灯和浅浅的月光给草坪和跑道铺上了一层薄纱，陈雨珊站在张旭东面前，直截了当地问道："你真的像你信中所写的那样，会一直喜欢我吗？"

张旭东想象过很多浪漫的情景，但没有想到陈雨珊会如此简单直接，甚至有点儿粗暴。陈雨珊强大的气场明显给了他压力，他紧张地说："我保证！"

"你会一直永远对我好吗？"陈雨珊像警察审问小偷一样。

"我保证！"张旭东不敢盯着陈雨珊看，只偷偷扫了一下陈雨珊的眼睛。月光下陈雨珊的眼睛里折射出闪闪的光。难道陈雨珊被感动到流泪了？他是不是应该表达点儿什么，或者做点儿什么，可他最终还是什么也没有做。

"即使我做错了，甚至对不住你，你还会对我好吗？"陈雨珊继续问道。

"我会的。"张旭东回答道，没有丝毫犹豫。

陈雨珊静静地站在体育场中间，看着一对对情侣漫步在月光下，而眼前的张旭东却面色紧张地看着她，她突然有一种心疼的感觉。

陈雨珊凑上前去，给了张旭东轻轻的一吻。

对于这个结果,大家认为陈雨珊是被张旭东的执着打动了,又或许是经历了与吴越之间的感情变化,使陈雨珊对于爱情有了不同的理解,总之她选择了一份更安全的感情。

得知这个消息的时候,张子帆还是很感叹。陈雨珊这个年龄段的女孩本应有权力去享受更加激烈、更加热情的爱情,但她却选择一种平和、稳定、普通的感情。但谁又能真正说得清楚,这种朴实的感情不是爱情呢?

正如陈雨珊对沈小雨说的那样:"张旭东比吴越更让人踏实、放心。"

和张旭东刚在一起的时候,陈雨珊比较情绪化,时常想起与吴越之间的事,但张旭东却从不过问,也不追问她伤心的原因,只是紧紧地跟在她身后,嘘寒问暖,体贴照料。这些让陈雨珊很感动,她从张旭东的身上找到了成熟的感觉。

当亲眼看到陈雨珊与张旭东走在一起面露笑容的时候,吴越的心里咯噔了一下,没想到自己还会为了陈雨珊的事心里不舒服,况且自己的身边从来不缺少女孩子。

对于这种心理,吴越只好安慰自己:这只是男人对女人的占有欲,毕竟自己和陈雨珊相处了那么久。

吴越虽然心里不舒服,但也没办法把心中的苦闷与别人说,只好假装开心地请大家去吃饭,以展示自己的不在意。

大家自然明白吴越的用意,席上谁也没有提起陈雨珊,还假装豪情万丈地与吴越胡侃。吴越兴奋地讲述自己丰富的感情经历,但却没有提到陈雨珊,好像陈雨珊从来没有出现在他的世界里一样。但是,他的言不对题和胡说八道还是出卖了他。

张子帆一早就看穿了这一切,但他没有说话,只是在大家胡言乱语的时候，他对着杯子感叹道："不知是谁说过，风流潇洒处处留情带来的短暂刺激远没有一生只爱一个人的执着与坚守来得幸福。"

其实，并没有谁说过这句话，这只不过是张子帆触景生情地感叹罢了。

没想到，张子帆的话被吴越听到了。顿时，吴越感觉有一颗钉子钉住了他，心里一阵发疼，脸一下子变得通红。

不过吴越这样的状态没有持续很久。吴越毕竟是吴越，他很快就将自己的精力转移到别的上面。

这天，吴越在班里拿出个新鲜玩意儿——手机。这个时代，手机是个新鲜物件，可比上网、玩游戏、聊 QQ 更让人惊奇。所以，当吴越拿出手机，大家都围了上来，想要看一看。吴越骄傲地拿着手机向大家演示怎么打电话、怎么发短信，可把大家眼馋坏了。

自从有了手机，吴越每天晚上都躺在床上发短信。大家都很好奇，他这是在和谁联系，可除了听出来对方是个女孩，其他的大家一概不知。

果然，没过多久，吴越就告别了单身生活。不过，他的新女朋友倒是让大家大跌眼镜，竟然是当初吴越在公交车上尾随的女孩。

这个结果，就连吴越本人也表示很不解。几天前，吴越在宿舍接到了一个女孩打来的电话，说是他的朋友，约他出来见面。虽然吴越丝毫不记得有这样的朋友，但好奇心战胜了他。他几乎没有思考事情的合理性，就欣然答应了。

女孩约吴越在一个年代久远的教堂里见面。她只告诉吴越，她穿着黑色的衬衣，没有说她多高，也没有说她是胖还是瘦。

吴越绕着几个红砖砌成的拱门转了两圈，也没找到穿黑色衬衣的女孩，更没有人联系他。此时，他听到教堂里传来了祷告声，便

第二十二章 罂粟花的美让人上瘾

走近教堂的窗口,朝里望去,一排排的人正在低头祷告。

吴越看到靠近教堂门口的位置上坐着一个穿黑色衣服的女孩,正熟练而虔诚地祈祷。他定睛一看,吃了一惊,因为这个女孩他太熟悉了。

隔着布满灰尘的玻璃,虽然仅看到了侧脸,但他还是一下子就想起来了,这不就是他之前在校门口遇到的女孩嘛。吴越本来还在为自己跟丢而失落,结果没想到在这儿遇见了。

吴越偷偷地从教堂的大门挤进去,坐到了女孩旁边。女孩也注意到了他,朝他看了一眼。他正要张口,女孩却示意他别说话,吴越只好跟着女孩做祷告。

吴越学着女孩的手势,随意地比画着。在人群中,他看起来完全是一个异类。他的注意力只在女孩身上。看着女孩清澈透明的眼睛,他有些心神不宁。

祈祷结束了,大家纷纷散去。女孩依然坐在凳子上,她把一侧的头发朝耳后捋了捋,然后看着跟前的吴越,笑了起来:"你认识我吗?"

吴越顿时有些紧张地说:"没……没有。"

"你那么紧张干什么?"女孩一下子揭穿了吴越。

吴越不自觉地咽了口唾沫,回道:"有吗?第一次到这种地方,确实让我有些不适应。"

"那我们换一个舒服的地方聊。"女孩直接抓起吴越的手,拉他出了教堂。

吴越和女孩沿着教堂走过两个路口进了一家咖啡店,女孩叫了两杯咖啡。

吴越自诩见过世面,但却没喝过咖啡,他本以为咖啡跟一般的茶并没有什么不同。他端起咖啡喝了一大口，没想到苦得差点儿让他吐了出来。

女孩看到吴越的举动，又是一阵笑，转而用汤勺舀起一小块方糖和奶精放入自己的杯中，然后轻轻地搅匀，再放下匙子，捧起来，细细地抿了一口，说："要像我这样。"

吴越看着女孩优雅的动作，心跳有些加速，等到他反应过来，脸色有些发红。吴越感觉自己遇到了对手，平时都是受人仰望和羡慕的他，什么时候有过这种感觉。他一直觉得周围的女生都很土，但没想到自己在这个女孩面前也有点儿抬不起头来。

吴越根本不知道要说些什么，只好也端起杯子浅浅地抿了一口，依然是苦得舌头发麻，但他却假装淡定地点了点头。

女孩看看吴越，过了一会儿，才说道："你不问问我是谁？"

吴越这才回过神来，装作毫不在乎的样子，说："哦，我不关心。"

女孩微笑了一下，然后说道："你上次跟踪我有意思吗？"

听到此话，吴越顿时脸就红了，心虚地说："谁跟踪你了，少臭美了！"

女孩看到吴越尴尬的模样，也不打算再开玩笑了："不跟你开玩笑了，我叫卢慧，也是能源大学的学生。上次的事情对不起了，其实我是发现你跟踪我，还以为你是坏人呢，就故意把你带到了那里。后来在学校里见到你，才知道原来你也是能源大学的学生，这才想约你出来，打算和你道个歉。"

吴越听到卢慧的解释，心里顿时舒服不少，转念一想，问道："既然你以为我是坏人，为什么不在车上直接质问我，还把我带到那么荒凉的地方，这不是更危险吗？"

卢慧接着解释说："那时候我不知道你的身份，万一揭穿你遭到报复怎么办？引你去的地方是我家附近，那儿都是胡同，我有信心能让你在胡同里迷路。即便你没迷路，我喊一嗓子也会有认识的人来救我的。"

吴越一边听一边点头，心里想着卢慧果然很聪明。

就在这时，手机铃声响起。吴越还以为是自己的手机响了，结果拿出手机却发现没有消息，抬头一看，原来是卢慧的手机。吴越不禁有些惊讶："你也有手机？"

卢慧回完了短信，看着吴越手上的手机，点了点头，说："我们加个联系方式吧？"

吴越当然不会拒绝，将卢慧的电话号码输进了自己的手机，并约好日后一定要常出来玩。

自从认识了卢慧，吴越便觉得之前认识的女生实在是无趣。二人经常打电话、发短信，有时间还约着一起玩，甚至卢慧还约吴越一起去乌镇旅游。

吴越接到旅游的邀请后，起先有些犹豫，毕竟要和一个不太熟的人去那么远的地方，心里难免有些不安。

卢慧看出了吴越的担心，对他说道："你放心，不会卖了你的。我是想出去玩一趟，可是没有人陪我。"

卢慧说这话时，脸上带着一丝忧郁情，让吴越顿时有些心疼，当即答应了她的请求。

当天晚上，吴越急急忙忙地整理好衣物，又给家里打了电话，想要些旅游的费用。但家里没人接电话，他只好取出自己卡里所有的钱，又向王义借了两百，第二天一早就和卢慧坐上火车奔乌镇去了。

波光粼粼的小河、小巧精致的乌篷船、深邃幽静的巷子、古朴神秘的民居、起烟的青石路、花开的清晨、祥和的黄昏，几天的旅游,美丽的水乡让吴越着迷,而他身边的女子,则像花朵盛开在他的心里。

在吴越的眼中,卢慧美丽得像朵白莲花,但有时候又狡猾得像只狐狸。才几天的时间,吴越感觉自己已经完全被卢慧支配了,一种无力感遍布全身,让他猝不及防。

吴越有时觉得自己离卢慧很近,一伸手就可以抓到她,把她拥入怀中;但有时候又觉得自己离她很远,即使她一直和自己说话,吴越也不知道她到底在想些什么。

每当吴越想和卢慧讲些心里话时,卢慧总是拿着手机回短信,这让吴越的心情瞬间跌到谷底。但当卢慧回完信息,朝他微微一笑时,他又觉得自己满血复活了。

吴越的乌镇之行用了一周的时间,几门重要课程的老师已经发出话来,让他做好重修的准备。

一周后,吴越带着卢慧出现在了学校里。两人信步走在校园里,卢慧挽着吴越的胳膊,转头微笑地看着他。来往的学生看着二人,眼中满是羡慕。

吴越陷入了自我怀疑中,他被突然出现的卢慧深深吸引。但很明显,卢慧与他过去所遇到的女生不同,卢慧不仅不受他控制,反而控制住了他。他感觉到了危险,或者有什么可怕的事情正在等着他。

吴越有点儿迷失了,但又觉得这一切都值得。

第二十三章　钢铁厂改革计划

"我的脸在你的眼里，你的脸在我的眼里。两颗坦诚的心紧紧相依，哪里能找到两个更好的半球，没有严酷的北，也没有下沉的西。谁先死去都是上帝的不公。"

"假如我们的爱汇在一起，那就是一片大海，没有力量能拆散，更不会死亡。"

"求你将我放在心上如印记一般，戴在你膊上如戳记一般，因为爱如死之坚强，超越责任，超越生死……"

星火社团正在学校礼堂里排练一个舞台剧，这是对星火出色工作的奖励，他们要作为优秀社团代表参加学校一年一度的迎新晚会。

张子帆扮演一个英勇无畏的士兵，而李小莫则扮演爱上了士兵的公主。排练过程中，他们似乎沉浸在剧情中，肆意地表达着自己内心真实的感受。

对于张子帆来说，没有什么比星火得到肯定更让他高兴的了。但让他没想到的是，老师们给了他更为艰巨的任务。

排练刚刚结束，王志平老师就把张子帆叫到了办公室，一脸严肃地说："有两件事跟你商量。一是这届学生会工作任务重，学生会主席的位置一直空缺，几个辅导老师的意见是想让你来担起这个重担。另外一个是对面的钢铁厂邀请学校去帮忙做一个课题调研，几个老师觉得你们社团最为合适，毕竟有之前调查死鱼事件的经验。"

张子帆顿时有种受宠若惊的感觉，经过仔细考虑，张子帆答应了王志平老师的第二个任务。

对于张子帆来说，星火才是他在学校最重要的工作，如果担任了学生会主席，难免要分出一些精力出来。以张子帆目前的情况而言，他觉得无论抽出哪一部分时间都不合适。所以，即使学生会的挑战再大，但他依然选择了放弃。但去钢铁厂调研他倒是很高兴，因为那不单单是他们擅长的工作，还是难得的社会实践，或许还能得到一笔不小的补助经费。

"这个决定像你的风格。"李小莫在得知这个消息后，照例很支持张子帆。星火的团员们也积极响应。张子帆挑了几个核心骨干，加上李小莫，还有他自己，组成了去钢铁厂的调研小组。后来王志平又把宋书平拉了进来，因为钢铁厂的对接人很有可能是宋书平的父亲，有宋书平在更加方便沟通。

迎新晚会结束后，王志平亲自带队，领着大家到了钢铁厂，开始了调研工作。接待他们的果然是宋书平的父亲宋国清。

宋国清和他的两位下属站在办公楼门口，笑容满面地把他们迎进了会议室，然后给他们介绍这一次调研的主题和目的。

事情是这样的，前阵子市里领导来厂里视察。在听了钢铁厂领导的汇报后，市里领导觉得钢铁厂的工作有很多值得借鉴之处，回去就让人在报纸上发表了一篇文章。大意是说，在大多数国企效率低、举步维艰的状况下，铜城钢铁厂却是另一番光景。工人夜以继日的工作，每年创造几亿吨的钢铁产量，这是经济危机下国家难得

第二十三章 钢铁厂改革计划

的活样板。

文章一出，各大报纸媒体纷纷转载，省、市政府迅速下发通知，对钢铁厂进行了表扬，主要领导也忙着在各大媒体上介绍公司的经营理念。一时间，钢铁厂上下都忙得脚不着地。

铜钢的名声响彻全国，有很多人慕名而来谈合作，这大大地鼓舞了铜钢人，从董事长到基层员工，大家都对钢铁厂的未来充满了期待。很多消息传出，说铜城市即将产生一个世界五百强企业了。

既然钢铁厂如此挣钱，那么扩大再生产就成了公司领导下一个目标。再造一个铜钢厂的说法很快得到了全厂工人的认可。公司领导班子决定先研究一下项目的可行性，但又怕请来的调研专家不够专业，影响到项目进行，经过慎重的考虑，领导们决定把调研的任务交给能源大学的老师们。

说清楚任务后，宋国清便带着大家到厂里面参观，这是几个年轻大学生第一次见到这样大型的钢铁企业。全自动的轧钢生产线不停歇地忙碌着，厂房里到处火星飞蹿，手舞钢钳的工人们在各司其职。大家一边看，一边在心里感叹，铜城市炼钢厂不愧是全国知名的炼钢厂！更让他们激动的是，近距离地看铜城市的地标建筑——大烟囱，与在城市的另一边远远望去不同，仰视它们，几朵蘑菇云显得格外壮阔，让人多了几分敬畏。

张子帆偷偷对李小莫说："挺吓人的。"

李小莫点了点头，说道："有点儿像灾难片。"

张子帆一行人参观完厂区后，已是下午四点，宋国清把他们带到了经营管理部部长李俊的办公室。

李部长紧紧握住王志平的手，寒暄了好阵子，又笑着对几个年轻人说："你们只管干，有什么需要找小宋，不行直接来找我……"

接着又叮嘱宋国清要把大家招待好,才把大伙儿送了出来。

宋国清带着张子帆他们到食堂吃晚饭,还说等工作有了成果后,一定要跟大家好好喝一杯。

钢铁厂食堂的饮食水准比学校好太多了,各种可口的饭菜盛在大盆里,整齐地摆成一排,有鱼,有肉、饺子、炒饭,还有狮子头……

张子帆看着这些菜,口水都快流出来了。

宋国清把张子帆他们带到了用餐的地方,三荤三素,外加一个水果和一盒牛奶。

张子帆心想,我要是能在这里工作多好!他有些羡慕钢铁厂的工人们。他又看了看宋书平,觉得宋书平真有福气,父母都在钢铁厂上班,估计毕业的时候,他也可以到这儿来。

吃饭时,只有宋国清一人在兴奋地说话。他一直在向张子帆他们强调这次的调研有多重要,对国家、对市里、对钢铁厂,还有他自身,宋国清一一说个遍,仿佛这次调研影响了全国人民似的。末了,他还发了一通牢骚,埋怨下面的两个人吃闲饭,帮不上他什么忙。

张子帆并没有把宋国清的话听进去,美食固然在分散着他的注意力,但他的大脑却没有停歇。他在盘算着怎么来开展这项工作,怎么把调研任务出色完成,这才是他最感兴趣的。

在回校的公交车上,张子帆向王志平抛出了开展工作的思路和计划。王志平同意张子帆的想法,当即分了工。他把所有的执行工作交给了几个年轻人,而自己则承担起公关和协调的任务。当所有工作分配完毕,他们才从一天的紧张中放松下来,几个人在公交车上哼起了歌。车窗外闪烁着五彩的灯光,映衬着他们年轻的面容。

自从接下了调研的任务,张子帆就把课余时间都用在了钢铁厂里。张子帆带着几个人去分厂收集数据，跑了生产车间又跑了仓库，然后又到销售公司去询问销售状况。

这些工作并不简单，很多人根本不搭理张子帆他们。在工人们眼里，大学生如何能与辛辛苦苦一辈子的老师傅们相提并论。每当这个时候，宋国清只好出面协调，他们才勉强答应配合。

张子帆首先要弄明白的一个问题是，公司现有的产能能否满足公司销售的需要。张子帆把收集来的生产数据和销售数据仔细一对比，发现公司的产能相当充足，而且钢铁厂的销售情况也并不像宋国清说得那样乐观。要不是钢铁厂产品价格比市场上同类产品的价格便宜二三百，钢铁厂每年的产量估计会有不少剩余。张子帆担心数据有问题，又一一跟下面的单位核实，结果依然如此。

接下来的第二个问题就是要了解整个钢铁行业需求和行业产能的匹配问题，这是调研的重中之重，可比第一个问题难多了。数据收集就让张子帆犯了难，他把公司交给他的资料都翻了个遍，也只是零星找到一点儿数据，完全没有办法得出科学合理的结论来。

好在宋国清提供了一台电脑，张子帆就在电脑上查找有关数据。一连几天，张子帆采取最笨拙的办法，一个数据一个数据地收集，虽然很多数据还是不好找，但已经有了很明显的进展。

到了国庆节，为了调研工作，张子帆等人也不打算休息了，直接驻扎进了宋国清的办公室，就地开展工作。宋国清还叫办公室的同志给他们加了几张单人床，以便他们晚上可以睡在厂里。功夫不负有心人，他们终于在一个官方的钢铁年鉴上找到不少的数据。

可就在大家干劲十足的时候，却发生了一件奇怪的事。一连几天夜里，张子帆等人都听见了钢铁厂外面传来"砰砰砰"的声音。刚开始，他们还以为是夜里起风，只好蒙住被子，塞住耳朵继续睡。

一天晚上，他们中的杜义可起夜上厕所，发现事情有些蹊跷，便赶紧把大伙儿叫醒了，要大家一起跟着他去看个究竟。

他们蹑手蹑脚地到了走廊转角处的一个窗户旁。借着厂区大门口灰暗的灯光，他们看见有十多个人鬼鬼祟祟地猫着腰，蹲在办公楼隔壁的仓库门口。每个人手上拿着一个蛇皮袋，正把仓库里的钢扣装进蛇皮袋子。围墙上骑跨着一个人，正接过依次递上去的蛇皮袋子。

他们意识到，这是有人在偷盗！更让张子帆纳闷的是，那个骑跨在围墙上的人，似乎在哪里见过，可就是怎么也想不起来。

李小莫小声问道："我们怎么办？"

大家围成一圈，蹲在地上商量。

杜义可自告奋勇地说："我去叫人！"

宋书平略显紧张地说道："这大半夜的，厂里面还有值班的吗？"

张子帆意识到必须赶快行动，否则外面就搬完了。他叫杜义可去打电话给门卫，自己则去办公室拿相机。

张子帆靠着窗户的玻璃，把外面的场景都一一拍了下来，他特意放大焦距，给骑跨在墙头的人一个特写。

遗憾的是，等小偷们都撤退了，杜义可也没把门卫叫来。

国庆假期一过，张子帆等人就拿着照片去找宋国清。宋国清赶紧带着张子帆等人和照片去了部长李俊的办公室。

李俊看到照片，显得特别吃惊，破口大骂道："这些不知天高地厚的东西，简直是不知死活！"

李俊一边骂，一边点上一支烟，猛抽了几口，好不容易才让自己平静下来。他询问了张子帆等人几个问题，才对他们说："真多亏你们啊！这件事你们先不要对外声张，毕竟关系到我们厂的名声。

第二十三章 钢铁厂改革计划

你们把照片交给我来处理，我来收拾这群家伙！"

张子帆把照片交给了李俊，就退出了办公室。张子帆心里乐滋滋的，想着不经意间还为厂里做了一件好事。

这个意外的插曲并没有打乱张子帆的工作。过了不久，张子帆就收集好了数据。经过仔细对照，张子帆发现钢铁行业的产能已经超过了市场的容量，即使算上经济发展带来的额外需求，当前的产能也足够了。

张子帆又从一个老师傅口中得到了另外一条有价值的信息。铜城钢铁厂在临近的柳梁市有几座矿山，钢铁生产所需要的铁矿石和煤炭都来自那儿，因为运输距离非常短，运输成本每吨比其他钢铁企业能省上两百多元，这让铜钢在市场定价时占了不少便宜，销售方才显得游刃有余。如果产能再扩大，为了消化这些产能，铜城钢铁厂必然要从其他地方运输矿产，成本势必会上涨，那铜钢原有的优势就很难保持了！

这些论据综合在一起，张子帆基本上能够断定，在铜城市里再建一个钢铁厂的想法是不科学的。张子帆把结论以及支撑结论的论据向王志平做了汇报。王志平肯定了他的结论，并亲自撰写报告向钢铁厂的领导汇报。

当宋国清听到张子帆等人的结论时，一脸的平静，仿佛这些事都与他无关。他只是说了句："辛苦你们了！"就把他们带到了李俊的办公室。

想起宋国清刚开始对这件事的重视，张子帆感到有些奇怪，就连宋书平也不知道父亲葫芦里卖的什么药。

李俊在听张子帆等人的汇报时，自始至终愁眉紧锁，中途打断了他们好几次，又对其中的几个关键数据表示了疑虑，但最终也没有给出一个明确的态度,只是说要向上面汇报,叫他们等消息。张子帆从李俊的反应看,感觉情况并不太好。

但不管怎么说,张子帆等人的工作算是有结果了。当天晚上,宋国清在公司宾馆里招待了张子帆等人。

宾馆的餐厅金碧辉煌,一道道精致的菜不断被端到桌上。张子帆完全不知道该如何应付这种场景,尤其是摆在自己面前的鲍鱼,他从未见过,甚至一度以为那是一只煎煳的鸡蛋。

张子帆不知所措地瞄了瞄同来的几个同学,发现他们也有些紧张,心里顿时放松了许多。他象征性地夹了夹面前的菜,然后假装认真地听宋国清说话。

几杯酒下肚,宋国清脸色红润,话也多了起来。他把自己如何从一名车间普通工人升到副部长的几十年光荣历史说了个遍,显得无比自豪。

"告诉你们一件事,其实你们这个研究,不管找多少数据,用多少方法,都没用!"

大家听宋国清如此说,顿时有些疑惑。王志平紧张地说:"这话怎么说?"

宋国清接着说:"你们不知道,这次的调研,厂子里可不是只找了你们一家,还有另外一支队伍也在做相关的调研。前两天,他们得出的结论恰恰跟你们相反。"

王志平赶紧说:"我们的结论可是很客观科学的,部长你怎么说没用呢?"

宋国清摇摇头说:"你没看到下午李部长听报告时的脸色?老实说吧,牛董已经在国庆前去京城申报这个项目了……"

张子帆等人一听这话,顿时像泄了气的气球一样。

第二十三章 钢铁厂改革计划

宋书平忍不住抱怨道:"爸,这不是闹着玩吗?"

宋国清看了宋书平一眼,说道:"你们这次调研,是黄书记特意要求的,说是要再求证一次的。"

宋书平疑惑地问:"黄书记?"

宋国清回答道:"我们党委副书记。"

大家突然没了话,张子帆等人表情复杂,都陷入了一阵沉思。

张子帆突然想起了另外一件事,问道:"那帮小偷逮住没?"

宋国清摇摇头,说道:"肯定逮不着了!"

李小莫忍不住问道:"为什么?"

宋国清叹了口气,说:"保卫处的同志连续蹲了几夜,啥也没发现。应该是盗贼们已经得到了消息,不会再来了。"

听到这个消息,张子帆忍不住叹了一口气。

钢铁厂调研就这样草草结束了。对于张子帆来说,也许这段时间的努力并没有达到他满意的结果,但是他也不是全无收获,至少他获得了一笔不小的调研经费,可以用在星火的社团建设上,还有他处理问题的能力得到了极大的提升。

第二十四章 我爱的诗歌和我爱的你

时光就像绚丽的花朵周而复始地盛开,有时候是粉色的,有时候是绿色的,有时候是金黄色的,而此时又变成了银色。

铜城又进入了冬天,北风让人想像乌龟一般缩回自己的壳里。万物蛰伏起来,整个世界安静了许多,阳光照耀着渐渐上冻的土地,泛起明晃晃的光,空气冷冽透彻,就连悬浮其中的尘埃都看得见。

此时,星火的教室里热烘烘的,让人想睡觉。下午四点多,日常的工作已经忙得差不多了,几个团员围在一起谈论着最近的社会热点话题。张子帆和李小莫在自己的位置写写画画的,享受着难得的悠闲时光。

这时候,星火社团的门"咚"的一声被推开了,把大家吓了一大跳。往门口一看,是社团的李月秋傻愣愣地站在门口。他的眼镜蒙上了厚厚的一层水雾,整个身子耷拉着,像是被霜打了的茄子一样。

向芷桐见李月秋这副模样,便开起他的玩笑来:"怎么着,'诗圣'同志,被女朋友揪耳朵了?"

李月秋还是站着不动,冷空气从他两侧呼呼地冲进教室里。

这个李月秋,可是星火社里乃至学校里的传奇人物,长得让人记忆深刻不说，最关键的是他有一个响亮的外号——能大诗圣。既然贵为诗圣，李月秋自然有过人之处。要说张子帆和李小莫这样的，也是诗歌的忠实拥护者，可在李月秋面前可就小巫见大巫了。

李月秋之所以被称为诗圣，还要从高考说起。谁都知道高考作文是不能写诗的，但他却偏偏逆天之大不韪，在考卷上工工整整地写下了一首现代诗。结果可想而知，他的作文得了零分，这让他失去了上名牌大学的机会，来到了能源大学。高考让李月秋一战成名，奠定了他在能源大学的诗圣地位。

到了能源大学后，李月秋的诗人禀赋表现得更是淋漓尽致。有时候他是一个酸溜溜的怪人，说话引经据典让人摸不着头脑；有时候他是一个危险的激情分子，追女生可以追到女生宿舍里，宿管阿姨撵都撵不走；有时候他又是一个天赋满满的表演家，他朗诵聂鲁达的诗《我喜欢你是寂静的》赢得校朗诵比赛冠军，把全校的女生迷得神魂颠倒。

就这样一个折腾分子，今天却反常得让人有些心慌。

李月秋看起来面色煞白，大家莫名地有些紧张。

向芷桐喊着："李大圣，你别闹！撞鬼了？"

李月秋这才慢慢地挪着步子，走进了教室，也不说话，只是摘下眼镜，用自己的衣角擦了擦雾气，然后抬起腿迈上了讲台，之后便一动不动了。

大家看着李月秋，杜义可笑嘻嘻地说道："眼睛红了，他哭了！"

向芷桐打抱不平地说："我靠，哪家的女孩子造的孽？"

杜义可应和着说："那不至于啊！"

"哈哈哈哈。"教室里顿时哄笑起来。

突然，讲台上传来李月秋的声音："卞之琳，死了！"

教室里的笑声霎时停住了。

向芷桐紧张得从座位上站了起来，说："啊！袁琳？死了？"袁琳是她隔壁宿舍的同学。

只见李月秋把头抬了起来，咬着牙，大声说道："卞之琳，死了！"

大家这才意识到李月秋说了什么。张子帆紧张地问道："卞之琳死了？"

李月秋眼睛又红了，有些抽泣地说："他死了，今天是我们现代诗歌的祭日。"

教室里没有了声音，过了片刻，向芷桐才说了一句："人固有一死！他也算是重于泰山了！"

杜义可拉了向芷桐一下，小声地说道："别说错话，小心诗圣跟你急，那可是他的偶像！"

一时间，大家受李月秋的情绪感染，不知道该说什么好。

这时，李小莫站了起来，说道："月秋，晚上我们一起去吃饭吧，就当是祭奠卞之琳先生。"

"走，今晚我请客。"李月秋站在台上，把手一挥，像是一个战败的将军。

"再也不会有了，再也不会有了，再也不会有'你站在桥上看风景，看风景的人在楼上看你。明月装饰了你的窗子，你装饰了别人的梦。'"李月秋闭着双眼，歪在椅背上，不停地嘟囔着。

顿时，大家都陷入了伤感的氛围里。李小莫突然提议道："我们对诗吧。"

就这样，大家开始对起诗来，卞之琳、艾青、海子、泰戈尔、普希金、聂鲁达、叶赛宁、雪莱……大家把自己喜欢的诗人的诗全部背了出来，直到声音嘶哑、意识迷糊。

偌大的中国,一个诗人死去,也许并不会引起什么波澜。但对于某一部分人来说,死去的卞之琳,却是他们心中的英雄,他的离开让他们无比悲恸。

这天晚上,大家聊到很晚,从卞之琳的去世,到现代诗歌的发展,再到诗歌的未来,他们把自己不为人知的一面全部展现了出来。他们因诗歌走到了一起,又因诗歌一起相互鼓励支持,对于张子帆来说,星火社团里的人是他一生的朋友!

晚上,大家一起回学校的路上,李小莫靠着张子帆坐在后排,张子帆旁边是已经昏睡过去的李月秋,杜义可坐在副驾驶,跟司机聊起诗来。司机大叔顺口背起了《沁园春·雪》,把已经睡着的李月秋都给激动醒了,大声地附和着。

李小莫看着紧挨着自己的张子帆,只见他满脸通红,脑袋东摇西晃的,嘴里也不知道说些什么。李小莫从来没有见过这样的张子帆,有点儿想笑。

此时有一只手伸了过来,紧紧地裹住了李小莫的手。李小莫低头看了一眼,没有吱声。

张子帆手心的温度传递到李小莫的全身,她身上的寒意顿时消失得无影无踪了。

事后,李小莫在自己的笔记本上写道:这是多么暖和的一只手啊!

李小莫没有想到,一向拘谨的张子帆会来抓她的手,况且车上还有好几个男生。

这次牵手与去年元旦的第一次牵手不同,那时候是两个青涩少年的友谊见证。而现在,李小莫满脸通红,她意识到这是一只自己爱慕的男人的手,正温暖着自己。

下车时，一阵寒风猛地袭来，把张子帆吹醒了。他这才意识到自己正死死地抓着李小莫的手，顿时紧张地缩了回来。

张子帆使劲回忆车上发生的事，可怎么也想不起来。

李小莫感觉自己的手有点儿被张子帆捏疼了，忍不住自言自语地说："没想到，他的劲儿这么大。"

李小莫的心里有点儿乱，意识也早已飘走了。她跟着张子帆在校园里走着，肩并着肩，慢慢悠悠地。

不一会儿，就见不着其他人了。

一轮弯月挂在空中，给冰冷的大地覆上了洁白的一层纱。张子帆和李小莫谁也不着急说话，二人恰如此时的校园一般安静。

李小莫抬头看了看天上的月亮，说起话来："许多年前和一个女孩在一棵树下约会……"

张子帆一时没有反应过来，疑问道："什么？"

李小莫并不理会，继续说道："有一朵云从头上飘过……"

张子帆有些摸不到头脑，说："嗯？"

李小莫自顾自地说："许多年过去，女孩的面容早已忘记，或许已是七个孩子的母亲，但是那朵云，我一直记得。"

张子帆的脑子逐渐清醒起来，问道："你又在编什么故事呢？"

李小莫转头看着张子帆，口中念道：

> 九月的这一天
>
> 洒下蓝色月光
>
> 洋李树下一片静默
>
> 轻拥着，沉默而苍白的吾爱

第二十四章 我爱的诗歌和我爱的你

依偎在我怀中
宛如美丽的梦
夏夜晴空在我们之上
一朵云攫住了我的目光
如此洁白,至高无上
我再度仰望时
却已不知去向

张子帆安静地听李小莫念完,他才开口道:"布莱希特的《回忆玛丽·安》。"

李小莫问道:"子帆,多年以后,你会像这首诗的主人公忆起玛丽·安一样,想起我吗?要是会,那对我,一定是幸福而美好的。可是,可是我又不想这样,不想我们之间仅仅只有回忆。"

李小莫突然变得感性起来。她的眼睛里映着一轮弯月,清晰而明亮。

张子帆并不知道,回忆意味着什么,因为过去的岁月对他来说,太过艰辛和残酷。他上大学以后,虽然偶尔也会想起在老家发生的事,但相较于老家农村的生活,张子帆更加珍惜现在的生活。

张子帆并不肯定李小莫是怎么想的,便不敢贸然回应。

想了好一会儿,张子帆才说:"小莫,我永远也不会忘了你。"他选择用最普通、最真实的话来回应李小莫,把更多的心里话放在了心里,他怕自己说不好。

听张子帆这么真诚的话,李小莫脸上露出了幸福的笑容,她很感动。但她还是觉得有些遗憾,感觉好像少了些啥。

张子帆和李小莫走到了学校的体育场,此时已经是空无一人了。

张子帆拉李小莫走到主席台下面的石阶上坐下，虽然夜里的石板已经冰冷，但二人火热的内心抵消了夜深的寒冷。

他们聊聊这儿，聊聊那儿，说一会儿话又停一会儿，就这样安静地坐着。

但是张子帆的内心并不安静，他转头看着李小莫长发披肩，其中有一缕垂落在胸前。他突然想帮李小莫把这一缕头发梳理一下，他甚至感觉到自己的身子正不由自主地缓缓向李小莫移去。

李小莫注意到了张子帆的举动，顿时有些紧张，心跳加速。李小莫看着张子帆帮自己梳理被风吹乱的头发，突然有一种冲动，想把自己的头靠在张子帆的肩膀上。可是张子帆会喜欢这样吗？

李小莫相信张子帆是喜欢自己的，或者比喜欢更深一些，可是张子帆从没对她正经说过什么，哪怕是关于爱情的一分一毫。她也不知张子帆到底是怎么打算的。

李小莫心想，难道他真的还不明白自己的心意吗？那他在车上为什么要拉自己的手，难道我给的暗示还不够吗？张子帆，你这个傻瓜！你怎么就不明白呢？你就不能主动靠近我吗？如此寒冷的天气，你就不知道拥抱一下取暖吗？至少脱下你的外衣给我披上啊！

可惜的是，张子帆听不见李小莫内心的话。二人就这样安静地坐着，直到李小莫站了起来，说："我们回去吧。"

有人说，在东方，人与人之间相隔的，只有光。或许张子帆和李小莫只能责怪晚上的月亮，正所谓美也是你，怨也是你。

第二十五章　赚钱的十八般武艺

张子帆把李小莫送到宿舍门口，宿管阿姨抱怨了好一阵儿，才过来给他们开了门。

李小莫站在宿舍的楼梯入口，回头给张子帆打手势，说晚安，挤眉弄眼的样子真是可爱极了。

张子帆嘴里不停地跟阿姨说着对不起，眼睛却一直望着楼梯上的女孩。

宿管阿姨宽阔的身躯挡住张子帆的目光，用嫌弃的口气招呼他赶紧走。张子帆这才不情愿地从门里退了出来，往自己的宿舍楼走去。

走在空无一人的路上，张子帆不断回想刚才发生的事情，心里激动极了。他好想大声地喊两声来表达自己的兴奋。

就在这时，张子帆突然听见旁边的车棚里传来奇怪的声响。张子帆朝周围扫了一眼，发现并没有什么人，还以为是自己听错了，便继续往前走去。可没走几步，他就又听见了声音。

这下，张子帆的心里有些害怕了。他停下来，仔细地分辨声音的来源，发现声音是从车棚里传来的。

张子帆贴着墙壁慢慢地摸过去。刚走进车棚，他就看见前面不远处有一个背影。

这个人半蹲着，双手握着一把钳子，正钳住一辆自行车的车锁，旁边一辆车的车锁已经被截成两截，冰冷地躺在地上，车就立在他的边上。

显然，这个人是在偷自行车，而更让张子帆吃惊的是，眼前的人竟然是于森！

张子帆顿时呆住了。他想，如果是别人，以他的性格，肯定会冲上去，死死逮住偷车贼。

可是，此刻在张子帆面前的人，是于森。他想起在自己最艰难的时候，是于森一直在身边陪着他。

就当张子帆想要叫住于森时，于森的钳子"啪"的一声掉在地上，半蹲的身子顿时打了一个哆嗦，一步跳到旁边的沟里去了。

张子帆也被这声音吓了一跳，眼睛死死地盯着沟里的草丛，细声说道："于森，你出来，我看见你了。"

四五秒的沉寂后，于森还是钻了出来。昏暗的光线下，他的脸色十分难看，像是一个即将被推上断头台的罪犯。

张子帆忍不住问道："你，你在干什么？"

于森低下了头，说不出话来。张子帆看到于森的模样，心里突然有些同情起他来。

过了好一会儿，于森才小声地说道："子帆……子帆，你能听我说吗？"他的身子抖得厉害，哽咽着说。

张子帆有些不忍心地说："我就是在听你说啊！不听你说，还能怎么办！"

于森突然一下子跪在了张子帆面前，手抓着张子帆的衣服，说

第二十五章 赚钱的十八般武艺

道:"我,我不对……子帆,这事能不能,能不能不要告诉别人?我,我,我……"

听到抽泣,张子帆心里也不是滋味,叹了一口气,伸手去扶于森。

于森口中还不停地说着:"我不该做这样的事,但我弄……弄的车都是报废的,没人用的……"

其实,张子帆也知道,这个车棚地处偏僻,里面的很多车都是废旧的,根本找不到主人。

张子帆小声地说:"即使是没用的车,也不能这样啊。"但看看面前的于森,他也只好把话咽回肚子里。

张子帆怎么也想不起之后和于森都说了什么,就连他俩是怎么回到寝室的,他也没有头绪。他只觉得这是他这辈子走过最远的路,一打开宿舍的门,二人就摸黑躺到了各自的床上。

张子帆翻了一个身,感觉肩膀疼,头也疼。他不想再想了,可是脑子却不听他的使唤。

张子帆的脑中有很多疑惑,他要搞清楚,这是为什么?

张子帆不停地回想于森平时的为人,他相信于森不是会偷窃的人。张子帆觉得,于森一定是遇到什么难处了,他突然恨自己对于森的关注太少了。

其实,张子帆不仅不关注于森,寝室里其他人他也不怎么关注。

想到这点,张子帆才发现对面的床上好像是空着的,王义今晚又去哪儿了?

张子帆就在复杂的心情下睡着了,没过多久,他便醒了过来。看到天已经亮了,他穿上衣服,从箱子里掏出二百元钱,悄悄地放在了于森的床上,便出门复习功课了。

于森整晚都没有睡着，直到听见张子帆离开寝室的声音，他才稍微放松一些，不知不觉竟睡着了。

于森做了一个梦，梦中一个女孩站在讲台上，穿着纯白的针织开衫，搭配一条碎花长裙，黑色发髻盘得又高又大，几缕发丝垂下来，松散地遮住耳尖，手里拿着一支粉笔，站在黑板的三分之二位置，写下贝叶斯公式。

于森坐在教室第一排的正中央，认真地听着，做着笔记。他周围没有别人，整个教室里面也只有他和女孩。

女孩说话的声音有点儿细，又有点儿尖，周围再没有别的声音，安静得连粉笔在黑板上的"沙沙"声，都听得一清二楚。

突然，"咔"的一声粉笔断了，半截粉笔掉下来，滚到了墙角。

只见女孩转过头来，优雅地笑着说："于森，去帮忙拿支粉笔来。"

于森激动地站起身，像松鼠一样冲出了教室，随之门发出"哐"的一声。

于森把粉笔找来了。他恍惚钻进教室，靠近讲台，手伸出去，粉笔捏在手指间，小心地说："刘同学，你的粉笔。"

女孩看着于森，发出甜美的声音："叫我刘梦。"

刘梦伸手接过粉笔，转过身，写完整个公式。

于森愣在原地，看着手里的白色粉末就像魔法一样金光闪闪。

于森醒来的时候，眼睛热热的。他躺在床上，望着床顶，把梦里的一切回想一遍，再回想一遍，直到无法忘记。

等于森终于决定起床时，却看见床上有两百块钱。他盯着钱看了很久，他能猜到是谁放在这里的。好一会儿，他叹了口气，将钱收进了口袋里。

第二天晚上，于森买好一束满天星，并用碎花的彩纸仔细地包

第二十五章 赚钱的十八般武艺

裹好,安安静静地放到了学校女生的宿舍楼门口,然后转身离开。

关于那个温柔的梦,于森从未对人说起过,就连自行车事件,也好像从未发生过一样。一切,都只是一个梦。

上课的时候,张子帆特意留意了王义。让他惊讶的是,王义也用上了手机。他问隔壁宿舍的张平:"班长什么时候买手机了?"

张平一脸惊讶地看着张子帆,说道:"你不知道?还一个宿舍的。他不但买了手机,还在外面租了房呢。"

张子帆感到很意外,赶紧问道:"为什么?"

张平耸了耸肩膀,说道:"什么为什么?有钱了……"

张子帆这才知道王义最近发生的事。

两个月前,王义和梁茹去市里逛街,随便溜达到了电子城,正好赶上商场在举办手机展。王义激动坏了,吴越常在寝室里玩手机,弄得王义也有些心痒痒。虽然买不起,看看也是好的。

但王义刚走进展馆,就又被隔壁电脑店吸引了视线。很多人都在店里面组装电脑,几个跟他一般年纪的年轻人正在不停地拆拆装装,忙得汗都快出来了,而排队的客人仍不断涌进来。

见到这种场景,王义不禁感叹道:"没想到,组装电脑生意这么好。"

于是,王义把梁茹丢在一边,自个儿凑上去,向店里的工作人员询问配一台电脑多少钱,组装一次多少钱。当听到服务员回答说装机五十元,操作系统安装一百元的时候,他眼睛都红了。

王义心里盘算着,这里排队的有几十人吧,装完不得好几千,太赚了。

王义退出店外,兴奋地对着梁茹说:"我找到给你买手机的办法了。"

"你不会想去干这个吧？"梁茹指了指乱糟糟的电脑店。

王义冲梁茹竖了一个大拇指，说道："聪明。"

梁茹一副不相信的口气，说道："装，接着装，你会吗你？"

王义得意扬扬地说："开玩笑，我学的是啥？So easy。"

梁茹眼睛里顿时冒出了小星星，开心地说："真的呀？"

王义大气地说："我是谁。再说了，回去拿老吴的电脑练练手，十拿九稳。"

梁茹冲着王义笑道："靠谱！那我可等着手机了。"

梁茹本以为王义就是说几句玩笑话，平日里他俩可没少调侃打趣。王义并不这么想。回到学校后，他立马摆弄起吴越的电脑来，通过上网查找资料，再加上平日里的学习，几个技术上的难题也被他解决了。

学会技术后，王义又去了电子城，找到了老板毛遂自荐。店老板见他是能源大学的高才生，就让他先装个系统试试。结果王义熟练地把系统装好，老板心里欢喜，加上店里正缺人手，便留下王义来兼职干活了。

王义本就聪明，又善于学习，很快就成了店里的骨干。周末两天的时间他能装上几十台机器，平时利用没课的时间也能装十来台机器。每台机器按照硬件软件的不同，老板给他十块或二十块的提成。不到一周他就赚了五百多块钱，这让他十分欣喜，干劲也更加足了，没事的时候就跑到店里去。

没过多久，王义和梁茹就都用上了手机。想着平时住校往返店里有些不方便，王义索性就在外面租了一个房子，买了一台二手电脑，每天研究起自己的生意来。

张子帆听了王义的事，心里忍不住称赞起王义来。其实，张子帆平时就很羡慕王义，王义为人热情，在班里的人缘极好，还是班长，与梁茹的感情顺风顺水，现在又钻研出这么好的工作。

想到这里，张子帆有些自惭形秽。

那日下课后，王义和梁茹走在一起，有说有笑，梁茹时不时地去掐王义。看到这场景，张子帆心里有些难受起来。

"看起来，还不错。"张子帆喃喃自语道。

第二十六章　桃花运

铜城又下雪了，这场雪比去年来得早了许多。学校的课程已经结束，考试时间临近，有的人眼看外面零度以下的天气，不敢出门，躲在被窝里复习功课；有的人兴奋地趴在窗户上，看着外面随风飞舞的雪花；还有几个不怕冷的人，在雪地里东跳西蹿，堆个雪人，打个雪仗，好不欢乐。

张子帆躺在雪地里大笑着，嘴里哈着热气。李小莫把一个捏得实实的雪球往他的后背里塞，顿时冷得他哇哇直叫。

等到张子帆缓过来，他抓起一把雪就往李小莫的脸上抹，惹得李小莫连连惊叫。

一会儿，两人都筋疲力尽了，就索性躺在雪地上，头靠着头，望着雪花飞舞的天，谁也不说话，张子帆喘着气，李小莫"咯咯"地笑。

过了一会儿，李小莫打了个哆嗦，站起身来，看着张子帆说："好冷啊，我们去星火暖和一会儿吧？"

张子帆和李小莫一起在教室里复习功课，雪逐渐停了下来，天空湛蓝湛蓝的，星火的窗户敞着，暖气散发的热气和积雪融化的清冽混杂在一起，充满了整个教室。

这时候,一个低年级的女生瞅了瞅星火社团的松木牌子,向教室里一边探头,一边小声地说:"张子帆学长,你能出来一下吗?"

张子帆抬头看了一眼女生,然后走了出去。

女孩穿着白色羽绒服,把牛仔裤包住了一大截,眼睛闪闪发亮,两条小辫子耷拉在肩前。她站在走廊里,双手背在身后。

张子帆确定自己并不认识,皱了皱眉,问道:"你好!你是?"

女孩的脸冻得红扑扑的,说道:"学长,我看过你写的文章。我叫周晓彤,大一文法的。"

张子帆看周晓彤好像有些紧张,她的脚左右来回地磨蹭着走廊的地板,于是,问道:"你找我有什么事吗?"

周晓彤低下头,小声地说:"我想……问问你……我可以做你的朋友吗?"

张子帆有些惊讶,他不知道周晓彤的话是什么意思。

周晓彤又接着说:"我是说……女……朋友……"

张子帆听到这话,脸顿时红了。他从未想过,也不曾期待过,他也会被人表白。进入大学以后,他总觉得自己很平凡,甚至有点儿土,这让他很长时间都没有自信去幻想爱情。虽然他和刘雨以及李小莫的关系都掺杂了暧昧,但周晓彤是唯一一个对他表达出爱意的女孩。多年后他依然会记起周晓彤,他在内心里很感激周晓彤,即使他俩没有发生任何事。

张子帆看着周晓彤火辣辣的眼睛,竟不知如何回复。

过了一会儿,张子帆才磕磕绊绊地说:"我,我已经……"

周晓彤没有听完张子帆的话,就说道:"我想也是,那,好吧……再见!"

话还未说完,周晓彤就转身往楼梯口走。张子帆看到了她背后的手里还紧紧地握着一封尚未开启的信。

张子帆看周晓彤走下楼梯，愣了好一会儿，才清醒过来。他回到教室里，见李小莫正冲着自己笑。

张子帆突然有些心虚起来，问道："你笑啥？"

李小莫两只眼睛狡黠地眨了眨，说道："你知道啊。"

张子帆嘴硬地说道："我不知道。"

李小莫冲着张子帆翻了一个白眼，说道："你就老实交代吧，是不是有人仰慕我们的大诗人？"

张子帆有些不好意思地狡辩道："仰慕我的没听过，仰慕你的倒是不少。"

李小莫顺着张子帆的话说道："比如？"

"我啊！还有我们班的小陆，还有……还有去年那位弹钢琴大帅哥。"张子帆脑子里突然想起了武哲，还有他们之间的误会，脸上闪过一丝尴尬。

"都什么啊，我怎么不知道。"李小莫一面开着玩笑，一面心里诧异着，她没想到张子帆还记得武哲。

"等等，不对，怎么扯上我了，不是在交代你的问题吗？"李小莫才发现张子帆已经成功转移了话题。

张子帆把画过的考试重点摆出来，做最后一遍温习，还不忘给李小莫补习一下。他看见李小莫认真思索的模样，一种幸福的感觉油然而生。

张子帆知道李小莫一定是看到了周晓彤告白的情景，但李小莫并没有生气，反而以开玩笑的方式缓解了他的尴尬。

张子帆想，或许李小莫早已成为他生命中重要的一部分，无论现在，还是未来。

正当两人在谈论一道题时，门口又有一个女生来找张子帆。

李小莫故作吃惊状，盯着张子帆。

张子帆显出一副无辜的表情，"今天这是怎么了？"张子帆喃喃自语道。

张子帆走出教室，才知道是王志平老师的助理来找他，说是钢铁厂那边的人来找张子帆要照片底片。

张子帆想了一下，明白钢铁厂的人是要自己拍的偷钢扣之人的照片。于是，他赶紧回到宿舍找到了底片，小心地交给了对方。

随着元旦的来临，最后几门考试也结束了，学生们这才终于放松下来。等拿到成绩单，他们也就可以离校过寒假了。吴越甚至没有等成绩下来，就已经离校了。

李小莫和张子帆走在学校的路上，问道："考得怎么样？"

张子帆对着手哈了哈气，狡猾地说："你猜猜。"

李小莫无趣地说："我又是明知故问了。"

张子帆轻松地笑了起来。对于考试，他信心十足，他是整个班里学习最用心、最刻苦的，过去的几次考试，他都是班级第一名，这一次应该也不会例外。

李小莫看着张子帆一副满不在乎的样子，问道："你为啥那么平静，一点儿高兴都看不出。"

张子帆辩解道："平静吗？我挺高兴的啊！"

大一那会儿，张子帆得知自己的成绩后，兴奋得手舞足蹈，对比现在的表现，他确实平静多了。这种感觉倒是和吴越一样，对于考试的结果，已经有了自己的认知，也就不会为考试担心或高兴了。

李小莫不甘心地说："是不是要庆祝一下？"

张子帆看出李小莫的心思说道："你说，我满足就是。"

李小莫假装想了一下,说:"嗯,让我想想……那过两天你送我去火车站吧。"

张子帆皱着眉头说:"这算啥庆祝。"

李小莫盯着张子帆,威胁着说:"那你答应不?"

张子帆立马答应了下来,说:"没问题,不过我们还是庆祝一下吧!"

李小莫开心地笑着说:"走,请我吃酸辣粉去。"

"走着!"

李小莫计划好了回家的时间,张子帆帮她去买火车票,她开始收拾行李,还去市里给父母买了点儿铜城的特产。

张子帆去学校的火车票代售点排队买票,长长的队伍里有几个隔壁宿舍的同学。看到了张子帆,有同学随口问道:"子帆,你也准备回家?"

张子帆回答:"不,我帮别人买的。"

几个人顿时奸笑道:"帮李小莫买的吧?你俩这关系,可以呀!"

张子帆平时听惯了大家的调侃,也没有不好意思:"你看这队排得,你好意思让女生来受这苦。"

几人还不打算放过张子帆,说道:"那你走吧,李小莫的苦,我们哥几个帮她受。"说完,他们哈哈大笑起来。

张子帆无语地看看他们几个,说:"快买票吧,到你们了。"

张子帆买好了火车票,还特意留意了一下从铜城到海城的票。然后,他又去买了一些新鲜的橘子,一并给李小莫送去。

一个学期结束了,女生宿舍楼也不再是男生们的禁地了,宿管阿姨也是睁一只眼闭一只眼的,好多男生都在里面进进出出,帮女生们搬东西。张子帆也趁机钻了进去,直奔李小莫的宿舍。

李小莫的宿舍门半掩着，张子帆敲了敲门。

李小莫也没有抬头，说道："请进。"李小莫见是张子帆，有些惊讶地问，"咦，你怎么进来的？"

张子帆站在女生寝室的门口，显得有些拘谨："你们这块禁地已经开放好几天了，欢迎不？"

李小莫放下手里的浅蓝色棉衣，说道："我当然欢迎，她们欢迎不欢迎我就不知道了，不过她们正好都不在。你就赶紧进来吧。"

"那太好了。"张子帆这才敢大大方方地走进来。他将手上的东西递给李小莫，"你的火车票。还有些橘子，火车上干燥，给你补充点儿水分。"

李小莫接过东西，说："谢谢，我就不跟你客气了。"

张子帆不依不饶："那你还说谢谢。"

李小莫对着张子帆甜甜地笑了。

张子帆这是第一次进女生寝室，发现女生的宿舍跟男生的宿舍果然有天壤之别。六个床铺上的被子叠得跟豆腐块一样，地板上干净得能把灯光映出来，书桌上零零碎碎的东西摆得恰到好处，窗户上、帘子上都贴满了各式各样的小花，天花板上还有一幅大大的星空图案。

李小莫看张子帆傻傻地盯着各处看，就主动给他介绍起来。

"这是刘雨的床。"李小莫指着靠近门口的上铺说，"她回家了，你来之前，她刚走。"

刘雨的床上空空的，除了被子什么也没剩下。

李小莫依次介绍说："刘雨的下面是小雨的床铺，对面是陈雨珊的床铺……"陈雨珊的床上放着好些东西，暖水袋、手套、围巾。"这都是他男朋友送她的。"李小莫补充道。

"这是我的地盘。"李小莫指了指最里面的一个床位说道。

其实，张子帆一进门就知道了李小莫的床铺位置，这并不难猜。床铺倒是没什么稀奇的，唯一不同的就是床铺对面的墙上贴着一幅画。

画里有一个高高的石梯，蜿蜒向上。石梯两边是高耸茂盛的树林，把路边的几盏小路灯都快遮住了。图画的中央，一个男孩和女孩站在石梯上，并排着，女孩的裙角翘起来一些，男孩侧着脸对着女孩像是在说话。两人的背影显得渺小、快乐而伟大。

张子帆知道这是李小莫画的，他盯着这幅画看了很久。

要不是李小莫的室友陆续回来了，他都舍不得离开了。他有种感觉，李小莫画里的地方就是他梦想的家。

临走时，张子帆和李小莫约好第二天中午送她去火车站的时间，便不舍地离去了。

张子帆到了楼下，看到刘雨正拎着两大包东西站在路旁，背上还背着一个沉沉的包，神色不快地左顾右盼，脸冻得通红。张子帆猜测，她肯定是在等人。

刘雨也看到了张子帆，张子帆便不好躲着，于是问道："你是……回家吗？"

刘雨点点头说："嗯。"刘雨瞟了几眼远处，对张子帆说道，"你能送我去车站吗？"

张子帆疑惑地说："宋书平呢？"

"别提他了。"刘雨的表情愤愤的，好像有些不高兴。

张子帆见刘雨手上那么多东西，天又冷，于是就接过刘雨的包，陪她去学校外的公交车站。

本来刘雨和宋书平电话里约好的，宋书平在女生宿舍楼下等她，送她回家。但当她收拾好东西到楼下后，却迟迟不见宋书平的人影儿。手里拿着一堆东西，要不是看到张子帆，刘雨还不知道怎么办呢。

此时的宋书平被母亲的电话困在了寝室里。他的父母大吵了一架，还差点儿动了手，当妈的无处说委屈，只能跟亲儿子唠叨几句了。

宋书平心里很焦急。从母亲的话中，宋书平得知父亲被调离了原来的岗位。事情发生后，父母的心里都不好受，宋书平也只能听母亲的哭诉与抱怨，却忘记了还有人在等他。

等宋书平意识到，匆匆地挂了电话，跑到楼下，却发现刘雨已经走了有一会儿了。

张子帆和刘雨安静地朝公交车站走去，谁也没说话。

张子帆觉得有些尴尬，打破了沉默，问道："你和宋书平还好吧？"

刘雨听到这话，反问道："什么叫好？"

张子帆不知如何回答，开始后悔自己的唐突。

刘雨接着问道："你跟李小莫还好吧？"

张子帆大方地回答："挺好的，我们是朋友。"

刘雨想了一下，说："我听说她好像要出国？"

张子帆心里顿时一惊，但依旧淡定地说："没有听她说过。"

刘雨疑惑地说："没跟你说过吗？她在电话里跟她爸妈讨论过好多次。"

张子帆也不知道刘雨突然对他说这话是什么意思，这让张子帆陷入了沉思中，好长时间他都没有说话，直到刘雨等的车来了。

张子帆看着刘雨手上的包，说："要我送你到家吗？"

刘雨说："不用了，我可以。"

"那好。"张子帆帮着刘雨把包拎上车,又给她找了一个座位。

"你快回去吧。外面好冷。"刘雨靠着座位,对张子帆说。

"好的,你小心点儿。"张子帆下了车。

"张子帆,谢谢你。"刘雨在车上对张子帆喊道。

"新年快乐。"张子帆朝车上的刘雨挥手。

第二天,张子帆送李小莫去火车站。夕阳西下,远处火红的云彩把火车站渲染成一片梦境。

李小莫望着正在徐徐下沉的太阳,感叹道:"真美!"

张子帆和李小莫此时正站在火车车厢的连接处,火车的笛声"呜呜"地响起。还有几分钟李小莫就要上车了。

张子帆突然想起刘雨昨天跟他说李小莫出国的事儿,他不禁感慨道:"你有没有觉得,黄昏和白天的交替让人有种失落的感觉。白天的热闹结束,到了黄昏,一切都安静下来。就好像是我们的学校,开学了,热热闹闹,放假了,整个校园就又安静下来。可是太阳下山后,明天还会升起,知心的伙伴分离后,却不知道还能不能再见到。"

李小莫不知道张子帆这样的情绪从何而来,她说道:"有些东西是会不在的,但有些东西一定会永远存在。"

张子帆点了点头,应道:"嗯。"

"那我要走了。"列车员在催上车的乘客,李小莫感到一丝离别的味道。

"再见了!"张子帆说。

"再见。"李小莫回道。

说完,李小莫便上了火车。火车开动了,她站在门口,朝慢慢远去的张子帆不停地挥手。

第二十七章　漂洋过海来看你

丽州的天气更冷一些，尤其到了年关。李小莫家的暖气烧得足足的，但她还是感觉很冷。她把暖手袋搁在书桌旁，时不时地暖和一下手。

此时，她坐在画架前，手里握着酒红色的颜料笔，在线条的交接处，由浅入深地描摹出画面的层次。

屋外，天色已经暗下来了，客厅里传来父亲的声音。李小莫从门缝里挤出一个头去，冲父亲做了一个鬼脸，笑道："爸爸回来了！"

李小莫的父亲李长风把大衣脱下，换上马甲："你躲在房间里弄些啥？也不帮你妈做饭。"

"等她帮忙，黄花菜都凉了。"徐凤英还在厨房里忙着，餐桌上已经有几个菜了。

"这才叫专业分工嘛，优势最大化。"李小莫朝厨房叫着，凑到餐桌前，正想捡一块肉吃，才发现自己的手上全是红红绿绿的颜料。

"别贫了，喊你爸爸吃饭了。"妈妈把烧好的羊肉汤盛了出来。

一家人其乐融融地吃起了晚餐，电视里传来拜年的声音，新年的味道越来越浓了。

"妈妈，明天中午别做我的饭了，我要出去跟同学聚会。"李小莫下午刚跟高中同学约好明天聚会的事儿。

"不行，你忘了明天你哥回来，说好了一起去机场接他。"妈妈嫌弃地瞪了李小莫一眼。

"妈妈，哥就交给你们了。"李小莫像一个温顺乖巧的孩子，撒起娇来。

徐凤英呵斥道："你这孩子，昨天不说好了吗？"

李小莫拉着徐凤英的手，撒着娇说："这不是同学聚会嘛，一年就一次。"

徐凤英不为所动地说："你哥也一年没见到了。"

李长风只顾吃饭看电视，他对娘儿俩的家常琐事根本不在意。他知道徐凤英到最后肯定会依了李小莫，索性也不掺和。

但说起李小莫的哥哥，李长风突然想起了什么，便把筷子放下，抿了一口酒，说道："闺女，你出国的事儿，我已经想办法咨询过了，可以走'2+2模式'，其他没什么大问题，你哥在那边也可以有个照应，现在就看你的意见了。"

李小莫一下子变得严肃起来。她把身子坐直，回复道："爸，不急，我还没想好呢。"

李长风听见李小莫的回答，有些疑惑地说："你不是……之前一直想着出国去见见世面吗？"

李小莫有点儿不好意思地说："之前是之前，现在是现在，什么东西都是在变化的。"她说话的声音小了好多，她知道因为这事没少麻烦父母。

"你爸爸因为你这事，可是没少折腾。"徐凤英看着女儿的神色，心里在猜测，是什么让女儿在出国的事情上犹豫了呢？

"对不起,爸爸,再让我想想吧。"李小莫用筷子夹起一大块羊肉,放到爸爸的碗里,讨好地笑着。

李长风叹了口气,说:"这也算大事,你要想清楚。爸妈能做的,也就是给你多创造机会了。"

李小莫顿时高兴起来,说道:"谢谢爸妈,再给我点儿时间,我会想清楚的。不过现在呢,我们应该把妈做的饭吃完。"

徐凤英忍不住抱怨道:"这孩子。"

吃完饭,李小莫帮着徐凤英收拾厨房。

徐凤英想起之前的电话,于是向李小莫问道:"是不是他让你动摇了出国的想法?"

虽然徐凤英一直在关注李小莫和张子帆的事儿,但他们俩含含糊糊的关系,让她以为女儿还不至于受感情左右,而今天李小莫突然在出国这件事上一反常态,让她吃了一惊。

"我不知道。"李小莫的脸上露出忧郁的脸色。

"你怎么能不知道呢?你这不是让我担心吗?"妈妈干脆把碗筷放到一边,直直地看着李小莫。

"我真的不知道,我只确定,我没有之前那么渴望出去了,甚至觉得留下来挺好的。"李小莫也有些迷茫。

"那不说出国了,你跟他到底怎么回事?都这么长时间了。"徐凤英把水池里的泡沫搅得四处乱飞。

"妈,这事你就不要再问了。"李小莫有点儿不耐烦地说。

"好好好,我不问了。"没过多久,徐凤英又忍不住问起来,"那明天的聚会,武哲去吗?"

李小莫对于徐凤英的话顿时有些反感,说:"妈,你以前不这样啊,怎么现在越来越像小老太太了。"

"你妈我是真老了。"徐凤英一边说，一边还不忘侧着脸，对着窗户的玻璃照了照。

"真拿你没办法，听说他也去。"李小莫叹了口气。

"他怎么样？这孩子也不容易，自从他爸……唉！他还对你有……"徐凤英一听说武哲也去，心里不免有些别的想法。

李小莫赶紧打断了徐凤英的话："他现在挺好的，早就走出来了，听说还……"

突然，屋里的电话铃声响了起来。

李小莫想着可能是高中同学打来的，丢下手里的碗筷就跑出去接电话。

刚接了电话，徐凤英就听见李小莫在屋里像只受惊的兔子一样窜来窜去，洗手擦脸，飞快地拾掇这儿拾掇那儿的。

"妈，我出去一趟。"李小莫在门口一边穿鞋，一边大叫道。

徐凤英忍不住问道："你干吗去？"

"同学聚会。"

"不是明天吗……"徐凤英的话还没说完，就听到"砰"的一声，门就关上了。

李小莫的家住在三楼，她顺着楼道下了楼。屋外的空气凛冽异常，小区里两排白杨树此时被风刮得东摇西晃，小区门口有几个商贩正忙着做生意，远处不时响起鞭炮的声音。

李小莫急急忙忙地跑到小区门口，看见张子帆站在那里，一双干净而疲惫的眼睛，盯着李小莫看，嘴角扬起微笑。

李小莫不敢相信眼前的一切，她几乎是跳着步子来到张子帆的面前。

他们俩中间隔了一米远的距离，李小莫问道："你怎么来了？"

张子帆笑着说:"我来看看你。"

李小莫有些感动,眼角泛出淡淡的泪花儿。

李小莫再上前一小步,她把围巾摘下来,要给张子帆围上。

"我不冷。"张子帆拒绝道。

"你可不要担心我冷啊。我们本地人早就习惯了,零下三十度都受过的,我们感觉不到冷。"她边说边给张子帆围好。

"还蛮帅的。"李小莫看了看自己的成果,张子帆也乖乖地听她摆弄。

李小莫心疼地问道:"你没吃饭吗?"

"还真有点儿饿了。"张子帆"咯咯"地笑。

李小莫忍不住说道:"傻瓜。"

"走,到家里去。"李小莫拽着张子帆的胳膊往小区里走。

张子帆被李小莫的举动吓得直摇头。李小莫知道这不好勉强,就招呼了一辆出租车,要带他去丽州著名的小吃街吃东西。

"你是怎么过来的?"李小莫靠在张子帆的肩上。

张子帆从兜里摸出一张火车票来,给李小莫看了一眼。

李小莫看了一眼车票,忍不住惊呼:"你坐了二十七个小时的火车,就是为了来看我啊!"

张子帆有些不好意思地说:"我就是想来看看你。"

听到张子帆的回答,李小莫的眼眶又湿润了。

他们俩坐在车上,谁都没有说话,只顾回味此刻的幸福。

到了小吃街,李小莫给张子帆要了一些丽州最特色的小吃,还有一些烤羊肉串。她自己也在一旁陪着吃,即使她在家里已经吃过了。

"我来看看你,就走。"张子帆一边大口吃着,一边告诉她后续的安排,"我买好了半夜的票。"

张子帆把票拿出来,李小莫一看,发现是早上四点从丽州至海城的火车。

李小莫忍不住责怪道:"干吗那么急?"

张子帆说:"快过年了。"

两人吃饱了东西,时间已经八点多。丽州是古城,李小莫带着张子帆到古楼附近逛了逛。

城墙上此时已经没有人了,但城墙上的红灯笼照得两人的气氛也有些暧昧,他俩慢慢走着,影子被拉得老长。

李小莫开始哼起歌来,张子帆也和着唱。

> 那南风吹来清凉
> 那夜莺啼声细唱
> 月下的花儿都入梦
> 只有那夜来香
> 吐露着芬芳……

走在古老的城墙下,张子帆心里想着:她就出生在这样一个地方,这样一个深邃、厚重、神秘、庄严的城市,她就是这个城市映照下的倒影。如果我爱她,那么,我也定爱这个城市;如果我爱她,那么,我也渴望走一遍她走过的路;如果我爱她,那么,我不远万里只为看她。

张子帆突然想去李小莫的高中看看,李小莫欣然应允。

两人一路步行来到李小莫的学校,那是一个比能源大学小得多的校园。校园的建筑厚重古朴,树少一些,灯暗一些,路窄一些,地面潮气重一些，但却像一段封存的老照片，在岁月的长河里熠熠生辉。

张子帆听李小莫讲述自己高中时的趣事，一边听，一边在心里还原她说的场景。

张子帆突然间觉得，自己与李小莫之间的距离变得更近了，他把自己幻化成另一个李小莫，迷失在美丽的夜色里。张子帆情不自禁地说：

> 北方的冬天真美啊
> 你就像北方的冬天
> 蔚蓝而冷冽
> 好想与你一起
> 走进城市的巷落
> 我爱你昏黄的灯火
> 忧伤的冷风与往事华年

不知不觉间，时针指向了十二点。天空中飘起了雪，天气越来越冷，张子帆感到李小莫的身体在发抖。

张子帆说道："我该送你回去了。"

"不，我要陪你。"李小莫知道父母肯定还在家担心她，可她顾不得那么多了。

张子帆怕冷着李小莫了，说："外面太冷了。"

李小莫不愿意回家，张子帆只好找了一个宾馆住下来，余下的时间可以坐在被窝里暖和一下了。

宾馆房间的氛围很奇妙，让人有点儿不好意思。张子帆和李小莫蹲坐在床上，被子盖着半个身子，互相暖着手。

房间里只有电视的声音，此时正播放着《白桦林》。

张子帆想起，大一国庆的班级聚会上，李小莫唱的就是这首歌。现在，在这么一个特殊的时刻，电视里又播放着这首歌，这真是太奇妙了！

其实，张子帆也知道，这只是一个偶然，并不会有任何的象征意义。这些偶然随时随地都在发生，不经意间就过去了。如果不是李小莫，张子帆也不会注意到电视里播放的是什么歌曲，但不管是不是偶然，《白桦林》已经成为张子帆和李小莫心中特殊的歌曲，永远也忘不了的歌曲。每当张子帆听到这首歌曲时，他的心里就会莫名地开心。

可能是觉出宾馆的气氛有些尴尬，李小莫开始和张子帆聊丽州的小吃、古城墙……聊完了地域文化，李小莫又开始聊自己童年的趣事、好朋友等等，张子帆就安静地听着。

不知不觉，李小莫困得趴在膝盖上睡着了，迷迷糊糊地还问了一句："子帆，你过来就只是为了看看我吗？"

张子帆看着睡去的李小莫，内心的暖流一阵阵地涌上来，他从未感觉如此幸福过。

丽州至海城的火车开动了，张子帆和李小莫又短暂地分别了，但丽州的一切，都美好地刻在了张子帆的心里。

第二十八章　将就的爱，凑合地过

　　新的一年开始了，张子帆从海城过年回来，看到许久没见的同学，心里却没有初见时的兴奋。可能是彼此过于熟悉，过去让他们惊喜的东西似乎变得理所当然了。

　　这次返校，张子帆发现手机在同学们中间变得越来越常见，手机似乎已经不再是一个稀奇的东西了。

　　李小莫的哥哥过年从国外给她带回来一个最新款的手机作礼物，可她坚持不带到学校，让她哥哥摸不着头脑，直感叹妹妹是越来越奇怪了。

　　其实，有谁不喜欢手机呢？但李小莫知道，张子帆是不会用的，如果她带着手机来到学校，这多少会给张子帆带来压力和困扰吧。

　　宿舍的姐妹问李小莫为啥不买个手机，她总是笑嘻嘻地回答："我还是觉得十元一张的电话卡比较适合我。"

　　有了手机，同学们都乐滋滋的，还没有的人也可以沾沾光。就在大家兴奋地炫耀新年的收获时，有些人却开心不起来，比如，宋书平和刘雨。

张子帆听同学们在传，说宋书平的父亲被钢铁厂开除了。这当然是传言了，不过宋国清确实被调离了原来的岗位。

这次的调岗，让宋书平一家三口有些难过，尤其是宋国清。他在钢铁厂工作了大半辈子，就这样被调离了，这理找谁说去。

宋书平的母亲也受到了这件事的影响，在厂里天天抬不起头来，还被厂里一些好事的人针对。宋国清在家闹了好一阵子的情绪，一家人年都没过好。钢铁厂刚一开工，宋国清就想着找厂里的领导，看看这件事还有没有转圜的余地。

但让宋国清万万没有想到的是，不仅他被调离了原来的工作岗位，就连钢铁厂的董事长都换人了。

新年刚过，省里针对钢铁厂的人事调动文件就下来了，原来省矿业公司的董事长刘金辉担任钢铁厂的新任董事长，原钢铁厂的董事长牛大庆暂时被任命为矿业公司董事长，两个省里最有名的能源企业一把手被互换了。刘金辉新官上任，第一道命令便是暂时中止所有的人事变动。

宋国庆再清楚不过了，他这件事，要是再搁置一段时间的话，就什么都晚了。可是新董事长的命令一下达，厂里的人谁还敢帮他。事已至此，宋国清的老脸虽然丢了，但生计还得要啊，他也只好等等看了，或许过阵子还有转机。

宋国清的事也不知道是怎么传到学校来的。眼看着流言四起，宋书平觉得自己很没有面子。他尝试着解释，可要堵住悠悠众口显然是不可能的，见自己的解释没有效果，他也只好忍着不发了。

刘雨的父母也早早知道了这个消息，去年他们就明显感觉到自家的生意越来越难做了。刘雨母亲好几回都想着能借着宋国清的关系，接点儿钢铁厂的业务。她也和刘雨说了好几回这件事，可刘雨直接把她的想法无视了。刘雨母亲自个儿也觉得，两家的关系还未到时候，也就没有硬逼着刘雨去做这件事。

可没想到，宋国清居然被调岗了，这让刘雨一家也有些猝不及防。

刘雨母亲私下和刘雨父亲嘀咕："原本想着以后两家人合成一家了，宋家也算是一个靠得住的家庭，现在可好了，宋家的顶梁柱倒了，你说我们小雨嫁过去，不是要跟着吃苦了吗？"

刘雨父亲并不像刘雨母亲那样紧张，他淡淡地说："没那么严重，听说只是换了岗位。"

刘雨母亲瞪了一眼刘雨父亲，说："宋国清这个岁数正是往上升的时候，结果不但没上，还被打入了冷宫，我看八成是没希望了。"

刘雨父亲无奈地说："你操人家的心干啥，过好自己的日子就行呗！"

刘雨母亲一副恨铁不成钢的模样，说："我不该操心吗？我也是为咱家，为小雨着想。不行，我得去提醒一下小雨，让她再好好考虑一下。"

刘雨父亲拉住了刘雨母亲，说："小雨的事，我看我们还是少管些吧。"

刘雨父亲的话顿时刺激了刘雨母亲。她转过头看着刘雨父亲，说："都像你一样，这个家还怎么过下去？"

刘雨父亲见刘雨母亲面露怒色，赶紧说："你看你，一说就急。行行行，都听你的，都听你的。"

当刘雨母亲和刘雨说起这件事时，刘雨的脑子里一片空白。她突然觉得有点儿无聊，想跟妈妈说点儿啥，转换下话题，却又不知该说什么。

其实，刘雨不是不知道母亲的意思。她在学校里也听到了一些关于宋家的议论，她有点儿心疼宋书平，想着他家也怪不容易的。

为了安慰宋书平，刘雨亲自在家里包了一盒茴香饺子，带给宋书平吃。可宋书平也真是个木头，不仅没有理解刘雨的用心，还嫌弃饺子难吃，让刘雨气不打一处来。

宋国清虽然被安排到了闲职上，天天净是喝茶看报，但依旧心系厂里的业务，不时找原来的下属了解厂里的情况。从大家的议论中，他分析出这次的人事调动可能并不简单，一定有什么更为要紧的动作，所以自个儿的事儿索性先放一边，静观其变。

时间一长，关于宋国清的闲言碎语反而渐渐消失了，反而是宋书平和刘雨的关系出现了一些问题。周围的同学很快也察觉出二人的不对劲儿。

本来两个人只是有一些小摩擦，也不会发生什么大事。刘雨想着，再过不久，便是自己的生日，二人一起过个生日，缓和一下关系。

生日当天，刘雨的闺蜜沈小雨本来要给她过生日，但刘雨想着宋书平应该会来找她，就给拒绝了。

虽然刘雨跟宋书平谈恋爱快两年了，但这样重要的日子她还是有所期待的。可是都快到吃晚饭的时间了，宋书平却还没有联系她。

沈小雨见刘雨还没有离开寝室，忍不住问道："怎么，你们俩还没出去呢？"

刘雨只好说道："哦，马上了。"

刘雨主动打电话过去问，结果宿舍的于森告诉她，宋书平去网吧上网去了。

第二十八章　将就的爱，凑合地过

刘雨心中的怒火顿时燃起，过了一会儿，怒气变成了失望，然后又变成了无奈。她决定自己去找宋书平。

刘雨来到了网吧，看见宋书平正戴着耳机玩游戏。她走过去，在宋书平旁边的机位上坐下来。

宋书平见刘雨来了，斜着头跟她打招呼："你怎么来了？"然后一只手继续滑动着鼠标，一只手扔过去一张网吧会员卡，"里面还有钱，随便玩。"

此时，刘雨已经平静下来了，其实她早已经习惯了，只怪自己又产生了期待。她看了一眼网卡，心里想着不玩白不玩，便打开电脑玩起 QQ 来。

刘雨刚登上 QQ，聊天栏里弹出一个小窗口，上面写着"生日快乐"，一只小企鹅手里捧着生日蛋糕欢快地跳着舞。

刘雨关掉了对话框，嘴里忍不住"哼"一声。

刘雨把 QQ 上每一个好友的签名都认真看了一遍，又把自己的备注换成了新的，随后打开邮箱瞅了瞅。差不多一个小时过去了，这期间宋书平没有跟她说过任何话，就仿佛她不存在一样。

刘雨感到无聊极了，网吧里到处荧光闪烁，玩游戏的男生不时传来一声吼叫。刘雨感觉这根本不像真实的世界，更让人生气的是，她还闻到一股臭烘烘的味道。

刘雨转头看看宋书平，发现宋书平正在忙着操纵着电脑上的人大杀四方。她顿时失落极了，也失望极了。

刘雨想起母亲跟她唠叨的话，突然有点儿痛恨面前这个熟悉又陌生的人。

刘雨把电脑关了，把会员卡放在宋书平旁边，对他轻轻说了一句："我们分手吧！"然后站起来就走了。

宋书平轻轻地应了一声,继续砍杀着,半晌才反应过来。他把耳机摘下来,回了回神,才冲出门去。

宋书平小跑过去,揪住刘雨的胳膊,紧张地问:"你刚说什么?"

刘雨用力甩开宋书平的胳膊,继续往前走。

宋书平又追了上来,抓住刘雨的胳膊,语气中带着愤怒:"你什么意思啊?"

刘雨这才转过来,看着宋书平,用淡淡的,却充满蔑视的口吻说:"分手。"

宋书平愣了一下,然后不知所措地问:"为什么?"

刘雨停顿了两秒钟,又自顾自地朝前走去。

宋书平急忙抓住刘雨的包不放。

"你放手!"

"我不放。"

"放手!"刘雨大声喊道。

宋书平还是不放手。

刘雨被宋书平的举动激怒了,她歇斯底里地说:"好,我告诉你为什么。我从来就没有喜欢过你!你知道我们有多无聊吗?我受够了!受够了!"

听刘雨这样说,宋书平把手松开,情绪也跟着激动起来:"行,行,你行!你是不是还喜欢他?"

刘雨觉得宋书平实在是不可理喻,"哼"了一声没有回答。

宋书平见刘雨不说话,声音反而更大了:"我就知道你还喜欢他。没想到啊,我还是比不过他。"

"疯子!随你怎么说!"刘雨觉得宋书平这话很搞笑,转身就走,仿佛和他多待一秒都是痛苦。

宋书平突然上前抱住刘雨，说："对不起，对不起。"

刘雨使劲儿挣脱开，转过身来，对宋书平说："宋书平，你觉得我们在一起真的快乐吗？"

宋书平听见刘雨这话，无异于宣布他俩感情的死刑，但他却无从反驳。

宋书平无奈地退了两步，口中念叨着："呵呵，我就是个傻子。我就不该跟张子帆抢，一个穷学生有什么好牛的，还总摆出一副啥都不在乎高高在上的模样。"宋书平越说越激动，身子忍不住发抖，"我以为我追到你，我就能比他强，可我追到你了，他还是满不在乎。你没有爱过我，我也没觉得快乐……"

刘雨听到这里，实在听不下去了。她从来没发现，跟自己恋爱了快两年的宋书平，原来还有这么阴暗的想法，即便刘雨知道宋书平说的可能是气话，但还是有一股说不出来的味道涌上她的心头。

刘雨不想再听宋书平说下去了，她转过身，朝着学校大门跑去。

刘雨眼泪从眼眶中汹涌而出，她知道自己与宋书平之间要说爱与不爱，实在是过于矫情，她现在想的是两年的时间值与不值的问题。

刘雨的心里难过极了，她不知道自己该去哪儿？她想找个人说说话儿，可是找谁呢？想到自己这副样子，也不好意思去和寝室的人说，她想起了张子帆。她曾经暗暗发过誓，再也不私下找张子帆了，可此时此刻，想要找一个可以倾诉的对象，她却又想到张子帆了。

刘雨不知不觉走到了学校图书馆，她看到张子帆正在书架上找书，夕阳照在张子帆身上，整个画面显得温暖祥和。张子帆找到书便找个位置坐下，认真地读起来。看到张子帆这个样子，刘雨有些心酸。

刘雨尽力使自己的眼泪不流出来,看着曾经跟她关系不同一般的男生,她想跟他说说话,可是一切都回不去了……

我曾经心里有你,只可惜我们是不一样的。

刘雨退出了图书馆,一个人在校园里游荡,很晚才回到宿舍。

刘雨原本以为经过这件事,她和宋书平的关系走到了尽头,可现实就像一场电影,在放映没结束的时候,谁也不知道结局是什么。

没过几天,沈小雨知道了刘雨和宋书平的事。她把宋书平臭骂了一顿,又专门花了半天工夫开导刘雨:"我已经叫他来跟你道歉了。"

"不是这个事儿。"刘雨还是很伤感。

"我知道,我还能不知道吗?我是过来人了,两个人在一起,哪有不吵架的。但吵架归吵架,不能分手啊。"沈小雨拿出她情圣的样子来。

刘雨叹了口气,说:"小雨,你不知道,我跟他在一起真的已经没有快乐了。"

沈小雨一副知心大姐的模样,老气横秋地说:"我可跟你说,这人啊,跟谁在一起都会遇着不顺心的事儿,尤其是我们女孩,总是爱幻想,老是会觉得如果换一个人可能会好得多。但是哪有那么好的事儿,你换成白马王子照样有很多不顺心的事儿来烦你。"

刘雨忍不住说道:"你说的我懂,可是……"

"哪有那么多可是!"沈小雨直接打断了刘雨的话。

"我有时候在想,当我们老了,回顾这一生,你会不会为不情愿的人和事忙碌、奔波、厌恶……却没有勇气为自己喜欢、感兴趣的东西改变过,从而感到懊恼?"刘雨慢吞吞地说完了她这两天一直在思考的问题。

刘雨的话把沈小雨弄糊涂了,她半天没有反应过来。

"你别说那些没用的!你就老实告诉我,你是不是真的喜欢张子帆?"沈小雨眼睛盯住刘雨。

刘雨不假思索地说:"你说什么啊!怎么可能!"

沈小雨用盘问的语气说:"一丁点儿也没有?"

刘雨看着沈小雨的眼睛,淡定地说:"我们俩本就是完全不一样的人,怎么可能走到一起呢?"

"好吧,我就相信你一回吧。"

"去你的。"刘雨终于露出了笑容。

"人啊,对于自己所拥有的往往不以为然,对于自己得不到的却始终郁郁寡欢。"沈小雨意味深长地感叹道。

很显然,沈小雨的劝说和安慰慢慢地瓦解了刘雨想要分手的想法,再加上宿舍其他几个姐妹的感情都那么稳定,刘雨也不想成为大家议论的对象。

随着刘雨放宽了心情,沈小雨又陪着宋书平一起和刘雨吃饭。席间她在旁边使劲儿撮合,宋书平拿出他惯有的唯唯诺诺、认错赔礼的模样,总算是把刘雨哄笑了。

第二十九章 福无双至，祸不单行

这学期开学，不仅宋书平与刘雨之间出现了问题，就连吴越的表现也有些怪。

张子帆发现，回到学校后的吴越好像很不安。

吴越上学期期末考试有两门不及格，这直接影响到他的毕业。学院通知他，要他家属来学校。两门必修课不及格，这可是硬线，即使再不在乎的人，也不能拿自己的毕业开玩笑。

吴越本想找父亲出个面，解决一下这个问题。可是，他父亲现在也是烦事缠身。比较起来，宋国清的事简直就不值一提，所以当大家议论宋书平时，吴越一直没有多说一句话。他隐隐地感到，这样的境遇或许哪天就落到他头上了。

吴越虽然平时爱给父母惹点儿麻烦，但现在是家里的关键时刻，他不能再分父母的心了。所以，无论学院里老师怎么施加压力，他都默默地挺着。

吴越几次主动打电话回家，想通过妈妈探探底儿，可要么找不着人，要么就是母亲一个劲儿地叫他安心读书，不要操心家里的事儿。

第二十九章　福无双至，祸不单行

不仅家里的事让吴越闹心，还有卢慧也让他烦恼。他是真猜不透卢慧这个人，卢慧从未承认过是他的女朋友，但卢慧又不拒绝他的感情投入。

有一次，吴越和卢慧见到了王义，吴越介绍说是自己的女朋友，可卢慧直接踢了吴越一脚，义正词严地说："谁是你女朋友！"

每当吴越想卢慧时，卢慧总是不见人影，可当吴越就要把她忘记时，她的短信又恰到好处地过来了。

这些在吴越看来似乎是欲擒故纵的把戏，过去他自个儿也玩得熟练，可现在他却怎么也看不透、解不开。

我想，她是爱我的。吴越只能在心里这样跟自己解释。

可卢慧到底是什么样的人？这么久了，她的一切吴越似乎依然全然不知。

想到这里，吴越忍不住自嘲道："哼哼，活该！"但转而一想到卢慧的模样，"她是一个有魅力的人。"他这样安慰自己。

一天，吴越又收到了卢慧的短信，约他见面，还附上了详细地址。

吴越把自己收拾得干干净净，买了一束花，就赶了过去。

见面的地址是在一个老旧小区的出租屋里，吴越看这个架势，心里顿时激动起来。他想着卢慧是不是要和他敞开心扉了。

吴越收拾了一下被风吹乱的头发，轻轻地敲了敲门。

门开了，卢慧露出头来，一脸的憔悴，头发散乱着。

看到花时，卢慧微微笑了，把花接过来，放在桌子上，打了个手势，叫吴越进屋。

屋子非常小，一看就是一个单人公寓，屋里乱得跟吴越他们宿舍有一拼，烟酒味很浓，墙上横七竖八地贴着各种画报，有一张吴越认出来了，是崔健的海报，还有几张复古的摩托车画报。

卢慧直接坐在床前的地毯上，低头收拾了一下地上的东西，然后叫吴越过来坐下。

这种氛围似曾相识，吴越好像在哪部电视剧上看过。他慢慢地走过去，坐到卢慧的面前。

吴越小心地问道："这是你家？"

"你看呢？"卢慧反问道。

吴越一时也不知道该说什么，想了一下，问："你家不是在我之前迷路的附近吗？"

卢慧抬头看了一眼吴越，不耐烦地说："你怎么这么多废话！"

吴越顿时不知道该说什么了，只好安静下来，看着面前的卢慧。吴越真是好久没见着卢慧了，她明显憔悴了不少，黑眼圈很重，但还是藏不住她的美。

"你最近还好吧？"要说出这种关心人的话，吴越真觉得别扭。

"吴越，你说，是不是女人的青春一去就完了。"卢慧来了这么一句。

"嗯？"吴越一时没有反应过来。

离开小屋后，吴越想不出是何滋味。卢慧实在让他捉摸不透，甚至感觉有点儿可怕，让人敬而远之；但又有点儿忧伤和颓废，让人想要保护。

不管她怎么想，她就是我的女人！吴越心里暗暗地发誓。

可吴越怎么也没想到，这次见面后，卢慧便再也未在吴越的生命里出现过。吴越找遍了所有她可能出现的地方，可就是没有找到，卢慧如谜一样消失了。

也许这就是命运，吴越注定要在感情的路上遭遇这一切，不管

第二十九章　福无双至，祸不单行

对的、错的，都让他长大成人。

等吴越意识到这一事实时，已经是两个月后的事情了。

期间，吴越给卢慧发了无数短信，都没有回音，打电话也一直处于关机状态。吴越找到了小出租屋，可是里面住的已经不是卢慧了。他甚至还去附近的咖啡馆、酒吧碰运气，可都没有找到卢慧。

吴越又想到卢慧说自己也是能源大学的学生，于是在学校四处询问，却没有人认识卢慧。

人说，一个人死了心要想让你找不到，她就一定有办法让你找不到。

吴越从来没遇到这样的事情，他的心情郁闷极了，像是被捅了几刀似的，一阵一阵的疼。

吴越已经分不清楚，自己是因为真的爱上卢慧而心痛，还是被卢慧折磨而痛苦。

吴越感到自己被耍了，他必须得报复，可别人没给他留下半点儿的机会。也许那天卢慧的沉默就已经是在向他道别了，可是他却一点儿都没有意识到，还兴高采烈地以为他俩的关系要更进一步了。

一连几天，吴越一直在思考，甚至连晚上睡觉都梦见卢慧，他明显有些憔悴了！可更让吴越无法承受的事来了。

吴越的父亲果真出事了，据说他被抓走的时候，没有任何反应，一句话也没有说。倒是吴越的母亲，在家里哭得晕死过去。一时间，一家人方寸大乱。过了两天，还是吴越舅舅打电话过来告诉吴越的。

吴越听完电话后，闭了一下眼，深深地叹了一口气。他一句话也没说，连夜买车票赶回家去。

当吴越到家时，吴越的母亲一个人躺在床上，跟刚刚大病了一场似的。母亲一看到他，眼里瞬时放起了光，稍稍平复的情绪又崩溃了，抱着他大哭起来。

吴越这个时候才体会到家里独子的责任，虽然他还没完全懂事。

看到母亲这副模样，吴越心里很不好受。他摸索着给母亲做了一碗皮蛋瘦肉粥，喂给母亲吃，这是他第一次做饭。

"儿子，爸妈对不起你，你自己要照顾好自己。"吴越母亲看着吴越乖巧的样子，心里更加难受。

吴越安慰母亲，说："妈，你说啥呢！爸爸的情况……没准只是小事。"

"你爸爸他……"吴越母亲说到一半，又哭起来。

"先别想那么多，你的身子要紧……来，把粥喝完。"吴越将一勺粥喂到母亲嘴边。

母子俩在家度日如年，两天时间里只有吴越舅舅来看过他们一次，但没有带来父亲的任何消息，有些市井传言吴越舅舅自然也不会告诉他们。

要说吴越母亲也是一个混迹商场多年的女强人，她知道这事后，却也没有办法，只有走一步看一步了，如果轻举妄动有可能会给这个家带来无法估量的后果。况且她也不想把自己的儿子牵扯进来，要是让儿子看到父母的不堪，那对儿子来说，会是多大的打击呀！她想了想，决定让吴越马上回学校去。

"妈，就让我在家陪着你吧。"家中这种情况，吴越当然不同意母亲的做法。

母亲语重心长地说："家里的事儿本来就没想告诉你的，怕耽误你学习，你舅舅还是……你回来，妈妈已经很开心了。爸爸和妈妈现在最希望的就是你好好学习，你得回去……"

第二十九章　福无双至，祸不单行

吴越见母亲的情绪也平静下来了，又想起这趟回来没请假，就犹豫着准备回学校去。

吴越出门的时候，母亲往他包里塞了一张银行卡："这张卡你好好拿着，是你以后的生活费。以后在学校里多照顾自己……家里的事儿你不要担心……"

说完，母亲把吴越的衣领理了理，眼圈又变得红红的。

这种感觉让吴越受不了，像是离别，又像是最后的嘱托。他只有在心里默默祈祷，希望爸爸的事可以顺利过去，一家人能顺利迈过这个坎。

宿舍的人两三天没见着吴越了，以为他又到哪里野去了，但见他回来时，情绪和状态都特别差，也就没问什么。

吴越本希望爸爸的事能大事化小，可他哪知这其中的事儿远超过了他的想象。

吴越的父亲在审查中很快交代了自己的问题。

要说起吴越的父亲吴川，也算是一个传奇人物。他出生在一个工人家庭，从小长得一副俊朗模样。

吴川的父亲是柳梁市矿务局的技术工人。吴川高中毕业后，一直闲散在家，没想到父亲退休前得了肺病，吴川就接了父亲的班。

因为不懂技术，吴川被安排在行政文职岗位上，工作也就是混混日子打发打发时间，常被抓去文艺宣传部滥竽充数。

这期间一名宣传干事喜欢上了吴川。这个宣传干事就是吴越的母亲。年轻人之间少不了一些风花雪月的事儿，他们很快就处起了对象。

在矿务局的一次对外交流会上，局长被来访客人问到过去一年的煤炭开采量时，脑子突然卡了壳，一时竟想不起来。坐在后排的吴川机敏地告诉了局长，化解了局长的尴尬。从此局长对吴川格外有好感，就把他放在身边当了秘书，并很快入了党。

吴川不仅为人机敏，对数字具有天生的敏感度，还写得一手不错的字。很快，他赢得了局长的信任，加上他的文化程度在局里也算比较高，前途顿时变得光明起来。之后，他便跟吴越母亲结了婚。

不久，矿务局改制，吴川便当上了副总经理，正式进入市委重点考察的干部管理序列。不久之后，他被推荐到干部管理学院进修，结业后不到两年，就被任命为矿务局的党委副书记。

矿务局在吴川的管理下，工作井然有序。没几年，吴川又被任命为市财政局局长，管起了整个市的钱袋子。吴越的妈妈在仕途上倒是没什么大的野心，干脆辞了公职，下海做起了小生意，倒也做得风生水起的。

吴川的仕途来得偶然，上升得迅速，除了一些因缘际会外，他的工作能力是真没得说。财政收入在他的任期内年年递增，而且还为柳梁市建成了一个省级经济开发区。这让他一时间声名鹊起，成了柳梁市里的一号人物。

可也就是在这个过程中，吴川陷入了金钱的欲望里，这其中发生了多少心理的折磨和意志力的斗争我们姑且不去说，总之，吴川是掉进了金钱的陷阱中，直到最近被人实名检举，一朝落马。

第三十章　不能承受的生命之轻

吴越回到学校已经有十来天了,家里始终也没有什么新消息,一切看上去跟过去没有两样。可是他的心情却是紧张而苦闷的,先是卢慧给了他一刀,他还来不及缝合伤口,家里的事又让他牵肠挂肚。

吴越似乎再也不是过去的那个混世魔王了。他茶饭不思,几天下来,人消瘦了好多。

终于,吴越看到了父亲案件的最新消息,是在《铜城日报》上。

报纸上具体写了些什么,吴越已经不在意了,他只看到最后宣判的结果:判处有期徒刑十四年,此宣判从即日起生效。

"十四年!怎么会?"吴越简直不敢相信自己的眼睛。

更为要命的,受吴越父亲案件的影响,吴越母亲的公司也受到了牵连。吴越通过报纸得知,母亲也被带到检察院接受调查,很有可能也将面临牢狱之灾。

看到这个消息后,吴越赶紧给母亲打电话,但电话却始终处于无人接听的状态。他顿时崩溃了!

张子帆和班上很多人都有看《铜城日报》的习惯,大家都知道了这个消息。一时间,学校里议论纷纷,说什么的都有。

"唉！吴越可怜了……"

"倒了大霉了，怎么摊上这样的父母……"

"没啥大不了的，他父母被查了，又不是他被查了……"

"以前那么牛，这回看他怎么牛……"

张子帆心里也不是滋味，他想起年前父亲寄给他的一千元钱，现在还放在箱子里，舍不得用。他今年去海城时，目睹父亲在工地上忙活操心还拿不到工资的情形，对比吴越父母的情形，他觉得很可笑。

吴越心里本来就崩溃了，再听到人们的议论，更是要他的命。现在的他，只要看到有人在闲聊，或者窃窃私语，甚至是别人看他的眼神不对了，他都以为是在议论他或者将要议论他，他就气不打一处来，有几次他都差点儿动起手来。

吴越真受不了了，他的心理防线彻底被击垮了。他离开了学校，好几天没有来上课了，也没回过宿舍，打手机一直关机。这引发了班里同学的不安，大家都在担心他想不开，做出什么出格的事情来。

和吴越同一个宿舍的几个人决定一起去找他，可是找了一整天，吴越新区的家、平日爱去的网吧、来不及回校时常去的宾馆，就连他曾经迷路的胡同，张子帆都带着大家找了一遍，却都不见他的踪影。这下大家着急坏了，班里更多的人加入进来，一起寻找吴越。

吴越离开学校后，一连在酒吧喝了几天酒，天天烂醉如泥。要不是跟酒吧的服务员起了口角，被服务员给轰了出来，他能一直喝下去。出来后，他也不知道该去哪儿，想起新区的家更觉得不舒服。于是，他就又"住"到了网吧，极度崩溃的心情让他没办法面对现实，他就把自己彻底地丢在了虚幻的游戏世界里，不合眼，不休息，不吃不喝。

当张子帆和于森终于在网吧找到他时,他们俩吓了一大跳,眼前的人哪还有一点儿吴越的模样。他的头发乱得像狗窝一样,面色死沉,嘴唇干得发白,还印着血丝,身上酸得发臭。

张子帆和于森想把吴越拖回去,可没想到,吴越两三天没吃没喝还有那么大劲。他死死地拽着电脑桌子不松手,嘴里还骂骂咧咧地叫他们走。

张子帆看着吴越的做派,心里升起一种厌恶。说到底,他觉得上天给吴越点儿惩罚也是应该的。他冷冷地说:"你是不是男人,是男人就站起来。"

张子帆见吴越没有丝毫反应,又说道:"你想死在这儿,我们可不管了!"说完,就叫上于森往外面走。

于森追上来安慰张子帆,试图说服他回去,可是不管用。

走出门口时,张子帆想起了什么,又返回去,冲吴越说了一句:"当一个人抛弃了所有他一直都以为是希望和使命的东西,生命中还能剩些什么?看来我以前还真是高看你了。"说完便头也不回地走出了网吧。

于森赶紧问:"我们就真这样不管他了?"

张子帆皱了一下眉,说:"你没看到他那劲儿?我看还是罪受得不够!"

于森担心地说:"他别真有啥事儿?"

张子帆叹了口气,说:"不管了!让大伙儿先回来,就说人找到了……"

再说吴越,他被张子帆和于森这么一闹,才感觉到自己有多饿有多渴,刚才一使劲,金星直冒,差点儿晕倒。他现在甚至连口水都咽不下去了,肚皮已经贴到脊梁骨了,眼睛也仿佛有强大的气流在压迫一样。

吴越有点儿害怕了,他心想,我不会真的死在这里吧!

吴越拖着半死的身子就近找了一个小饭馆,点了一桌东西,肉啊、菜啊、饭啊、水啊,混杂着往胃里一顿灌。等胃里有了点儿东西后,吴越的身子才稍稍感觉有点儿力气。付账时却发现钱包里空空如也,只剩下母亲给他的银行卡了。他刷了卡,看到银行存根上显示的余额,吴越终于忍不住了,脆弱地蹲在地上号啕大哭。

哭过以后,吴越想要去睡一觉,可想到同学们的眼神,便转身回到自己在新区的家。

刚走到家门口,吴越就看到陈雨珊正坐在门口的地板砖上,头趴在膝盖上睡着了。

陈雨珊听到有动静,一下子醒了。她看到是吴越回来了,便站了起来,看着面前的吴越,她的心里疼了一下。

吴越没有说话,他在墙缝里摸出钥匙,开了门,进了屋。

陈雨珊也跟着进了屋,把门带上。

吴越躺到床上,眼睛虽然已经睁不开了,可是却没有困意。

陈雨珊给吴越倒了一杯水,放在床头柜上,打开了床头灯,搬来了一个凳子,在床前坐下。

陈雨珊说:"喝点儿水吧!"

吴越还是闭着眼睛,没有说话。

"我们可以说说话吗?"陈雨珊近乎小心翼翼地说着每一句话,生怕自己一不小心刺激到吴越。

"你说吧。"床上终于冒出来一句低沉的声音。

吴越这会儿说话了,陈雨珊反倒不知道该说什么好了。她想了一下,说:"我原本以为我再也不会和你单独面对面地聊天。"

吴越一听这话,讥讽地反问道:"那你还来干吗?"

"你说这话太伤人了!你不知道有很多人在为你担心吗?"陈雨珊忍不住反驳道。

"有吗?"吴越一副毫不在乎的样子。

"叔叔,阿姨,还有我们大家。"陈雨珊见吴越没有接话,又说道,"知道你家里出了事,你心里难受。谁遇到这样的事儿,都是一个难过去的坎儿。可是事情既然已经发生了,一切就应该向前看……你要是这样子,叔叔阿姨得多难过。"

可能是陈雨珊的话刺激到了他,他提高了音量,说:"你们根本不知道!"

陈雨珊被吴越的话弄得有点儿生气:"你怎么能这么说呢,每个人都有自己的苦楚。我受过的痛苦一点儿不比你少。"说到这里,她竟"嘤嘤"地哭起来。

陈雨珊突然的哭泣让吴越有点儿意外。在吴越的印象里,即使在他们交往的一年里,陈雨珊也从来没有在他面前哭过。

"大家都觉得我一直无忧无虑的,怎么看都是幸福的人。可谁真的明白我呢?我父母关系一直不好,我从小就听他俩吵架,有时候还动手。他们两个只顾着自己的事,谁也不关心我,就连我从小到大的家长会,都是我姥爷去的。可是去年,姥爷走了,再也不会回来了。后来我才知道姥爷去世的原因,我爸动手打了我妈,硬是把我姥爷气得冠心病发作!我恨他们,可我从来没有对谁说起过。你告诉我,我能怎么办?"

陈雨珊一边说,一边流着眼泪,说到最后,竟质问起吴越来:"还有你,我曾经把你当成我的全部,我也做好了成为你的全部的准备。要知道在此之前，我有多么不相信爱情和婚姻。可是你却不断地让我失望，直至让我死心，你就是个混蛋！"

吴越听陈雨珊说起这些，脑子里浮现出过去和陈雨珊的一切，他突然觉得陈雨珊原来是一个多么好的女孩啊。他曾经信誓旦旦地称喜欢她，可是最后他都做了些什么！

吴越第一次觉得自己真是个混蛋！不知不觉间，他原本干涸的眼睛又渐渐湿润了。

"对不起。"吴越小声地说了一句。

陈雨珊听到了，她"嗯"了一声，擦干了脸上的泪水："所以说，你不要觉得只有你承受着不该承受的苦。我，可能还有好多人，都在受着你想象不到的苦，但路还长，我们还得往前走。我希望你能好起来！我们等你回来！"

陈雨珊见吴越没有回话，也不知道吴越听进去没，但她该做的都已经做了，而且外面天已经黑了，她决定要回学校了。

吴越瞄了瞄挂钟，已经快十一点了，就说："很晚了，隔壁有屋，就在这儿住吧。"

"不了，他还在下面等着呢。"没想到，陈雨珊是和男朋友一起来的，吴越觉得很尴尬。

陈雨珊从包里拿出一块早已准备好的小蛋糕，放在床头柜上，然后就要离开。

吴越从床上起来，站在她的背后："你们……你们，还好吗？"

"挺好的。虽然平淡，但安心。"陈雨珊转过身来，看着吴越，脸上是一种轻松的微笑。

安心！安心！吴越从来没有思考过安心是一种什么样的感受和状态，但他知道，卢慧至少没让他安心过。

陈雨珊看着吴越，最后说道："吴越，你走了，姥爷不在了，我就明白了一个道理，每个人都只能陪你走一段路，大家迟早是要分开的，无论分开的原因是误会，还是死亡。"

吴越愣愣地待在原地，看着陈雨珊关上了客厅大门。

那一晚，狂风骤起，电闪雷鸣，入夏的第一场暴雨来了。吴越的心里也是狂风暴雨，他一晚上瘫在床上像是个死人。

迷迷糊糊中，吴越做了好几个梦，有爸爸、妈妈，有陈雨珊、张子帆，还有很多很多人。爸爸妈妈在梦中不停地骂他不听话，张子帆在讽刺他不是个男人，而陈雨珊在控诉他过去做过的错事……

等到吴越真正清醒过来后，已经是中午时分，雨过天晴。他撑着爬起来，把柜子上的蛋糕一口塞到嘴里。

卧室的窗户被风吹开了，屋里飘进来一些雨水。地上跌落下来一本书，微风吹动书页，发出"沙沙"的声响。

吴越把书捡起来，是那本《牧羊少年奇幻之旅》，封面上还写着"张子帆赠"。

吴越找了点儿水喝，他感到自己的胃这两天都萎缩了，刚喝了一点儿就胀得很。

吴越站在客厅想了一下，又躺到床上去了，随便翻起那本《牧羊少年奇幻之旅》。

又过了几天，大家终于在课堂上见着了吴越。他好像变了一个人一般，认真听讲，不再与人谈笑风生，甚至还煞有介事地做着笔记。

大家看到吴越的表现，虽然讶异，但还是放下心来了。

路啊，还得靠自己去走！

第三十一章 成为更好的自己

张子帆拿出自己刚入学时制订的学业规划,仔细地标记着,已经完成的都被他打上了钩,还没有完成的被他重新列了出来。

张子帆对自己各方面的成绩还是比较满意的,学习成绩没得说,他如愿拿到了学校的一等奖学金。

不仅如此,张子帆创办的星火社团已经成为学校社团里的一面旗帜,每学期都有很多人报名要求加入,星火的文章也经常在校报的重要版面上刊登出来,有时候学校还会主动与他们接洽,让他们做一些专题栏目,这让星火在学校社团中的地位越来越稳固。

还有一件事,也让张子帆感到欣慰。钢铁厂偷钢的人被抓到了,这件事还刊登在《铜城日报》上。带头的窃贼姓张,是盗窃惯犯,现已被公安局逮捕了。

张子帆又认真地看了看报纸上的照片,才终于记起这个人就是前年澳门回归那天,与他们打架的混混儿头,难怪他一直觉得眼熟。

张子帆把这一发现告诉给了宿舍的人,大家无不叫好。

唯一让张子帆烦恼的是,年前他知道了李小莫有出国留学的打算,但李小莫却没有和他说起过这件事,他不知道该怎么办。

张子帆想，自己要不要去问问李小莫？还是等李小莫主动来告诉自己？要是李小莫真的要出国留学，是不是意味着他们俩就此结束了？

张子帆虽然很烦恼李小莫出国的事，但学校举办的辩论赛，让他暂时没有太多心思来考虑感情的问题。张子帆作为学院里的代表去参加全校比赛，他不能给学院丢脸。

当天，辩论赛吸引了全校学生的关注，由经管学院挑战环测学院，辩论主题是——当下与未来哪个比较重要？经管学院作为正方，观点是当下比未来重要；环测学院作为反方，观点是未来比当下重要。

随着辩论会主席的一声"辩论比赛开始，双方代表请发言"，辩论赛正式打响了。

张子帆站起来，阐述正方观点："你今天的隐忍、牺牲、改变，似乎是为了更加美好的未来。但那个未来真的存在吗，真的美好到让你宁可放弃当下的感受去委曲求全吗？或者说它值得吗？"

李小莫和沈小雨坐在下面，认真地听着张子帆的发言。

"很多人以'未来我会如何如何'来麻痹自己，好使自己原谅当下的颓废和懈怠。殊不知，我们脑中想象的未来一旦来临，也许会更为不堪和残酷，把握当下，才是我们享受生命旅程最重要的标准。

"每当我们考虑许多年后的生活时，我们总是习惯地站在今天的角度去衡量未来的幸福感和满足感。但你今天的视角只是错觉，却让你相信自己的目标是正确的。这才是我们最容易忽略的。"

一段引经据典的论据后，张子帆开始总结陈词："你当下都过着一种你厌恶的生活，你又如何能保证你口中所说的那个未来能真正成为你梦想的生活。把握不住当下，你如何把握得了未来？"

张子帆说完，全场响起一片热烈的掌声。

李小莫也在鼓掌，她惊讶于张子帆的语言感染力。她没想到，平日里像个木头人的张子帆，可以在讲台上说出这样慷慨激昂的话来。讲台上的张子帆，好像变了一个人一样。

一想到讲台上的人是自己的心上人，李小莫由衷地感到高兴。

可是，李小莫转念一想，可是我的当下和未来呢？

家里已经为出国的事催李小莫好几次了，报名的时间快到了，她必须赶快做出决定。

"我应该怎么办？我和他应该怎么办？"李小莫无数次默默地问自己。

"张子帆是什么时候改变的？我都有点儿喜欢他了。"回寝室的路上，沈小雨边走边说道。

李小莫被逗笑了："你在跟男朋友拌嘴皮子的时候，人家在进步。"

沈小雨斜了一眼李小莫，说："你啥意思？你意思是我一直在争下游！"

李小莫偷笑了一下，开玩笑说道："我的意思是不进则退。"

"喂，老实说，我过去还真不了解张子帆。你跟他这关系，你怎么评价他？"沈小雨突然正经了起来。

"不说！"李小莫故意吊起沈小雨的胃口。

"说嘛，说嘛。"

"不！"

"你说不说！"沈小雨要去挠李小莫痒痒。

"好好好，怕了你。"李小莫把声音慢下来，说道，"他，这个人有点儿不太一样，我是说跟我们大多数人都不太一样，他是反着来的。"

沈小雨疑惑地说:"反着来的?"

李小莫点了点头,说:"他对于生活中的苦难和痛苦有着比我们更加深刻的认识。我们一般人认为的痛苦,他都当成一种经历,而且是充满幸福的经历,是一种丰富自己的历程。"

"原来是这么回事!"沈小雨边听边思考。突然她惊呼了一句,"听起来还挺像一个精神病的!我们很多人遇到苦难就躲避了,或者放弃了,但他不会,不但不会,反而会迎难而上。"

李小莫听见沈小雨的话,转头瞪了她一眼。

沈小雨伸了伸舌头,笑嘻嘻地说:"不说这么深奥的了!反正他就是反着来的就是了,那你跟他到底怎么样啊?关系定了没有啊?"沈小雨开启了八卦模式。

"你说什么呢!"李小莫去打沈小雨。

那天晚上,沈小雨躺在床上给上铺的刘雨发了条短信:我总算知道你为啥惦记着张子帆了?

还没等刘雨回复沈小雨,她又发了一条:要是他的特质加在吴越身上,那就太好了!

刘雨被沈小雨突如其来的两句话弄蒙了,回了她一个问号,可沈小雨却再也没有回复她。

张子帆再一次在辩论赛上展现了自己的才华,得到了很多老师和同学的认可。王志平叫张子帆下了晚自习去办公室找他。

张子帆刚走进办公室,就听见王志平夸赞道:"张子帆同学,不简单啊,我没看错你。"

张子帆不好意思地说:"王老师,谢谢你。"

"前几天的辩论赛,我在场,非常不错,学院得感谢你,帮我们拿了个大奖。校长都夸我们学院的学生有一套……"张子帆看出王志平最近的心情确实不错。

"你夸得我都有点儿不好意思了，都是我们队准备得好，预演得好，不然，那么大场面，我可能紧张得话都说不出来了。"张子帆谦虚地说道。

"你这小子还很谦虚。对了，我找你来是跟你说个事儿。"王志平突然话锋一转。

"啥？"张子帆问道。

"鉴于你这几个学期的优异表现，学院学生工作处的几位老师一致同意，准备把你提名为'省十大杰出青年'。你回去抓紧按这个标准写个事迹材料……"王志平一边说一边递给张子帆一个文件。

张子帆顿时受宠若惊："王老师，这……我成吗？"

王志平反问道："你不成，还有谁成？你是要我们换人啊？"

"不，不，不……谢谢各位老师。"张子帆觉得这个荣誉就像小时候老师手里的小红花一样，让人喜欢得不得了。

王志平看着张子帆激动的模样，说："嗯！那你去吧，抓紧点儿啊。"

张子帆走出办公室，正准备把门关上，王志平突然说："哦，对了，还有一个事儿，我觉得有必要告诉你一下。钢铁厂扩建的事，被长期搁置了。"

"是吗？"张子帆笑起来，他并没有继续询问原因，关上门走出了学院办公楼。

张子帆朝钢铁厂的方向望去，黑夜里，几根大烟囱隐隐约约的，并不清晰。它们正安静地度过夜晚，等待着明日的太阳重新照耀。

张子帆一个人走在路上,他喜欢这样安静的时刻,一切的喜怒哀乐都不会被觉察,半夜时分形成的雨露,在两排悬铃木中发着"沙沙"的声音,雾气笼罩着昏黄的路灯。他突然停下来,又突然加紧几步,有些顽皮地和夜色打趣,一切都那么合适。

　　张子帆似乎看到了李小莫,她出现在路尽头,正含着甜美的笑容朝张子帆招手。

第三十二章　我爱你，如同你爱我

李小莫和家里通了电话，李长风给她联系到了英国西北部最好的大学，现在全家人就在等她的决定了。

"我们只是给你多提供一个选项，到底你要如何决定，你自己综合衡量。爸爸，还有你妈妈都支持你。"李长风一番善解人意的话让李小莫想哭。

是的，李小莫曾经是想过要出去好好走走看看，去发现五颜六色的世界不同的一面，然后再回来，继续在她热爱的土地上践行她的理想，做一个老师，做一个公共管理员，又或者做一个自然科学研究员、一个新闻工作者，她都愿意付出毕生的精力。

而现在，李小莫却有了牵绊。她舍不得这里的一切，这里的世界本就五颜六色，她又何必舍近求远呢？

李小莫的心情复杂，脑子也有些发蒙。她想看书，让自己静下来。

李小莫在书上看到了这样一句话：

第三十二章　我爱你，如同你爱我

> 最沉重的负担同时也成了最强盛的生命力的影像。负担越重，我们的生命越贴近大地，它就越真切实在。

李小莫一下子就想起了张子帆。在她的眼中，张子帆不正是背负着沉重的担子，在一步一步前行吗？这些沉重的担子没有压弯他的脊梁，反而让他闪耀出最旺盛的生命力的光辉。

李小莫突然很想很想马上找到张子帆，她打电话到张子帆宿舍，室友说他不在。

李小莫合上了书，简单地扎了头发，就奔出去找他。可是，图书馆、自习室、星火、后山上她都去过了，都没有看到张子帆。

李小莫又来到小南河边，还是没见到人。她有点儿累，干脆一个人坐在河边，欣赏起傍晚时分的景色来。

这个时候李小莫突然觉得有人在朝她走过来。她转过身，看见张子帆正一步步向她走来。

张子帆看到李小莫坐在河边发呆，自然地坐在她的旁边。

"你来啦？"李小莫像是就在河边等着张子帆一样。

"嗯。"张子帆也自然地说道。

"我知道你会来。"

"我知道你知道。"

河面上波光粼粼，两个人的倒影和天空连在一起。他俩看着安静温和的落日，发着呆。

"你在想什么？"张子帆问道。

"我在想，你的老家是什么样子的？"李小莫露出了浅浅的酒窝。

"农村？你怎么想起我老家了？"张子帆随口问道。

"因为我喜欢呀。喜欢那里广阔无垠的田地，还有干净的空气。"李小莫说道。

"那,我还喜欢城市里的热闹、繁华呢,想吃什么,想做什么,一切都是现成的。"

"那有什么!子帆,你知道吗?你过去给我讲过农村的事情,我特别羡慕。我从小就生活在城市里,虽然不愁吃不愁穿,但只要一出门,到处都是楼,看不见天,看不见星星,看不见云,看不见花草,也没有山水,每次一出去玩,不是被大人带到游乐园,就是跟小伙伴们在巷子里,摔一跤身上都不会沾上多少土。想到农村的小孩可以玩泥巴、爬树、挖地瓜、捉鱼啊……我就对农村生活有天然的好感。"李小莫眼神里闪烁着快乐和憧憬。

张子帆认真地听着,他没想到李小莫会这样来看待农村的生活。他准备打击她一番:"那是你还不知道农村生活有多艰苦。"

"嗯,我是没见过,也无法理解那种苦是一种什么滋味。"李小莫突然望向张子帆,"那你给我讲讲嘛!"

张子帆说道:"农村的苦,也就是农民的苦。农民可能是世界上最苦的人,他们所有的希望都在土地里,离开了土地他们根本活不下去。日复一日,年复一年,为的就是最基本的吃饱穿暖。天还未亮,他们就出门去,顶着烈日从山的另一边把一担担粮食挑回家,肩膀磨出血,脚板磨出泡,一天到晚,一年四季,从未曾停歇过。"

"那就没有好的吗?"李小莫不甘心地问。

"当然有啊,好处还很多呢!那里有泥土的味道,有自然的味道,天永远都那么蓝,水永远都那么清,你出门可以拥抱大山,也可以畅想山外面的世界……其实,你刚刚已经都说过了。"张子帆"咯咯"地笑起来。

李小莫忍不住说:"真的好苦,也好美。子帆,我一直觉得,没有经历过农村生活的人生是不完整的。"

"这就是你喜欢农村的原因吗？"张子帆问。

"也不全是。"

"那你为啥？"张子帆接着问。

李小莫笑着说："你不知道女人的乐趣就是向往不曾拥有的吗？"

张子帆点了点头，笑道："挺有道理的。"

李小莫问张子帆："子帆，你能带我去农村，去你的家乡看看吗？"

"会的。"张子帆肯定地回答道。

"什么时候？"李小莫紧接着问道。

张子帆站了起来，向前走了两步，更靠近河边，水里的影子摇曳着。他说道："我从小就有个愿望。"

"嗯？"

"在我的家乡，漫山遍野，连着河两岸，亲手栽上油菜花，再配一些丽春花，或者郁金香。等到春天花开的时候，满世界金黄金黄的，叫上最亲密的朋友，一起去山间漫步……"张子帆似乎已经沉醉在自己的想象中，语气中充满了憧憬。

"那个时候，你一定要叫上我。"李小莫也站了起来。

"一定！"张子帆继续说道，"我在山这边。"

李小莫跟着说："我在山那边"

张子帆说："我叫你的名字。"

李小莫说："我叫你的名字。"

张子帆说："一起来赏花，累了，就在山顶，或者河坝歇下，吃条野生的鱼，谈天说地。"

"哈哈哈哈。"李小莫和张子帆开心地笑着，脸上被夕阳染上了一片绯红。

李小莫对张子帆说:"真美!子帆,你的愿望一定要实现!不然,不然我会嫌弃你。"

张子帆笑着说:"那是当然了!有时候我在想,我的生命就好像一直在为这一刻准备着,让生命之花绚丽地绽放起来。"

李小莫认真地看着张子帆,虽然二人的谈话现在看来还充满着理想主义的色彩,但她相信张子帆,一定会实现这个愿望。

李小莫此刻想起了现实中的抉择:"子帆,你说两个人如果已经分开了,他们还会一直记着对方吗?"

"仿佛永远分离,却又终身相依。"张子帆突然插进李小莫的话说道。张子帆看着李小莫的眼睛,仿佛在给她一个答案。

李小莫的眼泪"唰"的一下就掉下来了。

仿佛永远分离,却又终身相依。这句诗就写在李小莫的笔记本里。

张子帆把李小莫的眼泪擦干净。

李小莫问张子帆:"子帆,那个我们是永远的好朋友的约定,现在还算数吗?以后还算数吗?"

"当然。"张子帆给出了肯定的答复。

那天回去后,他们俩都失眠了。

李小莫做出了决定。她告诉徐凤英:"我无法离开他。"

张子帆也做出了决定,他不用再证明什么了,他已经再确定不过了,他们彼此的心已经紧紧相依。

他们约好了见面,李小莫穿着白色连衣裙,站在张子帆面前。

"我想告诉你……"李小莫温柔而美丽地笑着。

"什么?"张子帆也微笑着。

第三十二章　我爱你，如同你爱我

"你带我去你家看看吧？"李小莫有些害羞地说。

"昨天不是已经答应过你了吗？"张子帆有些疑惑。

"可我……已经等不及了，我向往那个地方，还有你的花海，还有……子帆，你能再跟我说说昨天的那句诗吗？"李小莫微微地低下头去。

"我爱你！"

李小莫欣喜地抬起头来，紧张而幸福地望着面前的张子帆，不敢相信这是真的："你再说一遍！"

"李小莫，我爱你！我爱你！我爱你……"张子帆大声地喊着，天空里回荡着张子帆的声音。

李小莫捂住了嘴，眼睛里也全是泪光。她扑向了张子帆，他们紧紧地拥在一起。

"张子帆，我也爱你。"李小莫拥着张子帆，大声地喊道。

"李小莫，我爱你。"

"张子帆，我爱你。"

"李小莫，我爱你。"

"啊哈哈哈哈……"

李小莫从张子帆的怀里抬起头，有点儿严肃地盯住张子帆的眼睛，俏皮地问他："你为什么爱我？"

"我就是爱你。"张子帆笑着答道。

"那你是什么时候爱我的？"李小莫继续假装严肃地问。

"我……"

李小莫打断张子帆的话，蛮横地说："你不许骗我！"

"其实，其实在开学第一次见你，我就喜欢你了。"张子帆只好实话实说。

"骗人。"李小莫笑起来。

"真的。"张子帆信誓旦旦地说道。

"那你讲讲。我要是不满意，可是要罚的。"李小莫眯着眼睛，捏了捏张子帆的鼻子。

"看你那么想知道，我就告诉你。大一开学典礼上，你坐在我的右手边，我们中间隔了两个位置，我看见了你，那时我就……"张子帆说着说着就不好意思起来。

"真的吗？"李小莫笑得很诡异。

张子帆赶紧点了点头，说："真的！"

李小莫狡黠地说："原来，我们的张子帆同学也是个坏家伙。"

"那你接收我这个坏人吗？"虽然已经知道了李小莫的答案，但张子帆的心里还是有些紧张。

李小莫见张子帆紧张的模样，觉得有些好笑。她紧紧地抱住了张子帆，眼睛里还泛着泪花儿："张子帆，我有好多好多话要讲给你听。"

"我也有好多话想讲给你听。"

"那我们可以写信，把想说的话都写出来。"李小莫开心地说。

"好，就写信。"

从那天起，张子帆和李小莫就习惯用书信交流，有时候谈点儿生活琐事，有时候谈点儿哲学问题，有时候天马行空地胡乱絮叨几句，当然甜蜜的情话是必须的，这一习惯一直坚持着，从没有改变过。

"那，我们现在要去什么地方？"李小莫拉着张子帆的手，问道。

"同行的人，比要去的地方更重要。"张子帆开起玩笑。

"哈哈哈，油嘴滑舌。"李小莫害羞地低下了头。

"你手里拿的是什么？"张子帆看到李小莫手里的东西，问道。

李小莫这才想起自己是带着礼物来的。她把手上的礼物递给张子帆："给你的。"

"给我的！什么？"张子帆接过了李小莫手上的礼物，打开来，"画，这是夕阳，这是……还拉着手！"

"我和你呀！我不是说过嘛，有些东西是永远不会变的。"李小莫在一旁说道。

"小莫，你真好！"

第三十三章　青春如梦

李小莫挽着张子帆的胳膊走在校园里。虽然两人的关系在很多人眼中已经是板上钉钉的事了，但真的看到了还是让很多人大吃一惊。

李小莫和张子帆丝毫没有在意大家的眼神，似乎是有意地在宣告，二人已经坠入爱河了。

陈雨珊问李小莫："你们俩真的……真的？"

"什么真的假的？"李小莫知道陈雨珊在问什么，但还是故意吊着她的胃口。

陈雨珊梳理了一下自己的话，问："虽然你一直在刷新我们的认识，但我还是好奇，你选择跟他在一起，为什么？"

李小莫露出迷人而纯粹的笑容："他也许有另一个世界！"

"另一个世界？"陈雨珊被李小莫的话弄糊涂了。

"对，一个有别于我们的世界！而我喜欢这个世界！"李小莫像是在回答陈雨珊，也像是说给自己听。

愣了半天，陈雨珊才又说："我真羡慕你们！"接着，她又继续问，"那你不准备去国外了？"

"不去了。"李小莫摇摇头。

"值得吗？"陈雨珊不由自主地问道。

李小莫微笑着回答："我不知道值不值得，我只知道我爱他！"

"你一直惦记的外面的世界也不要了？"陈雨珊似乎是在提醒李小莫。

李小莫坚定地回答："他就是我的全世界。"

没过多久，就又到期末了，大二结束了。

考完试后，班长王义叫住了班级的人，说是要聚会。

饭桌上，王义显得尤其亢奋。班里几个同学问他怎么了？

王义高兴地回答："因为要结束了啊。"

"什么结束了？"众人一头雾水。

"上半场要结束了！"几个男同学站起来，搂住王义的肩膀，豪气地举起手中的杯子。

这一次班级聚会，班上所有人都到齐了，整个屋子都闹哄哄的。

聚会到最后，几乎所有人的意识都混乱了。

宋书平抱着于森，口里说着："我在最好的时候遇见你们，是你们的幸运！"

"是谁的幸运？"一个女生听到这话打了宋书平一下。

"我的，我的！"宋书平赶紧改口。

逗得女生们哈哈大笑。

沈小雨也忍不住感叹起来："我可不想大学毕业了就结婚，生孩子，养孩子，然后给他娶媳妇，再然后带孙子……这样的人生真没意思！"

"那你想弄哪样啊？"刘雨抱着沈小雨问道。

沈小雨伸开双手，大喊道："我要谈恋爱，要周游世界！"

听到这话，大家都哈哈大笑起来。

吴越和王义抱在一起，耳语了好一阵儿才分开。吴越这学期经过家庭的变故，虽然刚开始有些颓废，但现在已经好多了。

混乱中，吴越来到张子帆的身边："来，张子帆，我们喝一杯！"

张子帆二话没说，端起杯一饮而尽。

"说老实话，以前我是真烦你，"吴越搂着张子帆的肩膀，回想起两人的事情来，"记得不？有次考试，我让你行个方便，你那样子，我真觉得你装什么装，简直不是人啊！"

"彼此彼此啊，你忘记我床上的湿被子了？"张子帆冲吴越说道。

"啥？啊！"吴越一开始没有反应过来，等意识到，他满脸通红地说，"兄弟，不说了，不说了，都过去了！"

一阵寒暄过后，吴越突然一本正经地说："喂，你那书，真是好！"

"什么书？"张子帆一时没明白吴越的话。

"《牧羊少年奇幻之旅》。"

"哦，"张子帆记起来了，"好吗？我以为给你只是个摆设呢！"

"不不，我认真看完了的。有一刻，我真仿佛觉得我就是圣地亚哥，放弃了自己的羊群，跨越海峡，穿过沙漠，去追寻自己的梦想……"吴越边说边手舞足蹈起来。

"哈哈哈。"王义和于森在旁边偷听，几个人都被逗乐了，大家一起笑，吴越也笑了起来。

吃完了饭，大家还有些意犹未尽。他们坐在广场的围栏上，背后的小南河从他们身下穿过。

从左到右依次是吴越、刘雨、于森、梁茹、王义、张子帆、李小莫、陈雨珊、沈小雨、宋书平。

灯火如幻，夜色如梦。微风吹来，大家的头发随风摇曳。

"怎么没有人说话呀？"沈小雨打破了大家的安静。

"嘘……你们听！"吴越做出让大家闭嘴的手势，大家都安静地听，广场对面响起了隐隐约约的歌声。

李小莫跟着唱了起来：

> 冬季到台北来看雨
> 别在异乡哭泣
> 冬季到台北来看雨
> 梦是唯一行李

大家给李小莫打起了节拍，左右晃动着脑袋，跟着一起哼哼。

> 轻轻回来不吵醒往事
> 就当我从来不曾远离
> 如果相逢把话藏心底
> 没有人比我更懂你……

一首歌唱罢，大家还是觉得有些不过瘾，于是继续唱起来：

> 那一天早晨
> 从梦中醒来
> 啊，朋友再见吧，再见吧，再见吧
> 一天早晨
> 从梦中醒来

> 侵略者闯进我家乡
>
> 啊,游击队呀,快带我走吧
>
> 啊,朋友再见吧,再见吧,再见吧……

就在这时,几个大四毕业的学生从他们面前走过,嘴里说着朋友一辈子的话。他们停下了歌声,看着几个大四的学长们。

陈雨珊突然说:"要是一辈子都能在大学读书,也挺好!"

"想得美!"沈小雨忍不住打击陈雨珊。

"这还是有可能的。只要你肯努力,考上研究生,再考上博士。不过考上博士后,你就要考虑一下,身为女博士,你还怎么嫁出去。"王义说道。

"哈哈哈。"大家笑起来。

这时候宋书平突然哭了起来,嘴里还在说:"我不要离开你们,我不要离开你们!"

沈小雨使劲儿拍打着宋书平的肩膀,说:"这位小同志,每个人都只能陪你走一段路,我们迟早是要和你分开的。不要激动,也不要哭泣,擦干眼泪,继续战斗!"

宋书平举起右手,握住拳头,大声吼了句:"擦干眼泪,继续战斗!"

宋书平的举动,又把大家逗乐了。

广场上又走过来一对男女,二人亲昵的举动,明显是一对情侣。

沈小雨问道:"喂,你们谁还记得,前年,我们女生问你们爱情是什么吗?"

"我记得,我记得。"几个男生同时举起了手。

"我替王义说,王义说的是爱情就是升华了的友情,哈哈哈。"

吴越抢了王义的台词。

"什么人啊?"王义说,"我可也记得你是怎么说的啊!"

"我怎么说的,我说我的爱情是陈雨珊!"吴越自己回答道。

"哦,哦,哦……"大家开始起哄,只有陈雨珊一个人尴尬地笑着。

"你们看,我们中间最惨的要数于老头了,我们几个好歹风花雪月过,可是老于呢,大学两年一点儿消息都没有,你是不是有什么问题啊?"

"哈哈哈哈,好像是这么回事。"大家顿时将矛头转向了于森。

"滚!"于森倒是简单粗暴。他继续说,"我来问你们一个很严肃的问题,以后你们打算干吗?"

"回去好好睡一觉!"王义大咧咧地说。

"我是说毕业以后!"于森隔着梁茹打了一下王义。

"我要赚钱!"宋书平大声回答道。

"这个我同意!"吴越也说道。

"刘雨,你呢?"沈小雨问道。

"我要先开一家美发店,把大家都弄得酷酷的。"刘雨意气风发地说。

"我和刘雨差不多,我就先开几十家饭店,到时候,你们来店里照死了吃。"于森豪气地说。

吴越顿时响应了起来:"靠不靠谱啊?"

"靠谱,我名字都想好了。"于森说道。

"切!"大家一起说。

梁茹说:"我就跟着我男人浪迹天涯。"说完,还笑嘻嘻地拉了一下王义的胳膊。

"真羡慕！"大家齐声感叹道。

王义骄傲地说："不要羡慕！这是你们羡慕不来的！"

王义的话，引来大家一阵唏嘘。

"李小莫呢？"陈雨珊突然意识到李小莫一直没有说话。

"我，我要去种我的花海。"

李小莫把大家搞蒙了，只有旁边的张子帆知道李小莫话里的意思。二人对视了一下，笑了出来。

"还有谁没说？"王义大声喊道。

"我，干脆别那么费劲了，找个有钱的嫁了，完了！"陈雨珊说道。

大家顿时直愣愣地盯住吴越看。

沈小雨说道："别问我，我最烦想这些了，活一天算一天吧。"

"张子帆，那你呢？"于森问。

"为爱而奋斗！"张子帆大声回答道。

大家齐刷刷地把头转向小南河，对着河上的夜色喊道："努力！奋斗！"

李小莫望着张子帆，微风吹着他的头发，漫天的星光也不如此时的他耀眼。